尘埃边境

盈熙星域

Void of Light

混乱之钥

HUNLUANZHIYAO

The key to chaos

银河奖最佳
原创图书奖

E 伯爵 著

重庆出版集团
重庆出版社

图书在版编目(CIP)数据

混乱之钥 / E伯爵著. —重庆:重庆出版社,2020.10
(光渊)
ISBN 978-7-229-15153-9

Ⅰ.①混… Ⅱ.①E… Ⅲ.①长篇小说—中国—当代 Ⅳ.①I247.5

中国版本图书馆CIP数据核字(2020)第118979号

光渊:混乱之钥
GUANGYUAN:HUNLUAN ZHI YAO
E伯爵 著

责任编辑:邹 禾 唐弋淄 许 宁
装帧设计:谢颖设计工作室
责任校对:朱彦谚

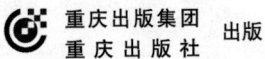
重庆出版集团 出版
重庆出版社

重庆市南岸区南滨路162号1幢 邮政编码:400061 http://www.cqph.com
重庆出版社艺术设计有限公司 制版
重庆豪森印务有限责任公司 印刷
重庆出版集团图书发行有限公司 发行
E-MAIL:fxchu@cqph.com 邮购电话:023-61520646
全国新华书店经销

开本:890mm×1230mm 1/32 印张:8.875 插页:22 字数:230千
2020年10月第1版 2020年10月第1次印刷
ISBN 978-7-229-15153-9
定价:70.00元

如有印装质量问题,请向本集团图书发行有限公司调换:023-61520678

版权所有 侵权必究

目录
Contents

NO.1 死亡的开始 ·· 1

NO.2 伏击者 ··· 13

NO.3 暗流 ··· 24

NO.4 谁都有秘密 ··· 35

NO.5 危险的行进 ··· 45

NO.6 秘密 ··· 54

NO.7 新委托 ··· 64

NO.8 陷入麻烦 ··· 74

NO.9 保护者 ··· 85

NO.10 魔鬼崇拜者 ·· 95

NO.11 重返禁地 ··· 106

NO.12 潜行 ··· 117

NO.13 神圣之城 ·················· 128

NO.14 凶兽 ····················· 138

NO.15 回到起点 ·················· 148

NO.16 面具背后 ·················· 158

NO.17 灾难之门（上）·············· 168

NO.18 灾难之门（中）·············· 176

NO.19 灾难之门（下）·············· 191

尾声 ························· 205

深海(《混乱之钥》番外)············· 207

沙尘暴(《混乱之钥》番外)············ 234

NO.1 死亡的开始

"谷地"是这颗行星的名字。它贫瘠、混乱,却又必不可少。

它一面临近瑟利人的边界行星柯芙娜,一面跟埃萨克人的行星雷德皮克隔得不远——所谓"不远"的意思是:乘坐普通公众飞行器,大概只用二十三个标准时;如果使用漫跃革新技术的推进器飞船,十分钟就能打个来回。如果愿意花个几天,还能到埃蕊人的深泉星域去,那些五色海洋真是美极了。

因此,谷地既住着瑟利人,也有埃萨克人,那些坚固的金属部落簇拥在地面上,而晶莹剔透的微晶城市悬浮在半空中。个别咸水湖里,甚至有极少量的埃蕊人隐居其中。

同时,谷地跟欧菲亚联盟的所有星球都不同:除了岩石和咸水,几乎没有什么值得开采的矿藏,也不生长植物,更没有原生动物。除了存在本身,它似乎丝毫没有意义。也许正由于它如此不讨人喜欢,埃萨克人、瑟利人和埃蕊人才对它的归属没有兴趣。它被正人君子摒弃,却受到另外一些人的喜欢——应该说,缺少制度和执法者的地方,都会被某些人喜欢。并且只有在这样的地方,有些固化的屏障才会消失，而人们对此也丝毫不会觉得异常。

在谷地北纬45°西经30°的城市芬格里斯，有一家相当出名的酒吧。它的外墙上，用虚拟全息模型画着三朵玫瑰图案，当两个恒星从地平线上落下的时候，这三朵玫瑰会慢慢绽放，并从花蕊中浮现出瑟利、埃萨克和埃蕊三个种族的美女模样。当然了，她们都是以各自种族所公认的最美的形象出现，这样才会让所有人都喜欢来这里畅饮——当然也不仅仅是畅饮。

"酒能提供的快乐很多，但我觉得最奇妙的就是，能让喝下去的人感觉他所见的女人都赏心悦目，而最漂亮的那个……更加艳光四射。"说这话的是个瑟利人，身材高挑，衣着漂亮，而他身体里的微晶似乎没有令他的酒精代谢稍微快上一点儿。他的脸涨得通红，通用语里的小舌音含混不清。

被献媚的女士坐在他对面，饶有兴味地看着他滔滔不绝。

可以肯定的是，那位女士一定见惯了这样的场面，因为她值得男人们这样做：她是埃萨克人，但无论从哪个种族的审美来看，都算得上是个大美女。她有一头金红色的长发，浓密而卷曲，一直披散到背上；她的五官妩媚又有些凌厉，带着一种尖锐美，但是墨绿色的眼睛转动时，又仿佛荡漾的水波；虽然她穿得比旁边好几个女人都要多，但是紧身的飞行服并没有遮挡住她迷人的曲线，即便是瞎子都会多看她几眼。

如果不是她的右手臂，或许此刻围着她献殷勤的男人会更多。

跟那只光洁的左臂不同，她的右手从肩部到手指尖全部都是金属的。埃萨克人的技术可以将机械手臂做得与真的毫无区别，但他们并不像瑟利人那样还会花力气在金属上覆一层人造皮肤，因此尽管那只手臂的形状圆润得如同左手，可仍然闪烁着银色的光泽，关节处的焊接点也清晰可见。

一般来说，只有上过战场的埃萨克人才会有办法也有资格得到这样的机械辅助肢体——那是跟赛忒战斗后的勋章。

所以，稍微有点常识的人都知道，这个美人可不是轻易能上手的。

那个胆大包天的瑟利人显然是喝醉了，他的吐字越来越难听，这让原本有些兴致的美人终于忍不住敲了敲吧台。

"闭嘴。"她的声音低沉却性感，"就算最蹩脚的爱情戏里也找不出你说的那些台词，我不喜欢只会耍嘴皮子的男人。"

瑟利人并没有觉得难堪。"我会的很多，宝贝，只是你得给我个表现的机会。去个人少的地方怎么样？"

"给我两瓶'安丽铎'。"红发女人对吧台后的酒保说。这种知名烈酒外观近似透明的浅绿色，由玛提尔家族企业制造，酒精浓度达到90%以上，并加入了特制的化学试剂以使人体更快速吸收，由于太过猛烈，有的地方甚至禁止销售，一般只是作为调酒的配酒。那个瑟利酒保挥了挥手，两个晶莹剔透的酒瓶便自动飞到她面前。

"听着，帅哥。"她用右手轻轻地在搭讪者的下巴上挑了一下，"咱们俩一起干掉这酒，一人一瓶，如果你最后还能站着，今晚我就听你的。"

瑟利人感到了皮肤上一点点冰凉的触感，瞬间便像被注入了兴奋剂，欲伸手拿那瓶酒。同族的酒保试着劝阻他："我要是你就会选别的方式。在没有特调稀释之前，安丽铎绝对不适合入口。相信我，就算你还站着，今晚也享受不了什么。"

搭讪者醉醺醺的脑子对酒保的话并不太理解，他又看了看对面的埃萨克女人，义无反顾地抓起了那个绿色的瓶子。

"很好！"埃萨克女人也用她的金属胳膊拿起瓶子，轻轻地跟搭讪者碰了一下。

远处是悬浮运动的舞台，不同种族的女舞者在上面扭动、跳跃。智能光线围绕她们妖娆的身体不停扭动，其他人则在地面迷醉地看着她们，热烈地响应着。音乐声震耳欲聋，只有酒吧这一小片区域稍微安静些。那些跳舞跳累了的人，除了酒对别的毫无兴趣的人，还有只愿意坐着感受别人活力的人，才会聚在这里。他们很容易便注意到了这对男女间小小的交锋，无论是埃萨克、瑟利还是埃蕊，都围拢过来，脸上带着惊讶和兴奋。

"快下注吧！"红发女人提高声音向着周围的人大笑，"胜负很快就见分晓。"

他们俩开始痛饮，如同岩浆一样火辣的液体顺着喉咙往下灌。那个瑟利男人开始呛了一口，脸皱成一团，但他很快发现他的对手连眉毛都没动一下，于是又硬着头皮继续。

周围的人开始有节奏地拍掌、发笑、欢呼。红发女人很快喝光了瓶中酒，她用手背抹了抹唇角，微笑地注视着搭讪者。

那个男人还没有喝完，他吞咽的速度越来越慢，突然，他咳嗽起来，酒随之喷溅出来。他的身体开始摇晃，活像没有根的水草。他的眼睛通红，连皮肤也开始变色。最终，他一下坐倒在凳子上，很快连直立身体也办不到，软绵绵地滚落到地上。

"哈！我赢了！"红发女人随手一丢，瓶子在地板上摔得粉碎。

一只机械手臂钻出地面，将碎片收集走，周围顿时又变得坚硬而干净。

"'铁玫瑰'万岁！"有个下注的人在旁边高兴地叫道，而酒保看了一眼瘫在地上的同族，见怪不怪地耸耸肩。

红发女人蹲下来拍拍失败者的脸，低声说："看在你还能喝下大半瓶的分儿上，记住我的名字：我叫潘蒂姆。以后有什么棘手的运输活儿欢迎来找我，但我不提供特殊服务哦。"

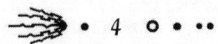

可惜那个男人已经连眼睛也睁不开了。

她站起身来，从吧台上一堆圆形的蓝光联币中抓了一把："我那份儿先拿走了，下次还有人来拼酒请提前预约。"

旁边的人哄笑着向她举杯，各自散开了。

潘蒂姆笑吟吟地让酒保又给她一杯淡酒，享受片刻清静。

"第七个，这是今晚第七个自不量力的追求者。"酒保用微晶能力将杯子和瓶子悬浮在身体周围，忙个不停，"他们难道从来没听说过'铁玫瑰'的酒量是整个谷地最好的？"

"总有新人啊，卡迪。谷地是个自由的地方，所以我才能接到这么多的活儿。"

"又有新生意吗？"

"克拉拉让我在这里等着，不过她迟到了。"潘蒂姆看了一眼吧台上方悬浮的虚拟投影，顶上闪烁着时间，下面播放着好几个频道的流动新闻。她伸手把其中一个频道的屏幕拉到自己身边，隔开了周围的一些目光。

她接过酒保送来的免费甜酒，从屏幕下方将一个节目拉出来：那个缩小的屏幕也悬浮在她的眼前，一条条新闻正被虚拟主播播报出来。

"天穹城最近不太平。"酒保跟她闲聊，"探员们活跃得过分了，整天忙着搜捕，甚至影响到边境。"

"是吗？"潘蒂姆有些漫不经心，"我今天才从03星际矿区回来，就像跟现实隔绝了两百个标准年。"

"最好小心点，姑娘，哪怕克拉拉又给你拉了大生意。最近也别太勤劳，说不定会惹麻烦的。"

"哦，我真希望这话别让那位小姐听到，她可是恨不得我天天都飘在太空里挣钱呢。这酒不错，再给我来一杯。"

潘蒂姆一边品尝着第二杯甜酒，一边看着小屏幕里的新闻。

虚拟主播不断将视频播放出来，任何一条都能再拖出一个分屏，进入详细界面。

潘蒂姆将几天来漏掉的新闻和甜酒一起收进肚子，眯着双眼像一只仿古猫。

突然，悬浮投影屏幕闪动了一下，变成一片白色，接着显示出通用语和三种语言的文字界面：紧急新闻。

虚拟主播忽然换上肃穆的黑色装扮，直愣愣地开口："紧急新闻：欧菲亚联盟安全局发布特别通缉令。重复，紧急新闻：欧菲亚联盟安全局发布特别通缉令。昨晚，梅洛姆在家中被刺身亡，目前凶手嫌疑最大者为议员秘书室一等秘书蜜拉琪·吉尔，瑟利人，古央星域，图力芬星系，公民号码S32-543-R5324，年龄24岁。现在疑犯已经潜逃，出逃时携带有轻型武器，具有一定危险性。任何联盟公民若发现其踪迹请及时向警方报告，切勿试图私下缉捕。若提供有效线索，将会获得五百万特尔苏的奖金。"

接着虚拟主播变成了一个瑟利女人的模样，清瘦，娇小，留着浅绿色的短发，眼中散发着银色的亮光。

新闻播报完之后，稍微停顿了一下，又开始循环播报。

潘蒂姆脸色大变，虽然远处的音乐和疯狂扭动的人群并没有谁分神注意悬浮屏幕，但围绕在吧台旁边的人却都露出惊异的表情，埃萨克人的脸上更是慢慢地浮现出了怒气。

"不妙，"卡迪对潘蒂姆说，"梅洛姆议员可是一位了不起的埃萨克。"

潘蒂姆完全明白卡迪说的"不妙"是什么意思：梅洛姆议员是埃萨克最出色的战士，也是在议会中威望直击瑟利议长忒弥西的英雄。在欧菲亚联盟的上层中，瑟利人占据着数量和职位上的优势，埃萨克虽然是同盟伙伴，但并非事事都能得到瑟利的尊重。在这样的背景下，梅洛姆议员的崛起几乎是传奇式的：他在对抗赛式的战争中获得过胜利，他有卓越的政治头脑，他能够争取埃萨克的利益并兼顾联盟的稳定，他能让埃萨克人虽然有不满但对联盟的稳定和可靠依然抱有信心……

而现在他死了，还被怀疑是死于一个瑟利女人之手。

潘蒂姆皱起眉头，她几乎可以预见到未来一段时间埃萨克和瑟利的关系会很紧张。当然，对于一个钻政府空子讨生活的黑市运输船长来说这并不是坏事，但潘蒂姆并不为此而感到高兴。

因为通缉令还在循环播放的时候，她就已经听到旁边的埃萨克人和瑟利人开始争辩了。

"那条母狗！"说话的埃萨克男人有着强壮的体魄，光秃的头上有当兵时的纹身，"我就说过瑟利人不可信任。他们最擅长的就是偷袭。她一定是这样才杀害梅洛姆将军的！"

他称呼的是梅洛姆议员从前的职务，这是曾经跟随着他的战士。

这个埃萨克的话让旁边的同族纷纷附和，而瑟利人则面带怒色。一个短发的瑟利女人冷笑："议员被杀案的调查还在进行中呢，死因和嫌犯的作案动机都没有公布，能理智一点吗？"

那个埃萨克狠狠地盯着她："你想说什么，女人？你又知道什么？"

瑟利女人耸耸肩："我不想暗示什么，不过也许你说话前可以动动脑子。"

他们的争执让周围更多的埃萨克和瑟利掺和进来，他们的语气越来越不友好。

潘蒂姆更加心烦。她轻轻点了一下脑袋旁边的悬浮屏幕，建立起一个小型的音障空间。

"不妙。"她重复着卡迪的话,"你说得对,帅哥,我现在最好联系一下克拉拉。天穹城一定会戒严,谷地也不大安全。她要跟我碰头可不容易了。"

"说不定她正想赶紧找到你,好一起去寻找那个嫌犯呢!她可不会放过任何赚大钱的机会!"

"说不定你是对的,卡迪。五百万特尔苏,啧……"潘蒂姆笑道,"那可是笔大钱,足够我给小猫咪换个最先进的漫跃发动机了。"

"哦,亲爱的,你那艘飞船已经是谷地数一数二的快艇了。"

潘蒂姆眯了眯漂亮的眼睛:"还不够快,卡迪,还不够快。"

酒保清理完一排杯子,忽然凑近她,低声说道:"第八个来了。"

潘蒂姆抿着嘴笑,回头看了一眼,那笑容立刻凝固了。

那是一个高挑精瘦的瑟利人,穿着深色外套。虽然很俊美,但是神色严肃,看上去不好接近,跟酒吧的气氛格格不入。

他拨开拥挤的人群,不理会贴上自己的半裸女郎,似乎在找什么人。

潘蒂姆左右看了看,她不想起身的动作太大,只是用右手拿起酒杯,看着金属手背上光滑表面的反光。

那个瑟利男人注意到了这边,在变幻的灯光和五颜六色的虚拟屏幕中,他似乎发现了什么。

他加快步子朝着吧台走过来,几乎是径直朝着潘蒂姆的方向。

潘蒂姆拂开虚拟屏,放下酒杯,丢了一个联币给卡迪,靠向旁边争执得越来越厉害的那群人。

"别跟我说法权!"光头的埃萨克壮汉提高了声音,"梅洛姆将军的护卫本来就应该由埃萨克来承担!都是因为那些瑟利混蛋,他才没有得到应有的安全保护。谁都知道梅洛姆议员支持新兵役法案,他让那些缩在家里的瑟利废物都上了战场,所以他们痛恨他!谁知道那个婊子杀害梅洛姆将军是不是就因为这个？"

"你这是诬蔑！"一个身材修长的瑟利男性反驳，"在对抗赛式的战斗中，瑟利才是起了关键作用的主力军！我们也死了人，而且死得不比你们少！别把我们当胆小鬼。"

"哦，是吗？可埃萨克人从来不会玩暗杀，我们都在战场和决斗场上解决对手！瑟利人杀死梅洛姆议员，让他死在自己的家里，你知道这是多大的侮辱吗？"

其他埃萨克人发出赞同的声音，瑟利人脸上则露出更多愤怒的表情。

潘蒂姆又抬起手臂，看到身后的瑟利男人更近了。

这时那个短发的瑟利女人又一次冷笑道："是不是侮辱，等案件调查真相公布以后再说比较好。谁知道抓住嫌犯以后，有没有更不好听的话说出来呢？"

潘蒂姆没等其他的埃萨克做出反应，一下子抓起杯子泼了那女人一脸酒。"闭嘴！"她冲她骂道，"你根本不了解梅洛姆将军！"

瑟利女人的男伴立刻上前，但他刚踏出一步，潘蒂姆就尖叫起来："你敢打我吗？"

那个瑟利还没来得及回答，埃萨克壮汉已经挥出了拳头。瑟利人连退几步，撞倒身后的好几个人。他震惊地看着埃萨克壮汉，接着满脸怒容，按下手指上的戒指，微晶转化的钢甲立刻覆盖双手，他大吼一声朝着埃萨克壮汉扑来！

很快，许多埃萨克和瑟利人都搅和进来，这一片立刻乱成一团。亮出微晶的瑟利人和强壮的埃萨克打起来不分胜负。酒杯和酒瓶的碎裂声不断，被干扰的虚拟屏发出变形的声音和光线。

在这片混乱中，潘蒂姆奋力挤出人群，朝后门走去。

那个穿深色外套的瑟利人似乎对这突如其来的斗殴有些错愕，但他很快发现自己跟随的目标已从这场斗殴中溜走。

他有些粗鲁地推开混战中的男男女女，努力找寻那个拥有金红色长发的女人。

酒吧背后有一条巷子，好几条支线通道从这里通往停机坪。有些人正勾肩搭背地走着，准备享受后半夜，也有不少人在灯光暗淡的角落里窃窃私语。

那个瑟利男人冲出来，皱着眉头看了一圈，并没有发现他要找的人。他快速判断了一下，朝着一个标注着"第一通道"的巷子走去。他刚走几步，就有个留着灰色披肩直发的女人贴了上来："一个人吗，帅哥？"

她是个瑟利人，长得挺文静，但笑起来的时候带着一点放荡的感觉。

男人想要推开她，却被她一把拖住胳膊，往通道里带："我的飞船在那边，正好同路。你想去哪儿？也许我可以捎你一段儿……走吧……"

被缠住的人很不耐烦："请放开，女士，我要找人。"

"那一定是我。"她反而更紧地贴到他身上，"刚才除了我这里可没有别的人了。"

那个人不胜其烦，用力拽出手，粗鲁地将这个女人推到一边，急忙跑进二号通道继续寻找。

那个女人追了几步后，笑吟吟地站住。

她撩了下头发，收起放荡的神色，慢慢朝一号通道走去。

潘蒂姆从通道的阴影中走出来，满脸如释重负："克拉拉，你真是解厄女神托罗蒂的化身。我真没想到你还能从天穹城溜到这里来！"

那位女神曾经是埃萨克历史上有名的女战士，和单纯崇尚战斗的其他埃萨克不同，她一直关注埃萨克的战争心理，教导在战争困境中

· 10 ·

的心理调整和战后的心理康复,死后被封为解厄女神,很多埃萨克战斗时会默念其名。

"得了,小姐。"瑟利女人显然不吃这种恭维,"潘蒂姆,你被这个秘密探员跟踪多久了?不是第一次了吧?"

"他爱上我了。我查过他的档案:哈克·拉格耶先生还是单身呢。"

"我并不关心追你的男人到底是什么身份,只要别坏了我们的生意就行。快来吧,有很多活儿要干呢。"

潘蒂姆走在她的搭档身边,拍了拍她的肩膀:"在这种时候你还能拉到生意!这次又是什么?有什么货需要偷运吗?我跟你说过没有,我发现了一条去科斯李特娜星的新航路,不用通关——那边的龙舌草提取液卖得比天穹城贵十倍,我们可以大赚一笔。"

克拉拉露出意味深长的笑容:"事实上,这一单生意可以赚得更多。"

她和潘蒂姆来到停机坪,一架接近九十米长的三尾无翼飞船停在那里,细长的头部和硕大的尾部让它看起来像一朵横放的花朵。它全身是统一的铁灰色,但不少地方有细小的擦痕和被修补的痕迹。它的侧面有醒目的彩绘图案:一朵绽放的玫瑰。

"她好像又旧了。"克拉拉挑剔地看着这艘飞船,"下次保养的时候让特里普也把外面弄漂亮点嘛。"

"那需要更多的钱,朋友。"

正说着,潘蒂姆突然发现有个人正站在阴影里,静静地看着她们。她穿着带风帽的长外套,手上提着一个小金属箱。

"那是谁?"潘蒂姆笑起来,"克拉拉,你真有趣,我记得你从来不带委托人直接见面的。还是说其实这次咱们要偷运活人?你可真会招揽生意……"

她突然停下来,脸上的笑容也随之消失。

那个人掀开兜帽,露出一张瑟利女人的脸。

是刚才在新闻上报道过的涉嫌谋杀议员梅洛姆的那名通缉犯。

NO.2 伏击者

潘蒂姆拍打着驾驶台上的控制板。它是典型的埃萨克风格：没有虚拟触屏，没有感应浮窗，全都是实物按钮和操纵杆，还有各种屏幕和键盘。

"瞧，克拉拉，"她在主驾驶的位置上坐下来，修长的手指熟练地在键盘上跳跃，飞船发出震动声，"我的小猫咪已经飞行了六千一百九十个标准时，期间我给它大修了一次，升级了两次发动机。我想再给她全身装饰一下，比如外壳除锈。还有舱内，我一直想增加一个带桑拿的自动淋浴房，重新走一下水循环线路。对了——你知道最新式的漫跃发动机吗？降噪效果优化三倍以上，提速则可以达到五倍！"

瑟利女人坐在不远处，抱着双臂听她说话。

一名中等个子的少年从内舱大踏步走出来，冲克拉拉咧咧嘴，接着"哐啷"一声将手中的测试仪表扔在操作台上。"检查主发动机没有发现问题，船长，就是燃料棒只剩下一半了。"他用粗短的手指抓了抓头，乱蓬蓬的黑发顿时更像个鸟窝了。他的肤色有些发白，虽然又高又壮，但似乎不太像埃萨克人，也不像瑟利人。

"谢谢,'小扳手',你是我最称职的副驾驶。"潘蒂姆对名为斯卡拉迪奇亚·勒古的少年毫不吝惜赞扬,一手拿起测试仪表,插在操作台的卡位上,一手将数据备份导入系统。她托着下巴浏览数据,偶尔让勒古修正和调试个别参数。

当这些工作都结束以后,潘蒂姆转过身来,看着两位安静的客人。克拉拉抱着双臂,而她带来的人则低着头,凝视着紧紧交握的双手,好像那里攥着什么要命的宝贝。

潘蒂姆明白老搭档的意思,她叹了口气,对勒古说:"好吧,小扳手,请带那位小姐去客舱,也许她的事儿我得等一下才能处理。"

少年点点头,来到蜜拉琪身边,一把将她拎起来。"请跟我来,小姐。"

蜜拉琪发出一声短促的痛叫,勒古连忙松开手,但不打算道歉。"瑟利就是这么娇弱,"他转过头偷偷地嘀咕,"天啊,要是没有微晶他们可怎么活?"

蜜拉琪皱着眉头看了看克拉拉,而后者安慰性地拍拍她的手。"别跟一只小野兽计较。"于是她站起来,跟着勒古去了客舱,把这里留给了飞船主人和她的搭档。

当驾驶舱门"嗖"的一声关上时,潘蒂姆脸上的笑一下子消失了。她在驾驶台上猛地一拍,干脆走下主驾来到瑟利搭档面前。"嘿,克拉拉,刚才我说了我的梦想,你知道一共需要多少钱吗?"

瑟利耸耸肩。"我听着呢。我的计算能力可比你好,算下来估计得一千多万特尔苏。"

"没错,小姐。"潘蒂姆拍拍手,"我这些年在边界穿来穿去,帮人运货,或者送点儿偷渡客什么的。又要提防探员,又要跟同行搞好关系,还得给勒古那个小家伙工钱……哦,对了,还要给你分成。我可没攒下多少钱。你知道如果不小心被当成通缉犯的同党,除了吃官

14

司以外，罚款得多少吗？"

克拉拉撇撇嘴。"按联盟法律规定是悬赏金额的三倍，并且没收财产。"

"所以，我可不愿意接'这么大'的一笔单子。"

"可是报酬也很丰厚。"瑟利摊开手，"她愿意支付六百万特尔苏，这可是平时一单'租车'生意的十倍呢！像你这样老嚷嚷着要升级装备的穷鬼怎会拒绝这么一大笔钱呢？"

潘蒂姆愣了一下。不可否认，这笔巨款的确极具诱惑，但还不足以让她丧失理智——虽然很明显克拉拉已经丢了那玩意儿，她实在太着迷于私人秘密账户上增长的数字。

"我不明白你为什么要接她的生意，克拉拉，咱们说好的，做生意安全第一。"

"当然，我评估过风险。"

潘蒂姆看着她的合伙人从手腕上弹出一个小小的虚拟电子屏，上面有一幅地图，其中某个地方闪烁着红点。

"事实上，她的要求并不难达到：混出天穹城之后，她躲入谷地，现在她要求去深泉星域一个叫门托罗的行星，那里有个保护人在等她，我们只需要把她交给那个人就OK了。门托罗离谷地需要行驶六百多个标准时，就算加上要绕过的几个小行星带和检查站，大概一个标准月内便可抵达。"

潘蒂姆盯着克拉拉的虚拟屏，迅速在心底评估了一下路线和时间。的确如她的中间人所说，这生意并不难做。但潘蒂姆顾虑的不仅仅是这些——

"我是个埃萨克，克拉拉，你没忘记吧？""铁玫瑰"朝着客舱的方向抬了抬下巴，"那个女人被控杀害了梅洛姆议员，有史以来最伟大的埃萨克战士——他的身体有一半都因为负伤而换成了机械。不要说联盟探员，就是普通的埃萨克也会恨不得宰了她，而现在你居然要我帮助她逃脱追捕？"

瑟利女人拉住潘蒂姆的手。"不是她干的，所以她才要逃走。"

"她告诉你的？克拉拉，我希望你别是看在那六百万的分儿上才这么轻信一个……"

"我跟她是老相识了。"

潘蒂姆紧紧盯着她。

"除了钱以外我最相信的是我看人的眼光。蜜拉琪和我从上学时候就认识，我了解她，不是她干的。"

潘蒂姆沉默一会儿，把手抽回来。"你能了解一个人多少，克拉拉？她给了你什么证据？还是说她只是告诉你她没做？"

瑟利人盯着她。"我很少赌博，你知道的，因为我的钱来之不易，我绝对不会因为不确定的事情而失去它们。这次如果蜜拉琪真是凶手，我就将所有的存款都转给你。"

潘蒂姆瞪大眼睛，随即爆发出一阵大笑。"行了，不管你对还是错，我都会赚上一笔。"

她来到驾驶座前，按下飞船内的广播系统："勒古，安排好我们的客人就赶紧来驾驶舱，我们马上就要起飞了。"

铁玫瑰号正沿着谷地的高纬度禁飞区滑行。此刻，距离差极大的两颗恒星正从远处的地平线上升起来，红色和橙色的太阳很快照亮了山峦。即便是铁灰色的老式飞船，也仿佛被镀了金一般，显得异常艳丽。

潘蒂姆坐在主驾驶座上，咬着左手指甲，眼睛却看着驾驶台上的屏幕，那上面是整个谷地的卫星地图。

"还得一个小时我们才能离开谷地的大气圈。这里的卫星虽然不多，但是离境的时候总会触动它们，监控盲区只有在双星角度最合适的半个小时内才会出现。"

"以前咱们都是直接走的，船长，这次太小心了吧？"勒古坐在副驾驶的位置上，他的下颌上才刚刚冒出胡茬，笑起来眼睛弯弯的，带着稚气。

"那是因为以前联安局边境监管员懒得找我们麻烦。但现在下了通缉令，说不定他们会严密监控，小心点好。"

"真想跟那群废物来个正面较量，他们绝对赶不上咱们。船长，你的回旋角度可以让所有的追捕快艇在后头撞成一堆废铁。"

"我们从来不在没用的东西身上浪费时间，这是原则。对不对，勒古？"

勒古毫无异议地点点头，又悄悄地问："船长，那个女人真的是被冤枉的吗？"

"我只希望克拉拉的判断能跟以前一样准确无误。"

"她从来没错过，至少在生意上是这样，她接的每一单都可靠。"

潘蒂姆笑了笑——她知道那个女人在涉及落进口袋里的联币时有多精打细算。托她的福，自从两人合作以来，自己的收入也在逐年递增。

她回头看了一眼，克拉拉和她的老朋友正安静地坐在驾驶舱的客席处，等待穿越谷地大气圈。铁玫瑰平稳的悬浮能力让整个飞船仿佛停留在地面一样稳。

突然，一阵急促的震动让飞船倾斜了一下，所有人都感觉到了晃动。

"怎么回事？"克拉拉叫起来。

潘蒂姆迅速让显示屏弹起来，伸展出两翼的立体延伸屏——

"见鬼！"女船长猛地一拍扶手，"有三艘飞船正在逼近，还发动了攻击。"她迅速按住操作球，飞船立刻向下俯冲。

"系好安全带!"潘蒂姆命令道。

客人们手忙脚乱地将自己捆在座位上。

"勒古,发动机功率提高到70%,启动干扰波!"

"是,船长。"

潘蒂姆另一只手按在键盘上,嘴角显露出微笑。"真是的,一大早就这么刺激!"

铁玫瑰号像一只游隼般灵巧地在半空中穿梭。三艘飞船想从上方和左右方包抄它,却发现毫无可能,那种刁钻的飞行方式几乎难以捕捉。

但很快对方就不再纠结于这一点,能量弹从三个方向朝铁玫瑰发射过去。

"他们想把我们打下去。"勒古叫道,但并不惊惶,"他们不是联安局边境监管员,否则会先警告,而且不会是这种炸裂弹。"

"的确不是!"潘蒂姆神色如常地转动着操作球,她的左手轻轻转动,铁玫瑰灵活地闪避开那些攻击。

"他妈的太难缠了,船长。"勒古紧紧盯着自己面前的附屏,三艘不明飞船仍然咬在他们身后。

潘蒂姆叹了口气。"看看你给我惹了什么麻烦呀,克拉拉。"

她按下操作球,铁玫瑰的尾部发动机泛出蓝光,接着一个漂亮的折回,朝着一艘飞船撞过去。

"你在干什么?"克拉拉看着正面舷窗里那不断放大的追杀飞船,吓得脸色发白。

然而铁玫瑰却在瞬间突然一降,头顶紧贴着那艘船的下腹部擦过。

几乎同时,一枚泛着白光的能量弹将自己的这个同伴炸得粉身碎骨。爆炸的巨大威力震得铁玫瑰剧烈摇晃,但在白光中,铁玫瑰却再一次加速，向着地面上一道峡谷冲去。

"我的天呐，我的天呐……"克拉拉使劲抚着胸口，"你简直是个疯子，潘蒂姆，我下次再也不坐你的飞船了……"

"上次你偷运瑟利人的克莱斯东宝石的时候也是这么说的！"潘蒂姆撇撇嘴，"而且也不想一想，是谁给我惹这么大麻烦的？"

"你怎么能肯定那些人是奔着蜜拉琪来的？"

"小姐，我的生意做了那么久，来找麻烦最多的就是联安局边境监管员，同行们都很守规矩，就算是竞争也不会花大力气装备能量弹——那还不如升级发动机或者塞点好酒给探员呢，谁会来杀我？而我才刚刚接你这单生意，就差点被炸成碎片——好好想想你是怎么走漏的风声啊，克拉拉！"

瑟利女人哼了一声，看向旁边的人。

"我……我保证离开天穹城的步骤都是按你告诉我那样做的。"他们的雇主有些尴尬，更紧地交握着双手。她虽然有着瑟利人常见的白皙肤色，也算不上特别漂亮，但她的眼睛很清澈，让人很难不相信她。

"嘿，算了，"潘蒂姆又降低了铁玫瑰的飞行高度，将整艘飞船藏进裂谷的阴影中，"现在没空追究，我得找个地方让我的小猫咪休息休息。"

克拉拉又紧张起来。"怎么了？"

勒古朝着她咧嘴一笑。"侧翼有警示灯，可能是被什么碎片擦伤了，还是检查一下比较保险。但不是大问题，如果是严重的损伤船长肯定不会说得这么轻松。"

潘蒂姆笑着在小助手脸上捏了一下。"好孩子勒古，你可真了解我。"

副驾驶张大嘴巴，露出雪白整齐的牙齿，脸上浮现出一层淡淡的红色。

铁玫瑰号不断地降低高度，直到贴近地面。她在一丛丛林立的石笋间灵巧地变化着角度，穿越石拱和大片空壳地层。各种伪装信号在石头间反射，没有任何飞行器能准确捕捉她的位置。

她向着北方不断前进，最后来到一片峡谷。

在峡谷最开阔处，是密密麻麻的金属建筑。它们大部分很低矮，最高的那栋就在正中间，也不过四层，上头有一个银色的雕塑，是手拿战斧的强壮男性——埃萨克人的勇气战神图卢度。那是混乱时代的英雄人物，出身底层，装备简陋，却凭借着过人的胆气和智慧，挡下了优岚家族当时最强大的天穹守护对埃萨克部落联军的追杀，死后被封为勇气战神之一。

这些建筑遵循着三角形建筑的惯例，只是在大小和装饰风格上各有不同。建筑之中留出了街道和广场，半透明的温室占据了光线最好的一片地，此外还有一大片停机坪。一些怀孕的埃萨克妇女带着孩子在街道中行走，而另一些埃萨克小孩则在属于自己的空地上玩着战斗游戏。

当铁玫瑰的身影划破半空，他们不约而同地抬起头看看她，又接着享受自己的时光，没有任何吃惊的样子。不过有个埃萨克男人却急匆匆地走出自己的房子，来到了临时停机坪。

潘蒂姆走下飞船，一眼就看到那个站在坪边的高大埃萨克人。

"特里普！"潘蒂姆欢快地朝他跑过去，一把抱住他的腰，"我就知道你一定会来迎接我。"

"当然了，我知道你快来了，玫瑰。"

这个埃萨克身材魁梧，留着士兵一样的寸板头，五官坚毅，古铜色的皮肤上有许多旧伤。他脖子上戴着一个陈旧的记忆卡，手臂布满纹身，左腿上覆盖着一层仿生支架，这让他放开潘蒂姆走向飞船的时候显得不太灵活。

"看起来又有人对她动武了?"钱德尔森·特里普抚摸着外壳上的刮痕,"这次的修理时间有多久?十天?"

"五天都不行!"潘蒂姆冲他吐吐舌头,"特里普,我需要你给我喷一层伪装强化涂料,然后我就得出发。哦,对了,还要更换燃料棒。"

"这么着急?"埃萨克男人有些诧异,"看起来你惹麻烦了。"

"不惹麻烦的话我的钱从哪儿来?你知道我干哪行。"

特里普笑了笑。"我说过你可以留下来。在这里,只要我说可以,没有人会反对。"

"不,亲爱的,"潘蒂姆摇摇头,"你知道我会说不。"

特里普拍了拍飞船外壳,不再说话。

克拉拉带着蜜拉琪走下船。通缉犯穿着朴素的外套,戴着遮阳帽,还有一顶防尘面罩。潘蒂姆很放心克拉拉,她从来都知道怎么才能最好地保护客户。

特里普对克拉拉点头致意,对另外一个人仿佛没有看见。他径直进入飞船,去看驾驶室。

"你来这儿干吗?"克拉拉有些紧张地看着周围,一些路过的埃萨克会盯着她们看,毕竟这里很少有瑟利女人出现。

"要干净利落地完成交易,我的小猫咪得保持最好的状态,只有特里普才知道怎么把她照顾得最好。"潘蒂姆低声对克拉拉说,"放心吧,特里普只关心我和我的小猫咪,他压根不会管你和那位麻烦小姐。"

"哼,你要能生孩子的话,估计他的儿子和女儿都只会是从你肚子里出来的。埃萨克不是恨不得个个都有十七八个孩子吗?特里普生了几个?好像只有四个。这可真是'人丁单薄'。"

"我的残缺换来了自由。"潘蒂姆眯着眼睛,"我属于星尘,克拉拉,我不会像其他人一样葬于泥土,我应该消失在宇宙之中。"

瑟利女人静静地看着她,很快转过头去。

特里普不一会儿就从飞船上下来,后面跟着勒古。他一边活动手腕,一边对潘蒂姆说:"磨损情况不严重,更换一些小零件就可以了。燃料棒我最后来换。这次你要去哪儿?如果距离远,我可以再给你准备一组备用燃料棒。"

"门托罗星。"潘蒂姆回答,"快去快回。"

"深泉星域。倒不是太远,而且是埃蕊的地盘,相对安全。但是最近各个星系边界都封锁了,据说天穹城出了一个大案子,到处都在追捕通缉犯。"

他看了一眼遮得严严实实的那个人。

潘蒂姆诡谲地弯起嘴角。"我知道有两条路可以先离开谷地。一是让我的小猫咪保持低速飞行,一直到北极,然后在双星落下的时候上升到和边境卫星NO.2341同高度,跟它旋转一周后自然脱离谷地大气圈;二是勒古在特里普这里照看小猫咪,给她穿上一身破破烂烂的'急速'公司货船的外衣,再塞进滚装船里,而我和克拉拉以及……这位女士,都去坐那艘滚装船。等离开谷地,我们就可以直接半路溜走了。"

她的话让克拉拉和勒古瞠目结舌,而特里普则皱起眉头。

"第一条路是你的老经验,会花费二十一天时间,这么一来,在之后去门托罗星的路上就不能再出意外,还得担心跨星域边境的警卫是否更森严,有可能情况变化之后就没法子入境了;第二条路当然是绝对可以离开谷地顺利潜入门托罗星的,但恕我直言,那其实是找死。伪装工程,包括运上滚装船,一共只需要一两天时间,这很快,但现在边境查验很严格,风险很大。"

"其实就是整体偷渡和分散偷渡的区别吧?"克拉拉耸耸肩,咽了口唾沫,"好吧,我不发表意见,我不擅长带路。你选一个,潘蒂姆?"

铁玫瑰却看着特里普。"你希望我走哪条路,老朋友?"

NO.3 暗流

铁玫瑰号在谷地的黑市运输船中有着不错的名声,这都得益于它的主人。潘蒂姆对于飞船的驾驶实在太得心应手,而且知道各条公众航路中的隐秘拐点,甚至连许多秘密航道都烂熟于心。她知道躲避联安局边境监管员的所有方法,也知道如何跟星际海盗们周旋,她驾驶铁玫瑰号就如同一只双尾雀穿梭在茂密的树林里,却不会被树枝挂掉一根羽毛。

所以,当她面带微笑向特里普提问的时候,那个埃萨克人完全明白,其实她心中早已有了选择。

"你已经很久没有刺激的冒险了吧?"特里普这么对她说,"行了,我会给你的小猫咪暂时穿上难看的外衣,然后把它送去跟你见面。"

事情就这么定下来。潘蒂姆高兴地跳起来,攀住特里普,重重地在他脸上亲了一口。

铁玫瑰号已不是第一次降落在这个埃萨克部落中,而潘蒂姆也经常出现在特里普的修理厂附近,所以修理工们并没有对这个红发女人给予太多的关心，反而对克拉拉和遮住头脸的蜜拉琪多看了两眼——毕竟瑟利人总跟他们的长相有些区别。

特里普照旧把潘蒂姆和她的乘客领进了一个小巧的地下室。里面跟油腻的修理车间完全不同，大大小小的软垫堆在一面墙边，周围是矮桌和酒瓶，挨着的另一面墙整个儿都是发光的德拉盐矿石，让人有种说不出的舒服。

潘蒂姆欢呼一声，扑向那堆软垫，又抓住一瓶玫红色的甜酒。"这是女士的房间，"她踢了想跟进来的勒古一脚，然后把克拉拉和蜜拉琪拽到身边。

特里普似乎很愿意看到她这享受的模样，笑着挥挥手，说了声"随意"，就拎着嘟嘟囔囔抱怨的勒古退了出去。

潘蒂姆关上门，脱下外套，倒在软垫上咕嘟咕嘟灌了一大口酒，发出满足的叹息。

克拉拉则打量着这个房间，嘴里啧啧有声："那头熊到底有多喜欢你，这可是专门为你弄的吧，我都要嫉妒了。"

潘蒂姆斜着看了她一眼，没有接话，反而冲着蜜拉琪抬起下巴。"好了，小姐，可以把你缠在头上的东西取下来了，这儿没人注意你。"

蜜拉琪看看克拉拉，还没说话，潘蒂姆又开口道："行了，别像个提线木偶。如果你要依靠我逃走，那对我还是得有点基本的信任吧。"

蜜拉琪终于屈服了，她解下面纱，然后在潘蒂姆对面的软垫上坐下来。

无论从瑟利的角度，还是埃萨克的审美来说，她的脸都透着干练，就是身材比一般的瑟利女人瘦小一些，当然更不能跟埃萨克女性相比了。她浅绿色的短发有些凌乱，让她显得有些狼狈。

"我们现在有一小会儿休息时间。特里普会给我们带一些不那么起眼的服装和交通工具，然后我们再出发。但在那之前，我们最好再了解一下彼此。"潘蒂姆把甜酒的瓶子放回原位，盯着蜜拉琪，"吉尔小姐，克拉拉这个守财奴为你作保，相信你的清白，可我还是觉得也许您得亲口再跟我说说您所知道的事情。"

克拉拉打断潘蒂姆："嘿，你越界了，我的船长大人，咱们这一行只管运'货'。"

"前提是那'货'很安全。现在你给我找了一颗定时炸弹，我得在它没有爆炸前脱手。现在我要知道它的起爆时间是长还是短。"

克拉拉撇嘴，对蜜拉琪说："那就告诉她你知道的一切吧，就当额外附送了。反正做生意都会有点风险金。"

被通缉的瑟利女人叹了口气，对潘蒂姆说："我知道您的担心，船长。我给克拉拉说过，我是被冤枉的，现在我也会这么给您说。梅洛姆议员不是我杀死的，我绝对、绝对没有做过那么可怕的事情。"

她的声音略有些沙哑，却很悦耳，但潘蒂姆不为所动。

蜜拉琪顿了一下，继续说道："我是议员秘书室的一等秘书。梅洛姆议员是埃萨克在联盟议会中的首席代表，所以他的秘书配备人数是六名。公务秘书和私务秘书是分开的，而我是一等秘书，所以议员阁下的生活安排和工作安排其实是我总负责，因此我能够自由进出议员的住宅和办公室。以前都很好，很正常，但是那一天……"

她闭上眼睛，深深吸了一口气，仿佛在竭力让自己平稳地叙述。

"那天是尘熙新历四月二十三号，是议会休息日的第一天，我记得很清楚，因为原本秘书室会放假，但是梅洛姆议员嘱咐我中午十一点前去他的住所。关于联盟新一轮征兵计划和外层空间防御计划都要进行议会讨论，这很重要。因为按照边境守军基地的汇报，光域外的一些边境行星联系不上。他们给出的零星报告说，有赛忒飞船出没的迹象，所以加强安防投入非常紧迫。飞洛寒·切斯科特议员一直反对梅洛姆议员的提案，因此他需要最后改进答辩提纲。虽然我们有加密的即时会议系统可以实现异地办公，但是梅洛姆议员习惯和我当面讨论。所以我在大约十点四十分的时候到达了他的住宅外，去议员的拳击室找他。埃萨克人不喜欢设置书房，船长您大概也知道……"

"是的，我们喜欢更直接的知识传授方式。"潘蒂姆耸耸肩，"不过请你把这节说得详细些好吗？梅洛姆议员住在哪儿？"

"天穹城郊外的费立安社区。您大概知道那个地方，岩石很多，植物稀少，瑟利和埃蕊都不喜欢，但埃萨克偏爱那种地貌。梅洛姆议员和另一些埃萨克人在那里买了一些地，修建自己喜欢的建筑。"

"议员一个人住在那里？"

"是的，他是个凡事喜欢亲力亲为的人，工作人员都在议会区域跟他见面。"

"但是你可以去他那里，而且我想你是径直去了拳击室，并不需要他开门。"

蜜拉琪迟疑了一下，点点头。"我的确有权限，我是一等秘书。"

"然后呢？"

蜜拉琪闭上眼睛，接着说："我打开门的时候，梅洛姆议员就已经死了。"

"你怎么知道他当时已经死了？"

"他趴在地上，整个后脑都凹陷了，是一大片焦黑的痕迹。"

潘蒂姆一边听一边回忆新闻报道。那里面没有关于这些细节的描述。"凹陷和焦黑……那应该是电子枪造成的……"

"我不知道，"蜜拉琪摇头，"我压根就不会使用这类武器。我的微晶能力是通信，只是能尽快将数据和资料传递出去。我当时就报了警，使用紧急信息无障碍传输的能力。我当时留在现场，等待警方到来。我以为这是正常程序,可是……可是等那些探员来了以后,我就发现这事不对劲了。"

"你指的是什么?"

"议员的住宅有着非常完备的安保系统。当探员车队赶到的时候,我听见了系统预告的声音。他们知道我在现场,应该通知我打开大门,但是他们径直闯入警戒线,而且直接破坏了大门。这不是正常的警务程序,一点儿也不正常!我觉得那些人并不是探员……就算是探员,也不是为了调查议员死亡的案子而来。"

"所以你逃走了?"

"是的。我知道议员这栋房子的密道。我还没回到家,就从微晶通信上看到了关于我的通缉令。"

蜜拉琪看了看克拉拉。"我当时想起来,以前有个朋友告诉我她可以帮助有需要的人避开联安局边境监管员离开天穹城,所以我使用秘密通信频道联系了她……"

"然后你就到了这里。"潘蒂姆帮她说完剩下的话,"我知道了。"

蜜拉琪有些着急:"你不相信我?"

潘蒂姆笑了笑。"这个不是你该担心的,小姐。无论我相信与否,现在走到这一步,我只能完成委托,否则会影响我的信誉。但是我想,如果你说的都是真的,倒是可以解释为什么我们之前会被一些莫名其妙的人追着打。有人不想你活着,或者说他们不希望你活着乱跑。"

克拉拉撇撇嘴。"按照老套的戏码,那些人应该跟梅洛姆议员的死有点关系,搞不好就是凶手一伙儿的。"

蜜拉琪脸色更加发白,手指紧紧地绞在一起。

潘蒂姆抚弄着肩膀上的卷发,叹了口气。"我得去跟特里普说一声,给小猫咪多喂一些弹药,谁知道出了谷地还会不会碰上什么乱七八糟的人呢。对了，你确认门托罗星接应你的人可靠？"

蜜拉琪点头。"那是梅洛姆议员告诉过我的一个秘密通信号码，他说是上次与赛忒交战时认识的战友。他把一些重要的东西都存放在他那边。所以我逃亡的时候联系了那个人。他让我尽快过去，因为议员给他的一些文件让他预感到了危险，但是没有想到来得这么快。"

"知道他的身份吗？"

"知道，我已经核实过了。"

潘蒂姆耸耸肩。"又是一个'神秘人'，不过没关系，我们的生意跟他无关。只要把你送到就好，希望你之后一切顺利。"

她言下之意就是：如果蜜拉琪所信赖的人靠不住，她也不会再伸援手。这未免有些让人难堪，却天经地义，克拉拉也点点头。"生意归生意，所以，蜜拉琪，你可得想好。"

瑟利女性毫不犹豫地说："这个我明白，但那是我唯一能去的地方。"

潘蒂姆松了口气，她喜欢这种目的明确的客户。那些中途改道的可真让她受不了，哪怕多加钱也一样。这么一想，这单生意就显得不那么讨厌了。

三位女士在这间休息室里又随意闲谈了几句，就听见门上的滤音器中传来特里普的声音，表示有点小事打搅。

"你文绉绉的我可真不习惯，"克拉拉起身打开门，看见特里普提着一个口袋站在外面，"行了，进去吧，你的铁玫瑰就在那边儿。"

特里普斜着眼睛看了看克拉拉，那神情让瑟利女人恼怒——要知道他从她招揽的生意里也有不少提成。

但很明显，特里普完全感受不到这股怒火。他来到潘蒂姆身边，打开那个口袋。"我给你们找来了一些衣服，最好赶紧换上。你们要到最近的货运码头去，只能从陆路走，别穿得太显眼。"

潘蒂姆翻了翻那些衣服，基本上是埃萨克女性和瑟利女性最朴素的穿着。还有两只腕带，上头是形状不同的识别晶卡，还有一管可以改变面部轮廓的伪装剂。"一个食品检验员，一个餐厅女招待。"潘蒂姆抢先拿走了那个代表检验员的腕带，上面是三角形的晶卡，"好吧，但愿我能有机会在检验的时候把那些贵得要死的谷地高档甜酒统统尝一遍。"

特里普笑了笑。"我只有一辆'沙鼠'，所以你们至少得有一位留下来跟我一起行动。"

"沙鼠"是一种在谷地相当普遍的双轮车，前后轮在一条直线上，而座位在后轮的两侧，一次最多可以乘坐两人，载重也不大，但是跑起来很快。

"当然就是我了！"克拉拉摊开手说，"反正我不擅长近身搏斗，要是打起来我只会拖后腿。不过，玫瑰，你为什么不等着你的万能男友修好小猫咪再动身？"

"让我留在一个地方等着被不知名的对手定位？想都别想！"潘蒂姆说，"之前咱们莫名其妙地被盯上，这回就分开走。克拉拉，要我说的话，你不用跟着特里普，最好和勒古从另外一个方向到圣基拉港口，然后跟我汇合。"

"好吧，反正我只管谈生意。"克拉拉耸耸肩，"出力气的活儿我都听你的。但可别把生意搞砸了！"

"没问题，照顾好的客户我责无旁贷。"潘蒂姆朝着蜜拉琪挤挤眼睛。

"天黑以后就出发吧。"特里普叮嘱道，"沿着西风河谷的平原走，那里人多，反而不会有谁会注意到你们。"

"谢谢，我的骑士。"潘蒂姆握住特里普的手，"两天后我们在圣基拉码头见面吧，记得准时把我的小猫咪送来。"

"我会的。"特里普又说道,"上次你给我提过铁玫瑰的速度问题,还记得吗?"

潘蒂姆愣了一下。"哪次?在天穹城的那次?那可是好久以前了。不过,能让我的小猫咪跑得再快点儿肯定最好。"

"现在她的速度是四百倍光速,我给她做过检测,她是我一直维护的,所以即便是七百倍光速她也能承受。"

潘蒂姆的眼睛顿时闪闪发光,她一把握住特里普的手。"你会为我把她升级到最好,是吗?"

"这两天我会试试,并且成功的把握很大!"特里普又笑了笑,"不过,她变成野猫的话你能控制住吗?"

潘蒂姆骄傲地抬起下巴。"我的船永远都会听我的!宝贝儿,哪怕她达到一千倍光速。"

"那可是顶级战舰的速度了!"特里普的脸色突然严肃起来,"如果,玫瑰,我是说如果,你真有一天能够驾驶千倍光速的飞船,你想过会发生什么事吗?"

潘蒂姆打了一个响指。"那么,整个宇宙都是我的了!"

两个太阳一前一后地落下谷地的地平线。与此同时,三个淡黄色的新月慢慢升起,均匀分布在天空中。

潘蒂姆手握操纵杆,在月光的照耀下飞驰于布满砂石的平原。在这片不算平坦的地面上,"沙鼠"那弹性极佳的车轮可以跑得很快。如果是在别的联盟行星上,或许会不时有两三个巡逻机器人掠过,但是在谷地,没有任何夜间警戒力量。

"我们快要到斯多里隘口了。"潘蒂姆通过沙鼠上的"通信器"跟克拉拉联系,旁边坐着蜜拉琪。

克拉拉回复"收到"以后,潘蒂姆把手环上的晶卡安到遥感器上。不一会儿,前方的平原渐渐升起,形成一道高墙。高墙中间是个裂缝，镶着两道明亮的边儿。那就是斯多里隘口，通过这里就进入了埃萨克的铜鼓·西里尔部落——埃萨克的十大古老部落之一，以强悍的殖民手段和近乎强盗的交易方式闻名，其核心高层传承着最古老的战神之一的基因。他们对外族相当排斥，据说是因为族人一直以来在严格守护某个秘密。

这是到"急速"公司货运码头最快的一条路。

"特里普给咱们的晶卡能管用吗？"克拉拉在通信器里问道，"铜鼓部落的人可是出了名的死要钱，要是发现用伪造的晶卡交过路费，可是会让你们留下来做十年苦工的！"

"特里普什么时候出错过？"潘蒂姆又笑起来，"再说铜鼓的人算什么呀，你难道忘记上次送的那个偷运基因疫苗的家伙了？他给了你假币，然后你……"

克拉拉打断她的话："我做得很好，玫瑰，我可没叫他做苦工还债，我只是让他把所有的货留下而已。"

"然后一脚把他踢下了船。克拉拉，你别忘了那片星系离赛忒式的边界有多近。"

"他如果付得起本该给的路费、燃料支出补偿，还有被骗以后的精神补偿，我可能就不会那么做了。"

蜜拉琪安静地坐在克拉拉旁边，并不理会两人的对话，只是忧心忡忡地看着那越来越近的隘口。

当她们进入一个固定区域以后，隘口的光线突然射出来，铺成了一条引导线，让"沙鼠"慢慢驶进。

"沙鼠"透明的外壳上呈现出泛着荧光的图像，一个衰老但健壮的埃萨克人看着她们。"目的地是'急速'货运公司的圣基拉码头，请接受扫描，柯林亚姆小姐和潘迪露小姐。"

她们已经记牢了自己的化名，对这道程序也毫不意外。

"沙鼠"放缓速度进入隘口,一道银色光线慢慢地从车头开始轻柔地爬过车身。

潘蒂姆能听到光线和车身接触时发出的如同电流一般细微的声音。但那声音突然间变成了尖锐的巨响。

"有违禁品!"埃萨克检验员的头像立刻浮现出来,"请下车接受检查。"

"该死的!"潘蒂姆大吃一惊,脑子里飞快地转动起来:这个瑟利到底带了什么?在出发前明明都已经检查过一遍,怎么会突然出这样的纰漏!

她打开"沙鼠"的前盖,高举双手站到地面上,一道绿色光线将她全身扫描了一遍,特别在腕带的晶卡上停留了一会儿。

绿光消失后,潘蒂姆一下子把蜜拉琪拽了出来。

"你藏了什么?"她恶狠狠地盯着瑟利,"出发前我说过能不带走的东西都要扔掉!"

蜜拉琪脸色发白,双手紧紧地交握。"我什么都没带,我没有!"

潘蒂姆无法判断真假,但要是这个时候还骗她,那这个瑟利就真是蠢得无药可救了。铁玫瑰很想对着克拉拉大吼,但她知道埋怨已没有任何意义了,因为隘口上方的守卫正乘坐速降机降落下来。

他们都是埃萨克,这毫无疑问,他们对瑟利人没有好感。潘蒂姆在心底盘算着,也许她可以想办法蒙混过去,因为特里普给她准备的晶卡从来都很可靠,在身份上他们查不出问题,除非……

但当潘蒂姆看到从速降机上下来的人时,就知道自己的打算估计要泡汤了。她遇到过行星大气圈上层的陨石雨,遇到过联安局边境监管员的死追狠打,也遇到过星际海盗的半路围堵,但像现在这样手足无措还是第一次。

那个名为拉格耶的探员此刻正站在她面前露出微笑。他在两个埃

33

萨克人中间显得瘦削而修长,瑟利特有的优美轮廓更是和石头一样的埃萨克形成了鲜明的对比,但潘蒂姆却从来没有感觉谁能如这个男人一样面目可憎。

她的身后是隐藏着不知名危险的"货物",而面前站着她的追捕者。

"今天真是我的幸运日。"潘蒂姆咬牙切齿。

NO.4 谁都有秘密

"怎么回事?"开口的不是哈克·拉格耶,反而是身材粗壮的埃萨克守卫,"你们这辆车上有违禁品!"

"绝对没有!"潘蒂姆立刻否认,"我们只是路过的求职者,我们需要尽快赶到圣基拉港口,那儿有我们的新工作!"

"一个瑟利,一个埃萨克。"守卫哼了一声,"好吧,刚才扫描报警的信号是从瑟利身上发出来的,你带了什么?"

蜜拉琪忍不住往后退了一步,却坚定地摇摇头。"我什么也没有带,我以我身体里的微晶发誓!"

守卫却冷笑道:"我们可对你们的微晶没有那么大信心,还得再次检测才行。另外,那个谁⋯⋯"他转头对旁边的瑟利男人说道,"现在你可以看看她们是不是你要找的人。"

潘蒂姆紧张地看着拉格耶。狭路相逢,她虽然并不想撕破脸,可真要打起来才能脱身的话,她也并不是没有准备。她悄悄地动了一下金属右手,同时紧紧地盯着拉格耶,等着那个联安局边境监管员说出"是"。

但她的追捕者却默默地看着她，用一种古里古怪的眼神。然后他将目光转向另外一个女人，最终摇摇头。"不是……不是她。"

潘蒂姆有些庆幸自己在蜜拉琪的脸上抹了伪装剂，使得她的面部轮廓略微发生了改变，至少不会让人一眼就把她跟通缉令上的女人联系起来。

守卫不耐烦地挥挥手。"那就结了，探员先生，我告诉过你我们这里很严格，形迹可疑的人是无法通过的。你要追捕的嫌犯不会选择我们的部落经过。"

他一边说，一边和另一个埃萨克守卫拿出细长的检测仪。他把检测仪发出的光朝着蜜拉琪扫过去，潘蒂姆的心顿时提到了嗓子眼儿。

银色光线迅速在蜜拉琪身上掠过，检测仪却没有再发出警报。

守卫瞪着眼睛，不死心地又扫了好几遍，却一次也没有发现异常。

"奇怪……"他嘀咕道，"好吧，大概那玩意儿又坏了。"

守卫们确认没有违禁品，又核对了晶卡，终于挥手放行。其中一个对拉格耶说："探员先生，你是打算跟咱们回哨卡，还是继续待在这里？要我说，你的情报有问题，没人能在铜鼓部落搞鬼，就这么简单。"

拉格耶面无表情，让潘蒂姆心里更犯嘀咕了。但她没打算开口，等着那个便衣探员的反应。

"好吧，你是对的，"他硬邦邦地说道，"既然如此我就不必再逗留，联盟警方感谢你们的合作。"

潘蒂姆和蜜拉琪坐着"沙鼠"通过隘口，向铜鼓·西里尔部落深处进发。她们渐渐将发光的隘口甩在身后，前方的戈壁变得平缓，"沙鼠"前方的灯光笔直地射出一条光带。

"你干了什么？"潘蒂姆皱着眉头，"我不会相信什么仪器故障，小姐，你如果有什么不得了的秘密我也不稀罕听，但是，如果你对我有所隐瞒而导致这单生意失败，那我可不会负责。对了，克拉拉也不会退你钱，哪怕你跟她是朋友。"

蜜拉琪举起手。"我没有带违禁品。大概是我的微晶会跟仪器起冲突，我降低了微晶的活跃度，仪器就不会感应到了。"

潘蒂姆瞥了她一眼，不再多说。她明白这个瑟利没跟自己说实话，但她没工夫分神来教训她。她知道现在还有个更棘手的事情等着她。

大概几分钟以后，一辆"飞梭"从后面赶超上来，一个漂亮的回转，停在了"沙鼠"前方五十米的地方，黑色的车身只有底盘下的悬浮口发出白色的荧光，仿佛一个幽灵。

潘蒂姆叹了口气，缓缓停住车。

哈克·拉格耶，她认识他很多年了。这个探员和一般的联安局边境监管员不一样。听说他原本是欧菲亚联安局里的特别行动人员，按理说是精英中的精英，压根不必来谷地这样一个边境星球。但在几年前的一次星际海盗围捕行动中，驾驶单人战斗艇的拉格耶遇到了铁玫瑰号。

当时潘蒂姆装载着一整船走私的WIE083矿石——那是制造新式粒子枪的核心材料，刚好路过那个战斗现场。

她毫无疑问地被当成了可疑人物。那突如其来的围剿可是大鱼小虾一网打尽的。潘蒂姆用她高超的驾驶技巧逃避着追捕。虽然她渴望逃走，但即使在最危急的关头，她也没有想过开火——走私偷渡是一回事，袭警可就是另外一回事了。况且她知道探员们的心眼儿有多小、有多记仇。

她谨慎地使出浑身解数，甩掉了一条又一条尾巴。

但是，还有一条却始终咬着她不放——就是姓"哈克"、名"拉格耶"的探员先生。

不得不说，拉格耶探员也是一位飞船驾驶高手，他的单人战斗艇一直保持着最好的极速飞行记录和击坠数。但是那一次，他败在了铁玫瑰的手下。

她将他引出战斗现场，并利用小行星带让他迷了路。

倒霉的拉格耶回到天穹城的时候，受到了不少嘲笑。他的年龄和资历原本不够资格进入特别行动队，所以一直流传着他有特别的背景和关系这一类的话，甚至还有人说他是从更高级别的地方给踢下来的。但这都不能让他在那次迷路事件之后免于惩处。

于是当惩处执行以后，哈克·拉格耶主动申请调入便衣探员队的逃犯追捕分队，开始四处寻找铁玫瑰号的踪迹。他的工作很有效率，对铁玫瑰号和它的驾驶者也越来越了解，但他还是抓不到她。有几次他几乎就成功了，然而潘蒂姆太了解黑市和联盟的灰色地带，总是会及时脱身。

如果不是因为交手多次，并且太清楚拉格耶是个死要面子的偏执狂，潘蒂姆真要认为他爱上了自己。

可今天晚上的事情透着蹊跷，潘蒂姆知道他多半会来找自己，所以倒没有特别慌张。她示意蜜拉琪留在车上，然后向着飞梭走过去。

拉格耶打开车门，也下来了。

"晚上好，哈克探员先生！"潘蒂姆用熟络的口气招呼他，"真抱歉啊，我原本该在芬格里斯的酒吧里请你喝一杯的，但有点儿急事就先走了。没想到你居然在这里等着我，可惜这儿没什么能招待你的。"

拉格耶看着她。"谢谢。铁玫瑰，这种口不对心的客套话就别说了，听得我浑身不舒服。"

"抱歉了。"潘蒂姆笑了笑，"我们如果不出现在对方眼前，估计都舒服很多。我建议从现在开始咱们就各走各的，反方向，怎么样？"

拉格耶突然伸出双手，一股光束猛地从他手腕上射出，迅速变化成银色的绳索，直扑向潘蒂姆。

女船长反应奇快，一错身，随即向后退去。那绳索扑了个空，又迅速转弯，这次一下子打在潘蒂姆的钢铁右手上，立刻像蛇一样牢牢地缠绕住。

潘蒂姆冷冷一笑。"怎么，这次是真要抓我走吗，探员先生？你确定你办得到？"

"如果我想，那就可以办到。埃萨克知道瑟利的微晶能力有多强。"拉格耶抖了抖右手，绳子重新变成光束回到他的手腕中，"但我来不是要逮捕你，至少今天不是。"

潘蒂姆拍拍手，露出她常有的妩媚笑容。"早说嘛，探员先生，咱们是老朋友，动起手来伤感情。怎么，需要我帮忙？有什么用得上我的请尽管说。"

"你们的梅洛姆议员在天穹城被杀了，你知道吗？"

"通缉令已经传遍了整个联盟，有谁不知道吗？"潘蒂姆面不改色心不跳地说，"那可真是一大笔悬赏呢！等干完这单生意，我也要当个赏金猎人，那就是在帮你们的忙，你也不会追究我跑了，对吗？"

拉格耶冷淡地看了她一眼。"你最近没有接到从天穹城偷渡的生意吗？"

"没有。"潘蒂姆叹了口气，"瞧，你最近在谷地跟我跟得那么紧，搅黄了我多少生意呀！我都只能在临近几个小星球上找点散活儿。"

拉格耶皱着眉头制止了她的诉苦。"行了，行了，我既然现在不逮捕你，当然不会追究你这段时间的违法行为。但你得告诉我实话，那个从天穹城逃走的嫌疑犯有没有在谷地出现的迹象？"

"真荣幸，你来问我，看来你认为我在谷地是消息最灵通的。"

39

"别耍嘴皮子了,铁玫瑰,这很重要。"

"没有,半点儿消息也没有。如果她要从天穹城逃走,付的钱可得比赏金高才行,不然我们怎么接活儿呀?"

"你带的这个女人是谁?"

"她吗?"潘蒂姆回头看了一眼,"哦,一个痴情姑娘,爱上了一个埃蕊,你知道没几个父母受得了,所以她偷偷溜出来让我帮忙,就这么回事。"

"你要去埃蕊的深泉星域?"

"嗯哼。"

"现在所有的边境进出都很难,探员的特别任务都变成了寻找通缉犯,在执行非必要任务的时候,会优先搜寻通缉犯。"

潘蒂姆在心中暗暗地骂了句"见鬼"。

拉格耶盯着她。"注意,铁玫瑰,这个女人非常重要。我们可以暂时休战,条件是你得帮我打探消息。如果她真的逃到了谷地,你得告诉我。"

潘蒂姆笑起来。"这有点不划算呢,探员先生,那悬赏很高,可抵得上我做好几单生意。我自己偷偷把她抓住领赏不是更好?"

"顺便也把自己送到探员手里?"拉格耶冷笑道,"你的案底多到可以在黑城监狱关上五十年,或者去 DWI-208 的稀有矿产行星带劳动三十五年——如果你真的可以活那么久的话,也许你会有剩下的几年来享受赏金。"

"哈克探员先生,我从来不知道您也是这么卑鄙的人啊。"

"彼此彼此,小姐,你也得看我和什么人打交道。"

潘蒂姆没有为这点儿小争端发火。她抱着双臂,反而朝拉格耶走近了几步。"我说,探员先生,你还有什么瞒着我?"

拉格耶挑了一下眉毛,看着面前的埃萨克人没说话。

"哎，说什么执行命令或者赚赏金可都骗不倒我。你不是守规矩的人，也不是喜欢钱的人，否则不会跑到这里来做个便衣探员。那个通缉犯有什么特别的地方吗？或者说她会带着什么秘密？跟梅洛姆议员的死有关系吗？"

"你有时候很聪明，铁玫瑰，应该知道有些事不能问。"拉格耶顿了一下，又说道，"提醒你一句，通缉令里没有说过嫌疑犯的微晶能力，但实际上她可以实现超媒介通信，也就是说她可以不必通过正常渠道联系任何人。"

这一点倒是没骗我，潘蒂姆在心中哼了一声，脸上却还是带着笑容。"听起来倒很实用，但这有什么关系？"

"她可以随时联系任何人，但前提是知道被联系人的账号。目前我们还没有发现她跟熟悉的人有消息传递，因为她固定联系某个人的时候，那种发射频率容易对周围产生影响。你也可以把这一点作为线索。"

"好吧……"铁玫瑰点点头，"我知道了，探员先生，真感谢你给我说这些。"她忽然朝拉格耶伸出手："那我们暂时休战了，对吗，探员先生？"

瑟利男人意味深长地看了她一眼，想了好一会儿，终于握住她的手。"是的，玫瑰，我们暂时休战。"

"沙鼠"继续在戈壁上奔驰。它现在已经进入了铜鼓·西里尔部落的深处，三角形建筑沿着主干道密密麻麻地排列着。道路两旁浅埋着的探测器亮起了灯，在确认隘口处传来的安全数据以后，任由它通过。

潘蒂姆轻松地握着"沙鼠"的操纵杆，看着透明前盖的外面。部落的灯火如同沙漠中落下的星光，显得静谧又美丽。她右手轻轻地下压，让速度慢了下来。

"蜜拉琪，"她叫着乘客的名字，"我之前告诉过你，你可以保有你的秘密，但是不能拖累我们这次行动。"

瑟利女人望着她，伪装过的脸上有些紧张。

潘蒂姆视若无睹地说下去："是我搞错了，小姐，你之前的确没有带违禁品，但你不老实。在过隘口前你尝试着调动微晶能力，所以才会在第一次扫描时被查到；当你结束使用能力以后，扫描就安全了。你在联系谁，嗯？你偷偷地、却又迫不及待地联系谁？"

蜜拉琪脸色发白。她看了潘蒂姆一眼，咬着下唇，却仍然没有开口。

"别否认，小姐。"潘蒂姆继续说，"没错，你可以说我没有证据。如果不是那个烦死人的探员先生把他知道的事儿告诉我，大概我也猜不到。但现在我知道他说的可都是真话，小姐，赶紧说吧，你还准备做什么小动作？让我有个准备行吗？"

蜜拉琪吞了口唾沫。"我不想拖累你，船长，我发誓……"

"你已经对着你的微晶发过誓了，誓言说多了一点意义都没有。"铁玫瑰毫不留情，"你在联系谁？我们之前就被追踪过一次，这让我不得不多想一些。"

"我绝对没有泄露行踪。我只是需要做一些事情，我必须那么做。"

"我想把你扔下车去，小姐！"

"克拉拉收了我的定金了！"

好吧，潘蒂姆咬紧牙关，心中腾起一股怒火。这还不是我见过的最难招待的客人，但我可以不受这个气。她一遍又一遍地想，等到了圣基拉港口我一定要揪住克拉拉的头发让她把钱吐出来，退了定金，这笔生意不做了！

"沙鼠"里弥漫着一股沉重的低气压，但它依然准确而稳定地沿着铜鼓部落内的大路行进,并经过了第一个聚居区。地面探测器越来越少,最终一个也没有了。四周又陷入了黑暗,只是在最远处依稀有一些模糊的灯光——那是铜鼓部落第二个聚居区。

变故就是在这段路上发生的。

几乎就在一瞬间,一股白色光线突然从一旁射向"沙鼠"。潘蒂姆迅速扳过操纵杆,那道光便在"沙鼠"原来的行进道路上炸出一个巨大的坑。

"真是见鬼了!"潘蒂姆大声叫道。话音未落,又是几道白光袭来。潘蒂姆操纵"沙鼠"精准地避开,同时也看清了那些袭击者。他们隐藏在黑暗中,穿着黑色的长袍,戴着不反光的头盔,手上端着粒子枪。在发射的瞬间,潘蒂姆看到他们诡异的身影正快速地向这边靠近。

"那是谁?"蜜拉琪在旁边尖叫,"他们要杀了我们?"

"不知道!也许有这个打算!"潘蒂姆没时间管瑟利人的感受,努力让"沙鼠"疯狂地躲闪着、旋转、折返、后退、加速,从大路闯进了沙地。

白光不断地爆炸,将她们咬得死紧。

潘蒂姆一手紧握操纵杆,一手在透明前盖上调试。她逐渐分辨出那些袭击者:他们至少有十个,甚至更多,并且各个方向都有——他们穿成那样趴在地上,根本没人能发现。

"沙鼠"只是普通车辆,没有任何武器,潘蒂姆无法反击。她尝试着甩掉他们,但在这么多人的包围和强大的粒子枪火力下,这几乎是不可能的。

潘蒂姆心焦如焚,她的手指抖了一下,忽然感觉到车底一震,接着整个人腾空而起。

"沙鼠"被擦着右侧的一道白光炸裂了,潘蒂姆和蜜拉琪都被重重地甩出车子，摔到沙地上。

蜜拉琪感觉到嘴巴里有血腥味儿，但她没时间去想到底哪里受伤了。而此时，潘蒂姆则在一旁痛苦地抱着手臂。

几个袭击者已经朝她们举起了枪！

然而当几道白光同时射向这边的时候，却突然在半空中被阻挡，顷刻间散逸成一片光晕。

蜜拉琪没有感觉到身体撕裂的疼痛，她瞪大眼睛，看到潘蒂姆坐了起来，伸出右手挡住了所有的攻击——

铁玫瑰那只钢铁右手正在变化，所有的铁质都变成液体涌向她的右半身，甚至覆盖了她半张脸。一只完整健全的手臂暴露出来，并散发出极淡的蓝光，它以肉眼可见的速度又覆盖上新的钢甲，这些钢甲更厚，并且不断生长着，重新包裹起右手，一把硕大、颀长、同时有着三道白刃的武器出现在铁玫瑰手臂上。

她抬起手，一簇蓝色光线射了出来，并在途中分裂成五条，分别刺入五个袭击者的身体。

局势顿时改变，包围圈有了一个缺口。其他袭击者也被这突如其来的变故震惊，有一瞬间，周围猛地安静下来。

蜜拉琪清楚地看到，面前这位红发女船长整个右侧上半身都覆盖着战甲，甚至连脸上也不例外，而左眼却变成了陶瓷珠一样的白色。

她张着嘴，惊讶得忘记了自己正身处险境。

然而事实就是这样：每个人都有秘密。

NO.5 危险的行进

蜜拉琪听说过铁玫瑰,这位联盟内部有名的黑市船长。即便是在繁华而喧嚣的天穹城,也永远流传着各种关于边境行星的精彩故事,而有着鲜艳发色的走私船女船长当然是尤为吸引人的,更何况她还从来没有被抓住过。

在所有传说中,她都被描述成一名美丽动人、野性十足的埃萨克,她有着高超的飞船驾驶技术,善于随机应变,摆脱各种追捕。有人称赞她的射击技巧,也有人说她近身搏斗能力非常出色,甚至超过很多男人。

但对一切战斗技能的称颂都是基于她是个埃萨克,她只能依靠武器和对自己肉体的磨炼。

现在,蜜拉琪却惊讶地看到,这位传奇般的埃萨克女性有一半身体如同瑟利一样,被微晶装甲所覆盖。那些装甲保护住了她的半身,包括心脏和一半的头颅;她的右手上延伸出了一支并不粗大的枪管,但枪管后部却有一个巨大的弹仓,并且顺着手背直到前臂,长出三道白刃。

随着潘蒂姆变化出这个形态，她的战斗力似乎一下子提升了好几倍。右手枪管中射出的白光迅速准确地击中那些围攻的人。原本危险的局势改变了，袭击者很快就无法再形成包围圈，他们改变了队形，开始躲避潘蒂姆的进攻。

蜜拉琪有些迷惑，她甚至不敢判断眼前战斗的人到底是埃萨克还是瑟利，又或者两个都不是。

袭击者又加快了步伐，他们的粒子枪光束不断地射向潘蒂姆，几乎要交织成光网。但除了偶尔有一两道会在潘蒂姆的右半身擦过以外，并没有对她造成伤害。似乎在变身以后，她的速度也同样提高了很多。

潘蒂姆跟众多袭击者打成了平手。她不但能快速躲闪，还能够还击。但蜜拉琪却成为了夹在母狮和特立拉郊狼中间毫无自保能力的猫，只能趴着瑟瑟发抖。她在恐惧中握住自己的右手手腕，指缝间泄漏出一丝红色的光。

袭击者注意到她，他们开始改变策略。大部分人仍在集中火力攻击潘蒂姆，但也有一两个将枪口对准了蜜拉琪。

潘蒂姆立刻意识到他们的目的。她冒着被射中的危险，突然朝蜜拉琪的方向移动，但火力的密集让她不敢大步突进，而这个时候已经有两道光束落到地上，炸出两个小坑。蜜拉琪发出一声尖叫，起身就想要跑。

潘蒂姆焦急地喊了声"停下"，但这根本无法阻止那个惊慌失措的瑟利四处乱冲，暴露出整个后背。

就在这时，一道强光突然射过来，所有人眼前一黑，只听见嗖嗖两声轻响，接着两个袭击者胸部发出了爆裂的声音。潘蒂姆错愕地回头，看见一辆黑色的飞梭正从远处赶过来。它前端的粒子枪拥有更加强大的火力和更精确的瞄准能力。一瞬间又解决了两个袭击者。

战局开始向铁玫瑰这边倾斜。袭击者意识到他们已经毫无胜算，果断地不再恋战，转身向部落的方向逃去。

潘蒂姆并没有追上去，她用最快的速度来到蜜拉琪身边，仔细检查她有没有受伤。

袭击者们很快就完全隐匿进黑暗之中，而那辆黑色的飞梭已经在她们面前停下来。

哈克·拉格耶从飞梭上跳下来。他看着潘蒂姆的眼神跟蜜拉琪刚开始看到她变身时一样，但他很快就隐藏起惊愕的表情，向着这两个女人走过来。

潘蒂姆叹了口气，覆盖她半身的铠甲开始消退。它们变软、熔化，重新变为流动的铁，聚集到她的右臂，化为坚硬的铁质，完美地贴合在她的皮肤上。

"怎么回事？"拉格耶问道。

"我们被袭击了！"潘蒂姆耸耸肩，"可能是几个劫匪，看到女人就想欺负一下。"

"别跟我胡说！"拉格耶毫不给面子地挥挥手，"铁玫瑰，你刚才那是怎么回事？你为什么会有微晶能力？你是个埃萨克！"

潘蒂姆就知道他会问这个，但她一点儿也不想回答，只是很不耐烦地转过头去。"要说一个很长的故事得花不少时间，现在我可没空。还有，你怎么会赶上来的？"

拉格耶听到这句话，脸色变得更加难看。他把目光移到蜜拉琪身上，忽然大步上来抓她的手腕。

"你干什么？"潘蒂姆挡在他面前，"不是说好了咱们休战吗？对我的朋友也礼貌一点儿。"

瑟利探员仍然盯着蜜拉琪。"我正要离开铜鼓部落隘口的时候，接到了一个求救信号，发源地就是这里。那是一个紧急救援信号，优

47

先级胜过其他一切信号,甚至超越了我们的警用信号。这种能力应该是微晶使用者才能达到的,我很好奇,所以赶了过来……这里发生的事让我觉得我的选择没错。玫瑰,你这位朋友究竟是谁?"

潘蒂姆恶狠狠地说:"放手。"

"让我检验她的DNA,还有她的微晶。"

"你想都别想。"

拉格耶对铁玫瑰的顽固非常了解,他二话不说,掏出一个金属管猛地向蜜拉琪的手臂刺过去。潘蒂姆的反应也很快,抬腿朝瑟利探员狠踢。拉格耶不得不放弃强行检验的企图,转而回挡潘蒂姆的进攻。

两个人就这么打起来,倒霉的蜜拉琪则一会儿被扯向拉格耶,一会儿被铁玫瑰拽得几乎摔倒。她惊恐又无助,终于忍无可忍地尖叫起来——

"够了,够了!"蜜拉琪拼命把手臂从两个人手中挣脱出来,"行了,你要找的人就是我!探员先生,我就是吉尔·蜜拉琪,我就是通缉犯!"

潘蒂姆很想冲她发火,但现在说什么都晚了。又是一场逃亡,太刺激了!她在心底想,要打倒拉格耶必须再次变身,这对她来说风险不小。

但她没想到的是,当蜜拉琪"坦白"地说出身份以后,瑟利探员却突然住手了。他往后退了两步,做出一个"停止"的手势。

"哦……"他叹了口气,"我可真没想到。"

"我也一样。"潘蒂姆瞥了一眼蜜拉琪。

"我说的可不止一件事。"拉格耶意味深长地看着铁玫瑰的金属手臂。

他的眼神活像个色狼,潘蒂姆不无恶意地想。

但瑟利探员有着极为正常的表情,他把金属管放回身上,向蜜拉琪举起双手。"别误会,我并不是要立刻逮捕你,吉尔小姐,但是我有些话得问问你……"

他话音未落,远处突然亮起强光,接着一声尖锐的警报猛地在半空中响起。

"该死的!"潘蒂姆低声骂道,"真是倒霉到家了。"

拉格耶和蜜拉琪还有些摸不着头脑,但那些强光很快就移动过来。它们不止一个,轰隆隆地开动着,如同战车一样。

"把你的武器收好!"潘蒂姆来到拉格耶身边低声说,"铜鼓部落的人可喜欢打架了。"

那些庞大笨重的陆行器在他们不远处停了下来,一共五辆,每一辆都开着探照灯。十个部落守卫跳下车,向他们走近。

为首的那个埃萨克高得吓人,拉格耶不得不仰头看他。"刚才监测到战斗波动,"他问道,"你们在干什么?为何在铜鼓部落里打起来了?给我看你们的晶卡!"

他的声音就像野兽咆哮,震得潘蒂姆忍不住想去掩耳朵。但她很乖地露出甜蜜的笑容,连忙伸出手,亮出腕带上的识别晶卡。

埃萨克大汉看了她一眼,掏出细长的检测仪扫过晶卡,然后是蜜拉琪和拉格耶。"没有问题。"他公事公办地说,"但是之前你们这个方位有强烈的粒子波动。在铜鼓部落内不允许动武,无论是埃萨克还是瑟利都应该很清楚。"

"我们遭到了袭击。"潘蒂姆指着不远处,那里有两个全身黑色的袭击者倒在地上。

埃萨克守卫立刻过去,确认袭击者死亡以后,把他们拖了过来。潘蒂姆和拉格耶看着守卫们脱下袭击者的面罩,露出两张一模一样的苍白面孔,很像瑟利人,但又不是瑟利,他们的瞳孔部分是空无一物的白色。

守卫拿出一个扫描仪放到他们头部,仪器上的图像显示,他们的头部没有大脑,仅有一个复杂的微晶方块。守卫又从口袋里掏出一把匕首,割开其中一人面部的皮肤,挖出一只眼球。

红色的血液流出来,蜜拉琪感觉到一阵恶心,捂着嘴转开了脸。

但其他人都盯着守卫的动作,看着他找到眼球背面的一串编码。

"是生化人,而且是黑市商品,队长。"他对那个最高大的埃萨克说,"完全没有信息,无论是制造商还是检验机构,或者是使用者,都没有留下数据。"

守卫队长来到袭击者的尸体旁,捏着他们的头颅来回看了半天,检查他们的衣服,还拿起他们的武器。最后他站起来,严肃地问道:"你们为什么会被袭击?"

潘蒂姆抢先回答道:"天哪,这个问题我也想问呢!我们只是路过这里,去圣基拉港口工作,我们可是老老实实工作的人,连战士都算不上,谁知道怎么会被突然袭击呢?他们是不是认错人了!哎,我们都快吓死了,多亏这位探员先生救了我们,谢天谢地……"

守卫队长对她的唠叨皱起眉头,转向拉格耶。"我记得你,探员先生,你的通行证是登记在案的。刚才你动用了微晶武器吗?"

拉格耶看了潘蒂姆一眼,后者无辜地眨眨眼睛。

"是的,"他板着脸回答,"因为两位女士很危险,所以我动武了。"

"在铜鼓部落不欢迎任何微晶武器,就算是探员也一样。"守卫队长瞪着他,"现在你们的通行许可取消了,你们必须立刻离开!"

"什么?"潘蒂姆跳起来,"可我们已经交了通行费!而且……而且我们的'沙鼠'也坏了,这怎么行?"

埃萨克冲她挥挥手。"这可不关我的事。在铜鼓部落的地盘,谁动用微晶武器就得立刻滚出去,这是规矩。我劝你们乖乖照办,别逼我们动手。"

潘蒂姆气愤地在一边跺脚,蜜拉琪目瞪口呆地看着她的表演。

而拉格耶紧跟着问道:"但这件事总不能就这么算了。这种暴力袭击应该彻底追查,而且还涉及黑市生化人。你们部落的安保出了问题,这样的事情……"

"这件事情我们会查清楚的。"那个大汉打断他,"这是埃萨克的地盘,该怎么做埃萨克来处理,轮不到瑟利人教我们!"

拉格耶紧紧地抿着嘴唇,他知道这些肌肉发达又性格暴躁的野蛮人对天空文明有着多大的敌意——尽管他们结成联盟已经好几个世代。他压下胸口的火气,朝那两具生化人尸体抬了抬下巴:"让我带走样本,我可以继续调查下去。"

"这个我必须请长老决定。"埃萨克队长傲慢地说,"如果长老觉得有必要,我们会联系你。现在我们不收缴你的车,但武器要交出来。"

拉格耶沉下脸,刚要发作,潘蒂姆就一副高兴的样子拉住他的手臂。"太好了,探员先生,队长他们不扣留你的飞梭,咱们可以上路了!请你务必搭我们一段,就去圣基拉港,不远的!"

拉格耶看着她一副天真无邪的样子,简直忍无可忍。

"走吧,探员先生!"潘蒂姆堵住他想要说的话,"趁着队长没有改变主意,咱们先走吧!这里真是太可怕了,万一又打起来,我可真要疯了!走吧,走吧。我答应您,一定会报答您的!"

她冲拉格耶挤了挤眼睛,后者很快明白了她的意思。

拉格耶将一把手枪丢给埃萨克大汉。那把枪作为他个人的探员配枪,倒真是有一些微晶力量,这能够暂时把铜鼓部落的人糊弄过去。

潘蒂姆看到拉格耶终于妥协,连忙冲着守卫们甜蜜地一笑,拖着两个瑟利上了飞梭。在两辆陆行器的押送下,他们从最近的一条路驶离。

当部落边界的灯光在飞梭身后渐渐隐没，天边也开始微微泛白。

"真是难以置信……"拉格耶设定好飞梭的自动驾驶，将座位后转，看着两位乘客，"在我接触过的所有案子里，都找不到这么莫名其妙的情节。一个罪犯在我眼皮下带着另外一个罪犯想要溜过去。你们骗了我，小姐们，但我救了你们，还被威胁和缴械。我真是从来没想到这几个小时的遭遇会如此离奇。"

"那是你经历的案子都太简单了。"潘蒂姆舒展一下身子，拨弄着腕带上的晶卡，"铜鼓的混蛋们可真是比克拉拉还要爱钱，居然收那么贵的过路费还那么拽！"

"好了，玫瑰，别再耍嘴皮子了！你欠我一个解释！"

潘蒂姆哼了一声。"我什么也不欠！倒是你们两个，欠我的多着呢！蜜拉琪小姐，你给我添了大麻烦，知道吗？你这单生意可是把我给害苦了，如果铜鼓部落的人查到是我带着你从他们的地盘偷渡，将来这条线我都不能走了。而且为了你我还动用了微晶，又被这个探员看到，以后我还怎么跟他打呀？绝招都泄露了！"她又看着拉格耶，"还有你，探员先生，你最后真是非常不聪明。如果不是我拦着，你打算跟铜鼓部落的人硬碰硬吗？你大概不记得他们是最原始的埃萨克种族了吧？上次对赛忒的'末日之战'里，也就是撒壬之战，他们死伤的人数是各部族里最多的，而且作为补给部队的一个瑟利兵团居然关闭了跟他们的实时联络。他们之所以在谷地定居，就是因为对瑟利的厌恶让他们觉得离天穹城越远越好。他们能让你查案子都是天大的容忍，最后只收缴你的武器让你离境，算是很客气了。"

拉格耶被她的说法气得笑起来。"请等一等，玫瑰，你好像忘记了一些事：那些袭击者是冲着你来的，而我救了你们。现在我想知道，你打算带着吉尔小姐到哪儿去？还有，你为什么有微晶能力？你是一个埃萨克，埃萨克的身体没有微晶。"

被质问的潘蒂姆没有丝毫慌乱。她拂弄着自己艳丽的红发，笑着说："别着急，探员先生，也许我们可以做个交易。我回答你的问题，你也该回答我一些问题。"

"你想知道什么？"

"你不是真的想逮捕这个小可怜，对吧？"铁玫瑰狡黠地笑起来，"我看得出来。否则你一开始就会用微晶锁链扣住她，或者扣住我！你在找她，但并不是为了把她送进警局。你到底想做什么呢，探员先生，你有自己的考虑？"

拉格耶就知道她不是一个好对付的对手。他没有立刻说话，而旁边的蜜拉琪则紧张地坐在潘蒂姆身边，有些防备地看着他。

就在这个时候，驾驶台上的通信端口亮了起来，一个操着通用语的女声清晰地在车厢内响起：

"哈克·拉格耶探员先生请注意，哈克·拉格耶探员先生请注意，加密任务NO.35678。搜捕特别通缉犯吉尔·蜜拉琪请尽量生擒；如发现嫌疑犯但无法捉获，请立刻击毙。重复一次，如发现嫌疑犯但无法捉获，请立刻击毙。"

NO.6 秘密

命令重复三遍后,通信端口的提示灯熄灭了,车厢里重新变得寂静。

拉格耶没有说话,吉尔·蜜拉琪则不由自主地向潘蒂姆靠近了一些。

铁玫瑰却笑道:"别担心,吉尔小姐,我敢说哈克探员先生不会按照命令去做的。对吗,探员先生?"

拉格耶沉默了一会儿,点击触摸屏关闭了通信端口。

"我不会把你们送到上级手里,至少现在不会。"他转向蜜拉琪,"但有些问题我必须找吉尔小姐核实。关于梅洛姆议员死亡的真相,请务必完整地告诉我。"

"你相信她说的?"潘蒂姆嘲弄地看了看蜜拉琪,"我可不敢保证吉尔小姐愿意实话实说,她有些自己的秘密,这可是隐私。"

蜜拉琪对潘蒂姆的讽刺有些不自在,她脸颊发红,双手紧紧交握。"对不起,对不起,潘蒂姆船长,我……我的确有些事情没说,但我有充分的理由。我会告诉你的,很快就……"

"不，小姐，千万别告诉我。"潘蒂姆耸耸肩，"你已经没有机会了！我告诉过你我的原则：别影响生意。这不光关系着你的命，还有我的，甚至我船员的。你的隐瞒和那些小动作招来的危险已经够多了，今天晚上连我都差点赔进去。我不能做这样的生意，小姐，哪怕你和克拉拉是老朋友也不能。"

蜜拉琪脸色发白。"船长，你是什么意思？"

"麻烦哈克探员先生把我们送到圣基拉港，见一见克拉拉，我要退了这笔订单，让她把定金都吐出来。然后你，吉尔小姐，你是跟哈克探员先生走，还是找别人帮忙，都是你的自由。"

蜜拉琪慌了，她站起来，抓住潘蒂姆的手。"船长，别这样！刚才所做的一切，我都可以告诉你！请相信我，我绝对不是故意破坏你的行动，我不知道会这样！其实我……"

"啊啊，不，不，现在我一点儿也不想听！"潘蒂姆抱着双臂坐下来，"反正我的秘密已经被你们看到，我觉得没什么大不了，因此你的秘密也不会太值钱。"

蜜拉琪哑口无言，急得眼圈都红了。

潘蒂姆铁石心肠地把脸转向另外一个人。"现在我们去哪儿？"她问道，"您一定知道圣基拉港的位置吧，探员先生？吉尔小姐就交给你了，你也可以完成任务。"

车厢里暂时安静下来，只有蜜拉琪急促的呼吸声特别明显。

但拉格耶很快打破了沉默。

"我并不想违抗命令，但这次情况特殊。"他看了蜜拉琪一眼，"跟我说说，吉尔小姐，也许我可以帮助你。"

潘蒂姆低头看着自己的指甲，完全没理会。

蜜拉琪把目光移向拉格耶，眼角涌动着泪光。拉格耶并没有因此而心软，但他还是叫了一声"玫瑰"。

潘蒂姆抬起头，面无表情。"别问我，我没兴趣。"

"我想告诉你另外一件事，玫瑰。"拉格耶顿了顿，似乎在斟酌，"我有个朋友，她在天穹城的信息处理中心工作，一个月前她的工作出了点小问题，于是来找我倾诉。"

"女的?"潘蒂姆挑高眉毛，"她看上你了，探员先生，女人找个借口太容易了。"

"她在整理婚姻登记信息的时候因为归档错误，发现了一个'独婚'案例。"

独婚，这是欧菲亚联盟内部认可的一种婚姻形式，即欧菲亚联盟内部的任何人，除了五代以内的血亲传承关系，都可以选择他认可的对象结婚——也就是说，不管是选择人，还是宠物，或者是房子、交通工具，都能得到法律认可，只是在相应的婚姻权利和义务上有所区别。所谓"独婚"，就是这种在普通婚姻认可之外有一方非同种族的婚姻。

这种婚姻有些是公开的，有些当事人则选择隐藏。所有的婚姻登记档案都只能在联盟的公民事务中心查询，并且需要一定的权限。这种"独婚"的案例很少，其中又有绝大部分是人和没有生命或智力的东西建立的，在瑟利、埃萨克和埃蕊三个种族之间建立的反而很少。

这是因为埃萨克人喜欢小孩儿，但他们和瑟利或者埃蕊通婚是不太可能有孩子的，再加上埃萨克原本就没有什么婚姻概念，只是单纯地为了生育会临时组成群育公社而已。

所以当拉格耶的那位朋友发现这个埃萨克和瑟利的婚姻时，非常吃惊，而更让她吃惊的是，这两人一个是举世闻名的埃萨克英雄梅洛姆议员，而另外一个则是他的首席秘书，一个名不见经传的普通瑟利女人。

事情还没有结束。在看到这个秘密后不久，她就听到那位议员被谋杀的消息，嫌犯正是他的"妻子"。

"她对此产生了怀疑。"拉格耶说，"我的朋友深入调取了他们结婚的登记录像。她不相信这个女人会谋杀自己的丈夫。她憋了很久，直到忍不下去才告诉我，希望她想的没错。"

他不再往下说，只是转头看了蜜拉琪一眼。

那个瑟利女人终于流下眼泪。她坐下来，变得平静。"我们的确没有想过要公开。"蜜拉琪低声说，"他的任期快结束了，等他卸任我们就会离开天穹城。他不想公开的原因我都知道。联盟内部有些事情很复杂，很危险，他想在自己的任期内处理好。"

拉格耶点点头。"我明白你的想法，夫人。议员的死会与他做的事情有关吗？"

"我不知道，探员先生，我只是逃了出来，所有的资料都还在天穹城。"

"可能暂时没法回去了，那边部署的警力可比谷地多很多。"

他的话让蜜拉琪愣了一下，随即感激地笑了笑。"谢谢，探员先生。"

拉格耶对默不作声的潘蒂姆招呼了一声："玫瑰，我想你应该说点什么？"

女船长的表情很奇怪。她不再注意自己的指甲，只是打量着蜜拉琪，好像才刚刚认识她。如果可以这么形容，她的眼睛里有一瞬间显得很温柔。最终她撩开头发，耸耸肩。

"好吧，"她叹口气，"有个探员帮忙总是好的，现在我们可以开诚布公了。吉尔小姐，我会再给你一次机会，把你送到你要去的地方。我想做好生意，不出岔子，就这么简单。至于你是逃命，还是为你的丈夫报仇，都不在我的考虑之列。还有你，哈克探员先生，你究竟是为了抓捕逃犯，还是为了弄清真相，我也不感兴趣。只要你愿意

57

暂时保护这位女士，那咱们就是一头的！"

"成交。"便衣探员点头，"先离开铜鼓部落，然后我们再好好谈一谈。"

"你还有什么需要补充的吗？"潘蒂姆扫了一眼蜜拉琪，"一次说完好吗，夫人？我真的真的没有太多精力迎接下一个'惊喜'了。"

瑟利女性的脸上略微有些泛红，但比之前显得放松了一些。她将袖口挽起来，解下腕带，露出白皙的胳膊，但渐渐的，有一些蓝色纹路出现在她的前臂内侧。那些纹路越来越明显，就像是从体内浮现出来的。

接着一些蓝色渗出了皮肤，逐渐在外部凝结，它们生长，组构，最后变成两个指尖大小的圆球。蜜拉琪将这两个圆球从皮肤上摘下来，按在一起。它们迅速融合，表面结构变为坚硬的条状，最后变成拇指大小的深蓝色方块。

"我的微晶能力是通信。"蜜拉琪说，"其实这只是一个通俗而且片面的说法，更准确地说是信息传递，包括加密信息和转接信息。梅洛姆议员……也就是我丈夫被杀以后，我从他的通信器和随身处理器上复制了所有的文件，然后转码储存在我的身体里，我需要的时候可以随时把它们转化成记忆体。"

"你看过这些文件？"潘蒂姆好奇地拿起那个方块，"真不错，有时候微晶真是万用万灵。"

"不，我没有。"蜜拉琪苦笑，"应该说我没有时间，光顾着逃命了。你要看的话，我可以转换——"

"不！"潘蒂姆坚决地打断她，并且把那个记忆体塞回蜜拉琪手里。在瑟利女性脸色僵硬之前，她抬起一只手。"别忙着发火，甜心，"她说，"我不是要拒绝你。咱们的交易仍然有效，我还是可以把你送到目的地，但我不想知道更多的事情了。明白吗？我完全没兴趣了解那些记忆体里到底有什么。"

蜜拉琪有些尴尬,但还是如释重负地吁了一口气。

潘蒂姆看了看拉格耶。"也许你有兴趣,探员先生,但我建议咱们在抵达圣基拉港之时最好别再牵扯出更多的乱子。你如果要当一个追查到底的真相寻找者,可以从你最重要的证人被安全地藏起来开始。"

"别担心你交易结束以后的事。"拉格耶滑动了加速按钮。

飞梭在平原上行进,它的外形因为速度调整而有些微小的改变。身体变得更长,更扁,如同一滴逆向的水银。

潘蒂姆坐在拉格耶身旁的副驾驶座上,蜜拉琪则躺在后排睡着了。

"够呛,是吧?这位议员夫人肯定从没有经历过如此可怕的事情。"潘蒂姆朝后面望了一眼,转过头来,蜷起双腿,就像个小女孩儿那样坐着。

她拍了一下拉格耶,对他不理睬自己有些不满。"别那么酷,探员先生,离圣基拉港还有好一会儿呢,你就不能对你的临时盟友亲切一点儿?"

拉格耶终于笑了笑,看了她一眼。"这件事不简单,玫瑰,你在冒险,我也是。"

"知道吗,我有点喜欢你了,探员先生。"潘蒂姆笑起来,"你居然有胆子违反命令,这可大大出乎我的意料。我原本以为你的脑子和那些联安局边境监管员一样不好使呢!"

"这不是一回事,玫瑰,我依然认为你是个罪犯。"

"哈,我收回最后一句话。"

"别跟我打马虎眼,玫瑰,现在可以说说你的胳膊吗?"他看了看她的右臂,"如果我的判断没错,我之前见到的是瑟利人才能使用的微晶能力。"

潘蒂姆歪头看着他。"你真能肯定?"

"没有人能比我更熟悉微晶武器。"

"也许你错了。而且,即便是又怎么样?"

"你是个埃萨克。"拉格耶盯着她,"埃萨克的身体里没有微晶,也不可能植入微晶,所以绝对不会使用微晶武器。你的手臂到底是怎么回事?"

"好问题。"铁玫瑰眯着眼睛,"我觉得一个便衣探员也不会有这么大胆子暂时保下通缉犯,并且对高层案件有兴趣,同时还能感知微晶武器。"

拉格耶没说话,他调暗了驾驶舱内的灯光。

潘蒂姆甜蜜地笑道:"每个人都有秘密,对不对,探员先生?"

拉格耶点点头。"但之所以被称作秘密,是因为它们总有被曝光的那一天。"

"不是今天或者明天就好。"潘蒂姆把脸转向前方。天边的白色越来越红,最初升起的太阳开始让大气层变成红色,当第二个太阳升起,又会转回白色。"今天的太阳特别亮,"潘蒂姆说,"埃蕊叫它们'银珍珠'和'红珍珠',但我觉得今天早上它们简直像扎进眼睛里的箭头。"

拉格耶也眯着眼睛看向太阳的方向,忽然脸色一变,弹出了防御滤镜。"是隐形机!"他叫道,"坐下,马上!"

驾驶台全息屏幕上一道深色滤镜中,显现出一个红色三角,正是特殊光谱扫描发现的隐形机。那是军用技术泄密以后被大量复制的民用机,很快成为非法武装的工具,而能够发现隐形机的特殊光谱,也只有警用部门能够安装。

潘蒂姆叫醒蜜拉琪,帮还迷迷糊糊的她扣好安全带。

这时飞梭猛地向右偏离，躲开一束粒子波，而原来的地方留下了一个大坑。

"见鬼！"潘蒂姆的头在车窗上撞了一下，"这可比炸裂弹还刺激！"

她把自己固定在副驾驶座位上。"你的武器系统，探员先生，这时候别当小气鬼了！"

拉格耶拍了一下左扶手，潘蒂姆的面前迅速浮现出一个全息圆球。

"我最讨厌的就是瑟利风格，比如开枪都不用扣扳机。"她把右手伸进球里，一个发射管从飞梭前端伸出去，开始发射小型炸裂弹还击。

拉格耶接连躲过了更多光束，但一次比一次危险。"有三架隐形机！"拉格耶皱着眉头，"该死，它们组成了战斗序列。"

"换我来开！快！"潘蒂姆命令道。虽然拉格耶是个极为优秀的探员，无论是搏斗还是驾驶，但在铁玫瑰面前，这长处实在不值一提。他也想把驾驶权限移交给副驾驶，但接二连三的袭击让他不敢松懈一秒钟。

"得先让它们现形，不然我们太被动了！"拉格耶说，"食指往下按，有个跟踪器……"

"正在按！"潘蒂姆打断他，"这玩意儿太不好用了！"

无数的红色追踪器喷射出去。微型机器人很快就朝着隐形机飞过去——大部分都落空了，但有几个成功地黏上了隐形机。它们立刻发出震荡波，成功粉碎了隐形机的光外壳。

"看见了！"潘蒂姆调转枪口，对准最前面的一个开火。那三叉戟一样的隐形机被一枚炸裂弹给轰了下来，剩下的两架立刻分开，从左右夹击!

"怎么回事?"蜜拉琪脸色发白地在后排尖叫,"那是什么人?"

"也许是老相识!"潘蒂姆说,"一天之内约会两次!"

飞梭面临的形势并没有因为她的俏皮话而轻松多少,这两架隐形机的战斗力似乎因方位的改变而变得更强了。粒子光束从左右两方连续不断地攻击,给飞梭身上刻下伤痕,颠簸也越来越剧烈。

"不行,你来开枪,我来驾驶!"潘蒂姆又一次要求道,"快点儿,你没法摆脱他们的夹击!"

拉格耶知道她说得很对,但这种在某种程度上的示弱让他觉得不太舒服。不过他还是立刻将右手滑向副驾驶,交出了驾驶权。

潘蒂姆闪电般地伸出左手。就在她即将碰到操作界面的时候,一阵剧烈的颠簸袭来,整个飞梭腾空而起,紧接着,潘蒂姆感觉到脚下传来高温和震动。

"糟糕……"她心底嘀咕,随即跟随飞梭翻滚起来。

毫无疑问,他们被击中了,但飞梭良好的防御性能避免了车体炸裂。潘蒂姆感觉自己连人带车砸到了地面上,侧翻着,肩膀和膝盖都受到了撞击。她的左手按在驾驶界面上,右手按在武器开关上,但前者已经失灵。

"拉格耶!"她焦急地喊道。他抬起头来。他还活着,但额头上流下的血显示他受伤不轻。

他们的时间不多了,再好的飞梭也无法支撑接下来的进攻。

"我们得出去!"潘蒂姆说,"在这个铁盒子里早晚得被烤熟!"

"难得意见一致!"拉格耶解开固定安全锁,努力挣扎出来,又帮潘蒂姆卸掉卡住的安全带。在粒子光束不断的轰击下,他们又转向后排去拽蜜拉琪。

然而那位女士却捂住腹部，鲜血正不断地涌出来，晕染开一大片——一个断裂的金属把手插在那里，只露出半截。

"我肚子好痛……"蜜拉琪哭着说，"我动不了了……"

NO.7 新委托

在每一辆警用飞梭上都有完善的救生设备、急救药品和简单手术机器人,还有镇痛的麻醉针剂和强制休眠保存体力的注射管,但这一切都必须是在乘客情况还稳定的情况下。

现在整个飞梭侧翻在地,无论是潘蒂姆还是能干的探员先生,都有些活动不便,而且外面还有两架隐形机虎视眈眈。

"我来帮她!"潘蒂姆说,"你看看武器系统还能不能用!"

拉格耶摸向武器界面,但那虚拟界面一闪一闪的,明显已经损坏。

"外壳最多还能经受三次攻击,我们躲不了太久。"拉格耶从驾驶座下方摸出两截小型粒子炮,把它们组装起来。

他说的是实话,但是潘蒂姆没法帮更多的忙。她这次出来可没带武器,而且她的客户现在受了重伤。

拉格耶按下紧急脱离按钮,飞梭破损的前窗整个掉了下来。他端起粒子炮,对准重新扑过来的一架隐形机。

轰隆隆的巨响在半空中响起,一架隐形机变幻出蓝色火球投掷过来。与此同时,又一道粒子光束打到飞梭侧面,外壳撕裂的声音让人心里发紧。

潘蒂姆一边咒骂,一边快速而小心地解开瑟利的固定装置。蜜拉琪的身体落进她怀里,口中发出痛苦的呻吟。

"坚持住!"潘蒂姆用一只手抱住她,另一只手从座位底下拖出小型急救盒。她找到了那只封闭剂,已打算喷到伤口上,突然一阵巨响,她们两个人连带着后半截飞梭一下子飞了出去。

飞梭的外壳终于被炸开,现在她们和拉格耶都暴露在两架隐形机面前。

死期到了吗?

这是潘蒂姆心里冒出的第一个念头,但她并不是一个坐以待毙的人。她右手的铁质又开始熔化——

一阵尖锐的呼啸响起!

一枚粒子炮准确命中了一架隐形机,而它坠落引起的爆炸让剩下的一架隐形机猛地转向,擦着火花飞过。"干得好,探员先生!"潘蒂姆兴奋地叫道。

拉格耶来不及回应她的赞美,急忙从他所在的那半飞梭上跳下来,向着相反的方向跑去。

这一次,他朝那架重新折回的隐形机举起了粒子炮——

最后的关键较量在瞬间发生。也许是隐形机的重新锁定慢了一毫秒,也许是拉格耶的动作快了一微秒,总之粒子炮准确地击中了隐形机的左翼。它像一头喝醉的猎鹰一样,头朝下栽了下来。

拉格耶提着粒子炮冲到潘蒂姆面前,跟她一起扶着蜜拉琪往岩石后面跑。爆炸的热浪已经紧随而至,他们被热浪推了出去,重重地摔到沙地上。

潘蒂姆感觉全身都在痛。她翻过身,仰躺在地上,深深地吸了口

65

气,接着又咳嗽起来,嘴巴里全是沙土和爆炸的焦臭。

"你真是令人惊喜!"她一边再次赞扬拉格耶,一边爬起来去找蜜拉琪。她的手上还牢牢地抓着那个急救盒。

但当她看到旁边的瑟利女人时,心一下子沉了下去。

蜜拉琪捂着腹部,脸色煞白,而更可怕的是,她的脖子上又多了一道伤口,鲜血喷溅,染红了她身下的泥土。

"天!"潘蒂姆立刻找到封闭剂,朝伤口喷了两下,血瞬时止住,但蜜拉琪的脸色已经呈现出更多的灰败。

"我……我的肚子很痛……"她一开口,鲜血从嘴巴里涌出来。

这是内脏重伤,看起来像是大出血,说不定是骨折戳破了动脉!潘蒂姆知道,一个小小的急救盒不可能救得了她,而他们也没有办法在十分钟之内找到医院。

爆炸产生的火苗在他们不远处燃烧,晨光和火光让蜜拉琪可以轻易看清楚潘蒂姆脸上每一个表情。

蜜拉琪似乎明白了,呼吸变得急促。

"拿着……"她移开满是鲜血的双手,把一个深蓝色的小方块塞进铁玫瑰的手里。

黏腻的鲜血糊在潘蒂姆的皮肤上,让她感到一阵心悸。

"拿着,求求你!"蜜拉琪感觉到她的犹豫,着急地挺起身子,嘴巴里的鲜血使她剧烈地咳嗽起来。

潘蒂姆握住她的手,连同那个深蓝色的方块。

"去找她……埃蕊……'紫色草'……"她费尽力气说着这些词,眼泪流下面颊,"找到凶手……帮帮我,我爱过一个……一个埃萨克……"

她咽下最后一口气,没有了心跳。

潘蒂姆感觉到怀里一沉,十几分钟前还活生生的人变成了一具尸体。

她转过头，看见拉格耶站在几步远的地方，粒子炮提在手上，满脸的灰。

"她死了。"潘蒂姆说。

拉格耶扔下粒子炮，来到蜜拉琪身边蹲下。他将她放平，然后脱下外袍盖在尸体上。

旷野的风吹过来，衣服怎么也无法遮住蜜拉琪的脸。拉格耶不得不将衣服的边角压在她的身体下。

"我们得离开这里。"潘蒂姆看着他做这一切，说，"刚才的动静太大了，无论是铜鼓部落还是警方，都会很快过来的。"

拉格耶把手放在蜜拉琪的额头上，低头念诵着什么。

潘蒂姆没有催促。她知道很多瑟利家族都有这样的习俗，最后一个在死者身边的人，要为其生命的终结送出一句安息辞。

拉格耶很快就重新抬起头来。他来到飞梭的残骸边，使劲撬开后部的货舱，从里面取出两架站立式悬浮踏板。

"走吧，"他说，"我们按照原计划去圣基拉港。"

在谷地的赤道附近，有一个太空港。它是这个边境星球最热闹的地方之一，往来的商船、军舰以及民用客船，随时都把这个地方塞得满满当当。商人、士兵、探员、游客、妓女、小偷、骗子、偷渡者、黑市商人……各种各样的人混迹于此。在这个地方，瑟利、埃萨克或者埃蕊的种族区分比天穹城或者欧菲亚联盟的任何一个行星都要淡漠，因为这里每个人都有比歧视异族人更重要的事儿。或许是赚钱，或许是偷渡，或许是报仇，或许是逃亡……

圣基拉港整体外形如同一个半圆。在弧线那一边，放射出多条发着绿色和红色光芒的引导线，这也是每一艘入港飞船需要对接的入口。

这些飞船在跟指挥台通话后，找到分配给自己的绿色引导线，慢慢降落，停入港口。要离开的飞船则会在红色引导线的牵引下，沿着自己的轨道升起，消失在大气层之外黑幽幽的宇宙中。

民用港、军用港和紧急降落区是截然分开的。民用区所占的幅度最大，引导线也最多，军用区则很少，紧急降落区更少。由于军用区和紧急降落区不允许轻易进入，更多的衍生建筑都堆在了民用区外面不远处。

那里简直就是一个大杂烩。

埃萨克人的三角形建筑，瑟利人喜欢的悬浮房间，甚至还有埃蕊人挖掘出的小型人造湖。他们交杂在一起。虽然埃萨克和埃萨克靠得近一些，瑟利更喜欢和瑟利当邻居，但总还是有一些建筑错落地分布在别的种族中间。而且，这里也不是每个帐篷里住的都是埃萨克，悬浮房间里也不一定就只有瑟利——当然埃蕊们例外，除了他们，没人对水如此狂热。

这和欧菲亚联盟内大部分其他城市不同，某些行星上会有这样杂乱、喧闹同时又生机勃勃的地方，但能将这种生活作为最大荣耀的，还是在这个地方定居的谷地居民。

现在，在一个叫做"绿草"的酒吧里，有两个人正靠着窗户享受他们面前的蓝色鸡尾酒。

一个是高个子的瑟利男人，一个是火辣的埃萨克女性，他们头挨着头，很是亲密。这在圣基拉港很常见。虽然三个种族之间极少通婚，但愿意尝尝鲜的人不在少数。整个酒吧也不只这一对，不会有多少目光集中在他们身上。

"看，我告诉过你这里很安全。"潘蒂姆穿着新买的干净衣服，望着窗外。这是一家瑟利酒吧，悬浮在一片埃萨克的机械配件店铺上，有几个不断飘动的自动台阶从地面延伸到门口，无论是瑟利还是埃萨

· 68 · ▸ ▸

克都可以上来。这里有埃萨克喜欢的"刺刀"酒,也有瑟利喜欢的蜜酒,还有最烈的安丽铎,甚至连不爱喝酒的埃蕊也会偶尔品尝一下混合饮料。

"人多眼杂。上几次袭击都是在僻静的地方,我猜那些人不敢在大庭广众之下动手。他们的活儿得偷偷干。"

拉格耶也扔掉了他那身沾满灰土的衣服,现在他穿着瑟利男性最普通的外套,把双手放在桌上。"那东西在哪儿?"他看着潘蒂姆,"那是最重要的线索。"

"或者你想问我要不要交给你?"潘蒂姆看着他,笑起来,"一个嫌疑犯的死对你来说大概不会比那个小方块重要,对吗?"

"那你留着又想做什么?"拉格耶对她的嘲讽并没有太尖刻地反击,"别告诉我你真打算答应她临死前的委托。"

潘蒂姆没说话。拉格耶忽然沉默了一下,又问道:"你的那只手……"

"别得寸进尺。"铁玫瑰忽然朝瑟利人倾过身体,"你的秘密我不去打听,你也别惦记我的。现在你和我唯一相同的目的,是搞清楚谁袭击了我们,还有他们会不会再来!"

她真是美得惊人!

尽管拉格耶并不会对一个埃萨克女人产生兴趣,但是他也不得不承认眼前的这位女船长有着让人着迷的魅力。她远比他从前以为的要生动,不单单是个胆大而精明的黑市商人。

拉格耶放软了自己的语气。"你说在这里会有人来,他们在哪儿?"

"耐心点儿,帅哥。"潘蒂姆揉着她浓密的红发,"他们需要时间,我们也是。"

从离开铜鼓部落算起,已经过了两天。按照最初的约定,克拉拉和她那种族特殊的副驾驶勒古应该开着伪装过的铁玫瑰号隐藏在港口附近，等待着被滚装船送出谷地。

一阵迷幻的音乐从房间的角落里溢出来，就仿佛流动的烟雾。这让拉格耶有些不习惯，他对颓废而软绵绵的东西有天生的排斥。然而潘蒂姆似乎很容易适应，她的手指轻轻地敲打着桌面，拉格耶很难控制自己不去猜她到底把那个小方块藏在了什么地方。

忽然，潘蒂姆停止敲击桌面，她凝视着窗外的某一点，直到它移动到自己面前。

"热死我了！"一个优雅而俏丽的瑟利女人径直走到他们面前，拿起潘蒂姆面前的酒一口灌下去。

"克拉拉，"潘蒂姆说，"我告诉过你跟我碰头的时候得先观察一下情况。你难道没看见哈克探员先生吗？"

"当然看见了。我们见过，"穿着便服、头戴防尘巾的瑟利女性冲这位同族甜甜一笑，"我们在另一个酒吧外见过。那时候探员先生追你追得很辛苦。不过我能感觉到他身上并没有微晶波动的痕迹，跟上一次完全不同呢，所以我知道他一定毫无恶意。他请你喝酒了，对吗？"

克拉拉一边在潘蒂姆的身旁坐下，一边摘下防尘巾。"你们怎么会碰上，蜜拉琪在哪儿？特里普和勒古把你的小猫咪塞进了一个特别破旧的老船舱，你一定会心疼坏的。不过它在那儿很安全。让蜜拉琪跟我走，我们先悄悄地混上去……"

她忽然停住，因为潘蒂姆正用一种悲伤的眼神看着她。

"她死了，克拉拉。她不会来了。"

瑟利女性生动的表情突然凝滞，就好像顷刻间覆盖上了一层霜。

"我们又遭遇了两次袭击。"潘蒂姆看着拉格耶，"哈克探员先生帮了大忙，但是后一次蜜拉琪没有那么幸运。我想跟之前攻击我们的是同一伙人，也许跟梅洛姆议员的死有关系。我们不敢逗留太久，只能尽快赶到这里……"

瑟利女性低下头。"你们把她留在那里了？"

"我很难过，克拉拉。"

她朝她摆摆手，有好一阵子说不出话来。拉格耶和潘蒂姆看着她。过了一会儿，这位瑟利女性深深地吸了一口气，又叫了一杯酒。

"还是不知道对方的身份吗？"

潘蒂姆摇摇头。"这件事比我想的要复杂。对方的装备很先进，而且是使用没有编码的黑市生化人，查不到来源。"

"他们如果只想杀了蜜拉琪，那目的已经达到了。"克拉拉看着拉格耶，"接下来应该是你们探员的工作吧？"

拉格耶笑起来。"这不由我说了算，小姐。如果你的朋友不愿意交出线索，那这事儿还得跟你们绑在一起。"

克拉拉用奇怪的眼神看着潘蒂姆。

"她是梅洛姆议员的妻子。"潘蒂姆对她说，"她给了我一些东西。"

"妻子？"克拉拉的脸上浮现出震惊的神色，但她并没有给自己太多的时间来表示惊讶，她意识到也许更大的麻烦将接踵而至。

"你要帮她调查谋杀案？"克拉拉尖锐地说，"这事儿不是我们能干的，玫瑰，别玩火。"

但潘蒂姆只是微笑着，歪着头看她这位精打细算的搭档。"不，克拉拉，"她说，"按照你做生意的原则，已经收了钱，就不能砸了自己的招牌。"

克拉拉瞪大眼睛：难道之前拼命挑剔这活儿太麻烦的不是潘蒂姆？

"你在想什么？"克拉拉严厉地说，"现在到此为止，这生意已经结束了。我们该做的都做了。"

"我们接的定金是送她到保护人的手里,但没有完成,那你得把钱退回去。"潘蒂姆的脸色也变得严肃起来,"问题是,你退给谁?你死去的朋友告诉过你她的遗嘱吗?"

克拉拉转过头。"别以为我冷血,玫瑰。我为蜜拉琪难过,可我猜得到这事儿背后恐怕不简单。我不是只为自己打算,你知道……给我一个理由,如果你可以说服我。"

克拉拉看着潘蒂姆,拉格耶也看着她。

女船长低下头,笑起来。"她爱过一个埃萨克。这是她最后一句话。她请求我帮助她。"

毫无说服力。

拉格耶在旁边默默地给出评价。他无意介入这对搭档的讨论,因为无论她们怎么决定——是交出信息方块,还是完成蜜拉琪的最后委托——他都会配合她们,因为他是最有理由追查到底的人。

但是出乎意料的,克拉拉的脸上变换了好几种神情后,她仿佛是焦虑地咬了咬嘴唇,拍了下桌子。

"好吧,算我倒霉。总得做一回赔本生意。"她对潘蒂姆说,"这次结束以后,利润都是我的,我一个人的!"

"好啊,"潘蒂姆耸耸肩,完全不在意,"如果有利润的话。"

拉格耶已经完全不能理解这突如其来的变化。他意识到,这中间缺失的东西也许正是自己还不知道的关键。

"如果你们达成了一致,是不是考虑听一下我的建议?"他对两位女士说,"我和潘蒂姆船长至少还有一个暂时的同盟关系,我需要跟进这个案子。"

潘蒂姆看着他。"你的飞梭被炸毁了,探员先生。你不跟上级联系的话,会被列入失踪名单吧?而且残骸旁边还有一个重要嫌疑犯。

你再跟进的话，合适吗？"

"关键就在这里，玫瑰。我已经失联两天，但还没有收到找寻我的通告，而且我们也没有看到任何发现梅洛姆夫人的消息发布。"

克拉拉撇嘴。"看吧，我就知道麻烦不小。"

拉格耶没理她，继续说："梅洛姆夫人留下的线索除了信息方块，还有'埃蕊'和'紫色草'这两个关键词，你难道不想知道它们指的是什么？"

"听起来好像你知道，嗯？"铁玫瑰的眉头微微上挑，嘴角带着一丝微笑。

"当然，也许我知道一点儿，"拉格耶盯着潘蒂姆的眼睛，"但我也需要一点新的承诺。"

NO.8 陷入麻烦

在潘蒂姆和克拉拉的搭档合作中，负责谈生意的一般都是克拉拉。她柔美的外表会让很多客户放松警惕，但实际上，她才是最应被重视的对手。对金钱的热爱让她谈判时的每句话都是为了将利益最大化。熟悉黑市生意的人都知道，铁玫瑰的代理、瑟利人克拉拉不是个好惹的，而铁玫瑰虽然凶悍，但说起话来，却好对付一些。

那是他们没看到铁玫瑰和拉格耶谈判的场面。

现在，克拉拉叫了一杯不含酒精的软饮，蓝色液体中漂浮着几颗金黄色的果子。她瘫在柔软的沙发上，带着一种看好戏的表情放松自己，漂亮的眼睛盯着对面的同种男性——可惜并没有关于性的成分。

"承诺？"潘蒂姆用钢铁右手托起腮，皱着眉头想了想，"抱歉，就算在埃萨克人里，我们也从不对男人说这个东西，更何况对一个瑟利。"

埃萨克人甚至连婚姻关系都没有。

拉格耶当然知道潘蒂姆是故意的，但他并没有生气。他手上有好牌。

"埃蕊在联盟中的数量比不上瑟利和埃萨克,但这不代表他们对联盟中的事情没有影响力。"拉格耶低声对潘蒂姆说,"你没考虑过梅洛姆夫人联络的也许是一个埃蕊?而且,她在临死前说了一个阴性词,'她'。"

"也许吧,"潘蒂姆耸耸肩,"但是怎么保证她知道的某条线索是和埃蕊有关系呢?"

"紫色草……"拉格耶诡秘地笑起来,"你听说过吗?"

"我对颜色迟钝,但我知道在欧菲亚联盟中,估计有超过一千万种植物都可以呈现出紫色的外形。"

"你是一个难缠的对手,玫瑰,你不让我有机可乘,对吗?"拉格耶毫不生气,"别装了,你清楚我说的是什么。在这么多紫色植物中,跟埃蕊有关系的很容易数出来,顺着这个线索排查下去,你能够划定出几个固定的区域。"

"听起来你都不必跟我们保持同盟了,你可以独立查下去。"

"但跟你合作会更快一些。你既然答应了梅洛姆夫人,那么一定知道她的最终目的地,也就更容易找到她去寻求帮助的人。"拉格耶顿了一下,"答应我不要对我隐瞒线索,玫瑰,在这个案子上相信我。"

"你觉得我隐瞒了什么?"

"你们原本计划把梅洛姆夫人带到什么地方去?"

"原来说这么多你就想知道这个。"

"我们可以共享情报,我能直接进入联安局的数据库。"

潘蒂姆没有说话,克拉拉倒在旁边不耐烦了。"嘿,探员,你就是再说一天一夜,这顽固的小姐也不会被你说服的。你如果想跟进,别指望口头的东西,反正我们最终一定会完成蜜拉琪的委托。你想干什么,都不能坏我们这件事。我们不告诉你,是担心你的同事突然出现在某个轨道上拦截我们。"

"你们不信任我?"

"多新鲜,走私犯干吗要信任一个联安局探员!"

拉格耶最终放弃了,他长长地叹了口气。"好吧,在这个记忆方块被解读之前,我都得跟着你们。"

克拉拉和潘蒂姆对望一眼,后者终于点点头。"好吧,我能让你上船,探员,但是我的'小扳手'讨厌你们,如果他要揍你,希望你能多承受几下。我得提醒你,他也许并不像你想象的那么安分守己。"

拉格耶的表情实在很微妙。

他举起杯子,克拉拉和潘蒂姆同时笑起来,也拿起自己的饮料跟他轻轻碰了一下。他们暂时结束了小小的交锋,潘蒂姆的表情明显变得放松起来。

"我得去找我的小扳手,还有我的大个子,他们在哪儿?"她向克拉拉问道。

"滚装船码头,你都想象不出那地方有多脏。"

"我得去看看我的小猫咪。"她对克拉拉说,"你陪着这位先生,好吗?你们肯定有共同话题,说不定他在天穹城还看过你演出。"

"最好不要!"克拉拉皱着眉头,"这个想象会给我造成心理阴影。"

潘蒂姆拍拍她的肩膀,并且重重地捏了一下,起身走出酒吧。

克拉拉盯着她的背影,然后把眼神放在拉格耶身上,绽放出一个矜持的微笑。

"那个,探员,也许将来在天穹城我们能装作不认识彼此……"

潘蒂姆沿着模糊的行进标志往民用港的货运码头走去。这里只有一个滚装船码头,面积是其他停靠小型货运船码头的三倍,许多庞大的货运飞船停在那里。它们有些属于欧菲亚联盟最大的货运公司"彗星"，有些则是规模稍微小一些的私人产业。彗星公司的船统统喷涂着鲜艳的彗星图案，另外一些船则像穿着彩裙的女士，造型和颜色各异：埃蕊的船主偏好蓝和绿，深蓝浅蓝，翠绿墨绿，埃萨克的船主偏好黑铁色和灰银色，瑟利的船主则喜欢运用各种线条组成的抽象图案。

所有的大船都在固定的档位中停着。不断有人在船只和码头之间上上下下，有些是卸货，有些是装载。还有一些码头保安在出入口检查来往人员。

潘蒂姆仔细寻找着有"急速"公司标记的船，同时按动腕带上的三角形小晶卡。

不一会儿，晶卡发出黄色的光，并且每经过一个停泊挡位的时候，都会闪烁一下。

潘蒂姆最终找到了她要的。那是一艘不怎么起眼的老式滚装船，安静地停靠在滚装船码头的最后一个档位中。降落时的摩擦发热，让一些老化的配件变得漆黑，脱落以后露出斑驳的颜色，如同一个没化妆的老女人。但它无疑还很结实——货舱门打开以后，潘蒂姆看到里面一层层的货架上填满了东西，就好像她在天穹城见过的红蜜蜂的巢穴。

晶卡开始闪烁绿光，潘蒂姆连忙在档位入口处刷了一下。悬浮升降梯打开门，把她送下去。

梯门再次打开后，潘蒂姆微微皱起眉头。一股过期油脂和燃料废气的混合味道直扑而来。她掩住鼻子，向那艘船走去。地面上全是垃圾，被来来去去地压过以后，跟灰尘和泥土混在一起，很容易黏在鞋底。不断有运货车从潘蒂姆身边开过，机械臂正努力地将那些包裹得严严实实的货物填进船舱。在货船周围工作的大都是埃萨克，他们对这位同种族漂亮女性的到来很是惊讶，不少男性冲她吹口哨，大声地邀请她上代步车。

潘蒂姆友好热情地回应，冲他们微笑，问好，甚至向他们抛几个媚眼。她向他们询问货舱的入口，几个人争先恐后地给她指明了方向。

潘蒂姆一边找着干净的地方落脚，一边朝着货舱入口的悬梯走过去。她手上的晶卡开始连续不断地闪着绿光，于是她站住，看着一个魁梧的身影从里面走出来。

"特里普！"潘蒂姆欢呼着冲上去，抱住他。

那个埃萨克立刻将她整个举起来，亲吻她的额头。

他们亲昵的样子让旁边几个埃萨克有些失望，但在没有固定伴侣传统的埃萨克人中间，这并不足以让他们退却。

特里普不得不粗着喉咙向他们招呼："请给我们一点私人时间好吗，先生们，照顾一下这位女士的感受。"

徘徊在周围的埃萨克们都走开了。潘蒂姆一边笑嘻嘻地向他们挥手，一边挽着特里普走上悬梯，那没有护栏的梯子摇摇晃晃地往上升起，进入巨大的滚装船货舱。

"你迟到了一会儿。"特里普对她说，"按理说你在几个小时前就该联系我。遇到麻烦了吗？"

"大麻烦！"潘蒂姆撇撇嘴，简单地讲了一下之前遇到的变故，从铜鼓部落的关卡开始，一直到蜜拉琪坦白的秘密、神秘生化人的袭击、联安局探员的意外加入和营救，以及最后蜜拉琪遭遇的不幸。"现在我们的委托人已经死了，但我还是决定完成她的委托。"潘蒂姆对着特里普笑了笑，"我是不是很傻？连克拉拉都受不了我了。"

特里普却摇摇头。"你做得够多了，玫瑰，你完全不必如此。"

"所以我觉得我这次也许做了一个最笨的决定，你会怪我吗？"

比她高出两个头的埃萨克沉默了一会儿。"不，"他说，"你知道我永远不会。"

潘蒂姆终于绽放出一个真诚的笑容，像个小女孩儿似的。

"让我看看我的小猫咪，"她对特里普说，"让我看看你把她打扮成什么样子了。"

"你不会喜欢的，但是绝对安全。"特里普带着她走出悬梯，向着滚装船的三层货运舱前进。他们又换了一次悬梯，拐进编号0223的地方，那里紧靠着安全门，有一个宽松的空间，还有很多磁力固定锁扣。

"哦，我的天呐！"潘蒂姆呻吟道。

她的"铁玫瑰号"如今被一层锈迹斑斑的外壳包裹住，就如穿上了一件贴身但是相当难看的衣服，虽然依然能看出它优美的体型，却显得破败而丑陋。在飞船原本雕刻着"玫瑰"的地方，现在是一个庸俗的闪电形状，旁边用埃萨克字母写着"急速公司"。

"别抱怨，小姐。"特里普笑着说，"这是最完美的镶嵌技术，剥离非常容易。它出来以后，你只要在驾驶台上点击'清洗'程序，这层外壳就会粉碎脱落。我还特地想办法把它放在安全门附近，如果你们需要，可以用最快的速度脱离这艘滚装船。"

"那她的爪子呢？"潘蒂姆低声说，"你有没有给她磨得更快？"

特里普弯起嘴角。"我知道你在想什么，姑娘，我曾经让你失望过吗？"他走过去，轻轻地在飞船下侧抚摸了两下："在动力舱增加了三个反应堆，整舱启动可以提速到七百倍光速，加速时间在三十秒以内。这艘船的结构和材料完全可以承受这样的航速，不过这大概就是极限了。"

"听起来实在很棒，特里普，你真的从来没有让我失望过！"铁玫瑰仰头看着自己的飞船，脸上全是期待，"七百倍光速，天呐，你不知道这对我来说意味着什么。"

特里普的眼神充满着温柔。"我知道，玫瑰，你可以走得更远。"

"这不会是尽头的，"潘蒂姆说，"等这次的任务完成，说不定我就有钱换上最前沿的漫跃发动机，我可以航行到宇宙尽头。"

特里普看着她闪闪发亮的眼睛。"玫瑰，如果有机会把小猫咪的速度升级到一千倍光速，你愿意尝试吗？"

潘蒂姆猛地转头看着他。"你在开玩笑吧，亲爱的？那是联盟舰队里的旗舰才有的航速。没有任何一艘小型飞船可以承载这种等级的航速。"

特里普低下头笑了笑。"你说得对，的确没有。很多年前我在军队里认识了一个家伙，他是个埃蕊人，曾经提出这个疯狂的想法，但他的确是个天才，我曾看到他将许多似乎很荒谬的点子变成现实。当他给我说想让小型飞船突破千倍光速的时候，我竟有一瞬间认为他真的可以做到。但是我们两个从军队分开以后就再没有联系过，如果他真成功了，我们总会听到消息的。"

潘蒂姆真心实意地说："我希望他成功，我甚至愿意成为他的试飞员，如果小型飞船真能够达到千倍光速，我希望我的小猫咪是第一个。它配得上一个可以被记住的荣誉，我也是。不过……"她看着自己的飞船耸耸肩："它现在还是很难看！好吧，就这样吧，反正我们三个人待在小猫咪里头也不会看见它外面的模样。"

"三个人？"特里普愣了一下，"我记得你刚才说那个什么探员也跟你同路了。"

"但是到此为止，"潘蒂姆狡黠地翘起嘴角，"我同意他说的，但并不表示我乐意他跟着。他有些古怪，有事情瞒着我……如果他在半途决定终止合作，那一切可就太糟糕了。"

"你总是惹来奇怪的人和事，玫瑰。"

"是的，所以我的人生多有趣。"潘蒂姆笑吟吟地仰起头，"我大概就适合在宇宙中横冲直撞，一直到我再也握不住飞船的操纵杆为止。"

"像一只永远不落地的鸟。"

"当然不，"女船长摇摇头，"我要落地的，特里普，你和克拉拉不是都在地面生活吗？我需要人的体温和笑容，这样才能一直飞下去。"

特里普粗犷的脸上露出一点点温柔的微笑。他对她总是无可奈何。

潘蒂姆低声说："帮我缠住他，特里普，直到我们离开谷地。"

"我可以试试。"他说，"你知道我从不拒绝你。"

"谢谢。"她轻轻吻了他一下，"我的小扳手在哪里？"

克拉拉和她的同族帅哥无话可说。

他们还坐在酒吧里，看着那些无聊的表演和各怀鬼胎的客人。之前他们的确聊了几句，关于天穹城的事儿，但很快就发现彼此都希望从对方嘴里掏出更多的东西，于是那谈话就变得相当无趣了。

当克拉拉在心底第十遍埋怨潘蒂姆的时候，她看到一个肤色发白但身体强壮的少年急匆匆地跑上来。他进门以后往周围看了看，很快就发现了克拉拉。

"嘿，勒古！"克拉拉以从未有过的热切语气向那个少年打招呼。能多一个人打破这尴尬的气氛，无论是谁她都极为欢迎。

"克拉拉！"斯卡拉迪奇亚·勒古走过来向她点点头，又很不友好地看了拉格耶一眼，"你就是那个要搭便车的人？"

"这位是……"克拉拉连忙介绍。

"我是铁玫瑰号的副驾驶。"勒古挺挺胸，"船长让我来找你们，准备登船。"

就是让铁玫瑰特意警告瑟利探员离远点儿的孩子。

克拉拉忙不迭地跳起来，拉着勒古就往外走，而拉格耶只来得及用佩戴的信息卡往自动收款终端上划了一下。

他们穿过拥挤而混乱的人流向货运码头走去，勒古走得飞快，最后似乎嫌弃克拉拉步子太慢，干脆一把抱起她，让她坐在自己臂弯里，大踏步地往前走。

这个少年力气很大，但看上去并不像个埃萨克，也不像瑟利人，他身体里是有遗传变异的成分吗？

拉格耶一面猜测，一面紧紧地跟上。越是接近货运码头，步行就越困难。装卸工人和运货车来来往往，有很多都是体型壮硕的埃萨克，而且很多车上的货物也严重超载，堆得像小山一样，把一些悬浮的运货车都压得沉了下去。

拉格耶艰难地在这中间的空隙中紧跟着前面的人。在路过一艘滚装船的货运通道时，一大波埃萨克工人穿着统一的灰色工作服涌过来，他们庞大的体型撞得拉格耶后退了好几步，混合着机油和汗水的味道让他想要捂住鼻子。

"嘿，看着点儿！"其中一个最高大的埃萨克男人推了他一下，左腿上的仿生支架让他看起来就像穿着金属骨骼的特战士兵。

虽然拉格耶是一个受过良好教育并且懂得礼仪的瑟利，但当他一头撞上货运车的时候，怒火还是从心头蹿了出来。

"躲开！"他对那个埃萨克说，"我有急事。"

埃萨克大汉低头看着他，眼神中带着轻蔑。"果然不愧是瑟利，就等着别人让你们。怎么，要跟我打一架吗？"

他的话让其他埃萨克也停下步子，他们围拢过来，把拉格耶困在中间。

瑟利和埃萨克的矛盾常常有，这两个种族就像水与油一样难以相融。当瑟利的敌意散发出来以后，埃萨克们的表情也很危险。

拉格耶看了看他们，冷笑道："先生们，别做出这样的表情，我说了我有急事，请让开。"

"你刚才说了'请'吗？"那个腿上有支架的埃萨克不为所动。

拉格耶焦躁起来，盯着他的脸，手上发出一点点蓝色的光，那条光线从他的食指尖往上延伸，最后在脖子到耳后的地方显现出来。

这景象让那个埃萨克的脸色变了一下，他突然皱起眉头。

"我最后说一次，请让开。"拉格耶无比认真地看着他。

埃萨克沉默一会儿，终于侧过身子。"至少你懂得了礼貌。"

拉格耶迅速从他身边离开，把那堆灰色的大个子甩在后面。他急匆匆地寻找着勒古和克拉拉的背影，但是他们已经消失得无影无踪。他甚至不顾工人的叫喊，跳上一辆运货车，站在货堆上四处张望。

除了一片嘈杂的人声和各色的衣服，他找不到他想追上的人。

"该死！"拉格耶转过头，刚才那堆挤挤挨挨的埃萨克工人已经汇入了人流。

被开车的工人骂了好几句粗话以后，拉格耶跳下货物堆，重新站到路上。

拉格耶忽然明白了什么——他早该知道铁玫瑰不是一个会老实听话的女人。

货运码头响起一阵轰鸣，红色的警戒灯亮起来，不一会儿就看到一艘巨大的滚装船从停泊档位中升起，沿着绿色的光线向太空中飞去。

拉格耶用手遮住眼睛，看着那艘船渐渐加速、变小，最后，尾部推进器变成了一个亮点儿。他相信不管玫瑰在不在那艘船上，他都不能在有效的时间里找到她。他得另外想办法。

与此同时，特里普快速地在一个角落里脱下身上的灰色工作服，闭着眼睛想了想。接着，他按动手腕上的通话器，一个巴掌大小的全息屏投射到眼前。

"玫瑰,小扳手和克拉拉到了吗?"

屏幕上能看到铁玫瑰号的驾驶台,潘蒂姆坐在她的位置上,而另外两个人刚刚走过她身后。

"他们到了,亲爱的。"潘蒂姆满脸欢喜,"我就知道你能做到。那个瑟利有没有气歪鼻子?"

"没有,"特里普也笑了,"但看样子他很想揍我一顿。"

"他打不过你的,如果不用微晶——在这个地方他不会乱用微晶。"潘蒂姆又看了看旁边,"还有十分钟就要起飞了。我得关闭通信,否则会被人发现藏在'货物'里。"

"好的,玫瑰,离开谷地边境就恢复联系。小心一点儿。"特里普又顿了一下,"那个瑟利探员……"

"怎么了,特里普,"潘蒂姆看出他的犹豫,"他找你麻烦了?"

"不,没什么。我只是想起了一些事,等我查证以后再告诉你。"

"好的,回见!"屏幕上的女人隔空送来一吻,关闭了联络。

特里普则再一次想起拉格耶身上一瞬间出现的蓝色光线。

他似乎在哪里见过。

NO.9 保护者

　　按照联盟内部的交通规则，飞船在脱离行星大气圈以后才能加速进入光速航行。每当这时，无论多好的飞船，都会发生加速颤动，驾驶员们习惯上将这个现象称为"摇摆"——那是一种流行于联盟内部的抖胯舞——虽然低俗，但相当贴切。

　　此刻，潘蒂姆正躺在铁玫瑰前舱的折叠小床上，愉悦地感受着"摇摆"。这说明她、克拉拉和小扳手正在离开谷地。

　　"我其实还挺喜欢这里的。"她招招手，沉默的勒古连忙把两包酒泡赤星果递了过来。潘蒂姆撕开包装，往嘴里塞了一个。酒的醇香和酸甜的果味让她满足地叹气。

　　"这是我最近几天来最幸福的时刻！"她伸手捏了一下勒古的脸，"你还知道给我准备这个，真是太可爱了！"

　　这位副驾驶有些脸红，但仍为得到她的赞赏显得很开心。

　　克拉拉在旁边哼了一声，不客气地抓过其中一袋，也吃起来。

　　"这是里德培养园生产的吧？"克拉拉一边说着，一边拿起一颗红通通的拇指大小的赤星果对着灯光看，六角形果核在半透明的果肉中隐约可见,"他们这个牌子口味偏酸,我觉得肯定是酒的度数太低。要知道,度数越高,赤星果泡出来就越甜。"她以专家的口吻批评道,"下次可以试试红缎带公司的。"

"得了!"潘蒂姆瞪了她一眼,"你不吃就给我。小扳手是按照我的口味买的,我就喜欢酸的。"

她们俩争先恐后地吃掉了那两袋赤星果,然后把垃圾丢进了转化处理机的收集口,让它们变成飞船的备用能源。

满足舌头以后,摇摆也停止了。

勒古回到操作台前,打开导航仪看了看,对潘蒂姆说:"船长,我们正沿着常规轨道2304前进,下一次停靠的行星是拉瑟图。"

常规轨道是欧菲亚联盟内部划分的公用飞船线路,提供给民用的货运和客运船。这些轨道都只存在于行星密集的区域,超过一段特定的距离后便没有限制了,那种空旷的地方几乎没有飞船相撞的可能。

在常规轨道上行驶的都是同向前进的飞船,相向飞行的飞船则另有一条轨道。在轨道之外的,要么是违反规定的糊涂虫,要么就是胆大包天的走私船。

"我还从来没走过这么正经的路呢!"潘蒂姆头也不回地舔着手指,"勒古,看看这艘船的航线,他们不经过门托罗星吗?"

勒古熟练地将铁玫瑰的系统接入滚装船的网络。"好像不会,船长。"他眯着眼睛盯着那些点和线段,"急速公司这艘船的最终目的地是天穹城,它们有三个卸货点,最接近门托罗星球的是飞腾空间站。"

那是瑟利人的一个人造星球,主要利用宇宙空间进行生产试验。从那里前往门托罗星球只需要0.15光年。

"我们要从那里走吗,船长?"勒古问。

潘蒂姆走过来看了看。"很好,那里是生产基地,要卸下的货很多。我们就从那儿溜!"

勒古调出航行数据。"从现在开始，我们有十个小时的休息时间。"

"那就填饱肚子睡一觉！"潘蒂姆拍拍他的肩膀，"十个小时后我们还有活儿要干呢。"

潘蒂姆回到她的折叠小床上，示意占了一半位置的克拉拉挪动一下。瑟利女性缩起她纤细的身体，贴到舱壁上。

"好吧，我早说过你该加宽这里的一些东西。"克拉拉抱怨道，然后低声问潘蒂姆，"我说，你甩掉那个探员我是举双手支持的，但他会不会记仇？"

"当然，"铁玫瑰哼了一声，"他相当爱记仇，但我可没空考虑这个。他藏着掖着，我也没必要全听全信。"

"你们两个都是精明得一点儿亏都不肯吃的滑头。"

"哦，谢谢你的赞美，克拉拉。"潘蒂姆撇撇嘴，"但别说得你很宽宏大量。你可是每次连分成比例都会精确到小数点儿后四位的。"

两个老搭档相互攻击完之后，不约而同地沉默了一会儿。她们俩挤在狭窄的折叠床上，克拉拉忽然低声说："嘿，玫瑰，不管怎么说，你愿意完成蜜拉琪的愿望，我很高兴。谢谢你……"

"不光是为了她，克拉拉。"

"我知道，所以必须得说声谢谢。"

"你突然这么温情脉脉可真让我不习惯。"潘蒂姆长长地叹口气，"得了，这事儿完了以后，给我找点儿轻松的活儿才行。"

"好吧，搭档。"

他们三个都不再说话，克拉拉和潘蒂姆迷迷糊糊地打起瞌睡。

舱内的时间静静地流逝。也不知道过了多久，一阵细微的报警声突然从控制台上响起来。

正在玩浮空球游戏的勒古立刻停下来，调出外部监控影像。

87

铁玫瑰从折叠床上跳起来,一下子冲到控制台前。

那是特里普伪装铁玫瑰号的时候安装在外部六个点上的监控设备,可以将飞船360度的图像传回控制台。当外部环境的波动值出现异常时,这个监视设备会自动报警。

"看看那是谁?"

潘蒂姆靠近监控影像,看到货架下方的走道中有两群人。她放大图像,能清楚地看到五个穿着急速公司工作服的埃萨克工人正在和三个瑟利对峙。

埃萨克们手上拿着检查货架用的合金手杖,那上面有一个多用设备,硬得足以砸开人的脑袋。而三个瑟利中的一个已经用微晶给自己覆盖上铠甲,另外两个的手上也分别拿着一把闪烁着蓝光的武器。

"听听他们在说什么?"克拉拉也凑过来,对勒古说,"把声音放出来。"

小扳手调整了一下信息,于是原本被过滤的声音回荡在驾驶舱内。

"有种就拿你那把娘们唧唧的枪冲着我脑袋开,小白脸!"一个带着谷地口音的埃萨克一边掂量着手中的合金手杖,一边冲着三个瑟利横眉怒目,"反正你们这些娘娘腔都只会玩阴的!看看你们对梅洛姆议员干了什么!派一个女人去暗杀?我早就说过天穹城里的混蛋政客对一个战士会下黑手的,我早说过!"

"你说什么,野蛮人?"身披微晶铠甲的瑟利男性打断了埃萨克的话,"嫌疑犯还没有抓到,你最好别那么早下结论!"

"现在想要撇清已经晚了,高贵的瑟利!"另外一个埃萨克嘲讽道,"谁知道真相呢?说不定那个女人已经被你们灭口了,整个案子就是一场阴谋!"

"让开。"那个穿铠甲的瑟利似乎是他们的头,"我们不想动手。

干好自己的活儿,别管你们根本不懂的事!"

他那种语气对缓解气氛实在没有半点积极作用!

埃萨克们更进一步地朝瑟利人逼近,手中紧攥着手杖。

"你们这些懦夫!"一个埃萨克咒骂道,"从上一场'撒壬之战'起,你们就是胆小鬼、逃兵,现在仍然是。你们自诩的智慧就是躲在埃萨克战士的身后做点收尾工作,呸!"

他狠狠地往地上吐了口唾沫。

这种侮辱让三个瑟利气得脸色发红,他们拿着武器的手微微发抖!

"撒壬之战"是欧菲亚联盟与赛忒之间最早的战争,也标志着赛忒这种生物正式与瑟利、埃萨克和埃蕊三个种族的对立。那种战斗力超群的变异生物逼迫三个种族不得不结为同盟,进而催生了欧菲亚联盟的成立。撒壬女妖以最完美的形态展现出可怕的毁灭性力量,几乎将所有星域占据,在付出极大的牺牲后,三个种族才夺回生存的空间。

撒壬之战胜利后,联盟的范围逐渐扩张,却仍在边境地带与游移的赛忒群好几次有过激战。当共同的敌人在眼前,哪怕分歧再大,也能成为朋友。于是在这样的过程中,原本差异巨大的三个种族在战斗中不断融合,就像尖锐的石子儿渐渐磨去了一些棱角,贴得稍微近了一些。

但天生的差异始终无法让他们真正变成统一民族,其中埃萨克和瑟利就更是这样——虽然是盟友,但他们之间的距离就像瑟利居住的天空与埃萨克居住的大地一样遥远。

尽管潘蒂姆完全理解这些,但眼前的一切仍然让她觉得不舒服。

"所以有时候智慧生物就是这么讨厌,"她看着监控叹了口气,"总有理直气壮的理由来排他。"

"是的，玫瑰，蠢得没救了。正因为这个，联盟从来没有办法真正打败赛忒。"克拉拉难得地跟她站在同一立场。

勒古回头问道："我们该怎么办，船长？他们快要打起来了。"

"发个干扰警报，"潘蒂姆冷冷地说，"就像用冷水泼开打架的狗一样。他们不敢真动手。如果在光速飞船上打架，船长有权按照《外空间航行安全法》将他们送到法庭上，他们会在监狱里待上整整五百个标准日。"

"好的，船长。"勒古弯起嘴角，把一个隐蔽命令传入滚装船网络。

与此同时，埃萨克工人们的手杖顶端亮起红灯，并显示出故障报告。

"底层234号货架出现松动，咱们得立刻过去！"其中一个工人说道，然后向敌对的瑟利挥了下拳头，"算你们运气好！"他们又狠狠地瞪了瑟利们几眼，这才转身离开。

瑟利们也收起微晶武器和铠甲，转身向另一个地方走去。

"解决了，船长。"勒古对潘蒂姆说。

然而他的船长并没有表现出开心的样子。

潘蒂姆在折叠床上重新躺下，克拉拉来到她身边，叹了口气："事情变得更糟糕了。"

"是的，"潘蒂姆低声说，"议员的死让埃萨克和瑟利的矛盾摆到了台面上，最近世道会更不太平。"她想起自己那天晚上在谷地酒吧里遇到的事情，还有刚才的一幕。也许她还会碰上相似的场景，在这条船上，或者在别的行星和空间站中。这些事将在整个联盟内部不断上演。

"会越来越麻烦的。"潘蒂姆对克拉拉说，"现在蜜拉琪也死了。我们遇到的事情可以证明一件事：议员被害绝不是像通报说的那样简单,真相可能会很吓人。"

"你已经搅和进来了。"

"是的,克拉拉,所以咱们得打起全副精神来对付。"

巨大的滚装船沿着既定轨道继续前进,而飞船内部的那次小摩擦除了被铁玫瑰号捕获,几乎没有人知道。六小时后,他们在第一个停靠站——埃萨克和埃蕊聚居的行星——卸下了五分之一的货,紧接着就向飞腾空间站进发。十个小时后,勒古从滚装船系统上截获到停靠通知。

货舱中的货架开始自动升降,把应该卸下的货物运送到卸货出口。

"开始了,"潘蒂姆对她的副驾驶说,"咱们也要早作准备。"

他们按照特里普的安排,将伪造的运输清单输入系统,并关闭了一切可能被探测的信号,静静地等着。

不一会儿,这一层货架就传来轻微的震动。磁力锁扣收缩起来,更紧地将伪装后的铁玫瑰号固定住,开始移动。

所有需要卸下的货物都开始排着队下沉,次序井然地进入最底层的舱门口。

"关掉所有监控。"潘蒂姆吩咐勒古,"出舱以后会反射扫描,当心露馅。"

他们三人坐在驾驶舱里,变成了瞎子,只能竖起耳朵仔细聆听。

货架移动的声音不断传来,中途停顿的震动有两三次,然后又继续响起。他们听到了一声洪亮的提示音,接着被重重地放在了什么地方。

"天啊!"克拉拉叫道,"便宜的运输船干活儿就是这样粗鲁。"

"看看周围的情况。"潘蒂姆要求。勒古试着轮流打开外部设备,监控片段很快自动组合成一幅外部全景图。

飞腾空间站大得足以媲美一颗小行星。它呈椭圆形，穹顶盖有四分之一是透明的，这里也是飞船起落的地方。现在，铁玫瑰号正停留在卸货平台上，周围全是各种包装的大型货物——跟那些庞然大物相比，连铁玫瑰号都变成了一个小个子，完全不显眼。这地方只是空间站一个极小的平台。在其他大小不一的平台上，许多货运飞船正在将货物卸到平台上，接着平台和空间站内部连接的履带开始转动，把它们一点一点地往空间站内部运送。远远望去，就像无数条脐带通向一个巨大的胎盘。

"我们得现在走。"潘蒂姆放大监控图像，前方就是加压门，里面是空间站的隔离区域，一旦进入就不能再随意出入。

勒古按照特里普说的方法调出清洗程序，铁玫瑰号覆盖的伪装层开始从里层断裂，细小的分离支架将那老旧的壳子从飞船的表皮上撑裂，接着如同发芽的种子一样延伸到外壳之中。一直不讨潘蒂姆喜欢的伪装层就这么渐渐变成一堆碎片，每一块都只有巴掌大小。

它们掉落在铁玫瑰号的周围，积成一小堆。

"哦，我的小猫咪，终于又变漂亮啦！"潘蒂姆一脸感动地揉着胸口，"垂直起飞，小扳手，关闭其他辅助设备。别用导航，别发出任何电子信号，我们用肉眼导航。"

"好的，船长。"勒古也变得兴奋。他知道只要离开空间站就可以全速航行，这对于躲躲藏藏了一段时间的铁玫瑰号来说，真是享受。

飞船从巨大的货物中间升起来，慢慢移动到平台外侧，依靠着货物做掩护，运动到滚装船旁边。不一会儿，卸货完毕的滚装船开始往出口移动，而它身体下面那个狡猾的附庸也随之消失在宇宙中。

"终于、终于、终于自由啦！"

当身后的飞腾空间站和滚装船的影子都变成黑色幕布上的斑点时，潘蒂姆坐在非她莫属的独一无二的驾驶座上，发出一声长长的欢呼。

她放松身体,让红色长发垂落在座椅后面,如同华丽的瀑布。

克拉拉撑着腮靠在旁边。这几天来的遭遇,就算是经历丰富的走私贩子也可以拿出来当酒后谈资了。她很明白喜欢在星海中兜风的铁玫瑰被困了几天后想要好好飙一下的渴望,但她已经习惯每次潘蒂姆在兴头上就浇一勺冷水,所以现在她这么做,也没有丝毫内疚。

"我们正驶向门托罗星,对吗?"她向潘蒂姆问道。

"没错。大概会在二十个小时后到。"

"那么关于蜜拉琪留下的'紫色草'和'埃蕊'这两个词儿,你有什么想法吗?"

潘蒂姆翻了个白眼。"我只兴奋了两分钟,克拉拉。"

"这生意不是我坚持要完成的!"

"好吧,好吧!"潘蒂姆伸出手指把屏幕按起来,"我查了一下门托罗星——之前我倒是路过了一次,但真不太了解——它好像百分之九十的表面积都是液态水,所以埃蕊算是那里的主要民族。此外有一些瑟利,几乎没有埃萨克在那里定居——你知道我们对水并不太喜欢。"

她顿了一下。"另外,我也查了门托罗星上关于'紫色草'的词条,上面没有叫这名字的东西,但有三千多种植物是这个颜色。我觉得蜜拉琪的暗示不会这么简单。说不定是跟紫色的草有关系的地方,或者人……"

克拉拉用手指头敲打着控制台,转了转眼珠。"对这个关键词,咱们可以在接下来的二十多个小时里一点点过滤,但她说的埃蕊呢?是什么意思?给我们说她需要我们找一个埃蕊?"

"那个人或许就是她的希望,她的保护人。但是,天啊,克拉拉,"潘蒂姆撇嘴,"门托罗星有上千万个埃蕊!"

"是啊。"克拉拉皱着眉头,"不得不承认,如果有能深入数据库的联安局探员帮我们排查,的确会省事许多。"

"别怀念那个麻烦的家伙,哪怕他长得很帅!"潘蒂姆不为所动,"他要是真跟着我们,才是件可怕的事情。"

"好吧,如果你真那么不喜欢他。"克拉拉做个鬼脸,"说正经的,我觉得其实我们没有那么大的筛选基数。想一想,如果蜜拉琪认为那个埃蕊真的能保护她,那么他一定是个大人物!"

潘蒂姆冲着瑟利笑了笑。"好吧,你说了我想说的。"

"那咱们现在就开始,怎么样?找找门托罗星上的大人物!"

潘蒂姆完全赞同,尽管仍然有一些遗憾——剩下的飞行中,她得让小扳手承担一部分驾驶任务——不能全心全意地在宇宙中狂飙,她的飞船可是刚刚才升级到七百倍光速啊!真是便宜了那小家伙!

NO.10 魔鬼崇拜者

位于深泉星域的门托罗星是欧菲亚联盟中的二级行星——也就是针对文明发展适应度的综合评估上，仅次于欧菲亚星的行星。无论是体积大小、物资的丰富程度、环境的宜居性都很好，唯一的不足之处就是海洋面积非常大，整个星球几乎都包裹在蓝色液体之中。这让它吸引了很多埃蕊，以及个别既喜欢天空又喜欢大海的瑟利，唯独喜欢群居并且脱离不了大地的埃萨克排斥它，他们几乎不来这里。

由于埃蕊在这个星球上占据绝对多数，门托罗星的当权者几乎也都是这个种族，连联盟议会中的埃蕊议员也有几个出自这个星球。

铁玫瑰号渐渐靠近门托罗星，导航图上显露出它蓝白相间的美丽身影。

勒古坐在副驾驶位置上，稳稳当当地抓着操纵杆。漂亮的船长趴在另一头，跟克拉拉一起看着显示屏，不断地筛选着那些资料。

"我觉得不会是一个飘带草种植园主吧？"克拉拉看着关键词的链接资料，"这个埃蕊都已经老得游不动了，他看上去只关心草，对别的种族不会有兴趣的。"

"那这个呢?"潘蒂姆打开另外一个扩展词,"'紫色萌芽'草本植物净化萃取公司?一个身强力壮的埃蕊,经常来往于天穹城和这里,似乎有机会跟蜜拉琪接触。"

"但是他有犯罪和欺诈记录,瞧他对合伙人做了什么?我觉得蜜拉琪不会把性命攸关的东西交给这种人。"

潘蒂姆烦躁地晃晃头。"我们都排查了快十个小时,排除了这个星球上跟'紫色草'可能相关的几百个人和事。这样下去什么时候才能确认谁是蜜拉琪的保护人呢?"

克拉拉还在显示屏上不断地划拉着。"或许我们该换一个思路?玫瑰,你想过别的吗?"

"比如呢?"

克拉拉挤开她,手指在显示屏上拨弄了几下,引导出一个副屏,从主屏旁边支出来。

那上头是一首通用语写成的短小诗歌。

"水波荡漾在海面

梦与气泡穿行其间

我们踏足在柔软的沙地

留下一路绯红

那是海的呼吸,是梦的延续……"

"我看不出这跟我们要找的关键词有什么关系。"

"在沙滩上留下绯色的痕迹!玫瑰,想一想这个描述。"

潘蒂姆愣了一下。"等等……这个……"

"没错!"克拉拉眼睛发亮,"埃蕊喜欢吃一种叫做飞鱼草的东西,它们只产于门托罗星。这种食物会让他们的汗腺在短时间内分泌紫红色的汗液。飞鱼草最大的产区是在这个星球的克里斯兰博海区,而那里我记得有一个埃蕊的议员,叫做多尔米·帕托·林,他是联盟议员，而且……"

克拉拉又点击了一下副屏的另外一个角落，一张图片显示出来，背景是一次宴会，中间有三个人：梅洛姆议员、蜜拉琪，还有一个身材瘦削修长、身体线条明显更加柔和流畅的男性。

"他就是多尔米·帕托·林？"

"是的。"克拉拉说，"从他们三人的站姿，还有他的手搭在梅洛姆议员夫妇身上的样子，可以看得出，他们关系非常好，说不定还知道他们的婚姻。我认为他最有可能是蜜拉琪的保护人。但该怎么确认呢？"

"如果他和蜜拉琪事先已经约定好，那么我们就有办法。"潘蒂姆想了想，从联盟的信息网络上找到议员们的公开空间，又掏出那个蓝色的记忆方块，拍了一个全景照片，镶嵌在一封加密的信件中，通过投诉信箱发送了过去。

"然后呢？"克拉拉问道。

"等吧。"潘蒂姆转身滑到勒古身边，"怎么样？"

"还有三十分钟接近门托罗星的大气层。"副驾驶说，"埃蕊不喜欢惹事，所以在他们的地盘上，监控范围会比其他的地方小，但一旦发现非法进入就会严厉监控甚至击落。船长，这个地方我们不熟，需要冒险从盲区进入吗？"

扫描行星监控的盲区是铁玫瑰号的特殊功能，也是特里普专门为潘蒂姆安装的。虽然很多走私船都会有类似的设备，但是像铁玫瑰号这样能全频段扫描的却很少。它能够让潘蒂姆在接近陌生行星的时候迅速判断并进入安全区域，偷偷降落，顺利完成转运。

但进入盲区也不是绝对安全，毕竟全面覆盖行星的安全监控产生的盲区极少，有时候走私船需要人为干扰来制造盲区，这就很容易被安全监控发现。

"再等一等,"潘蒂姆对小扳手说,"放慢速度,看看那位议员先生会不会给我们行个方便。"

联盟议员在星际通信网络中都拥有独立空间,其中只有加密投诉信箱不会受到身份限制,其中的内容会毫无折损地传送到议员们那里。他们会自己设置过滤器,筛选出需要阅读和处理的部分。而且,这些都可以通过他们的随身植入通信设备读取——这种设备只有在他们卸任的时候才会被官方移除。

潘蒂姆觉得,如果多尔米议员真的是蜜拉琪要找的人,那么他看到这张图就会立刻反向搜寻这艘船的信号,进而让他们降落。

这其实也是一种赌博。

"万一我们猜错了怎么办?"克拉拉紧张地看着屏幕,"要不还是让小扳手试试盲区?"

"安静!"潘蒂姆干脆把屏幕关了,"我有预感就是他。等着信号吧,如果三十分钟后没有任何反馈,我们再倒退回去想别的办法。"

克拉拉皱着眉头看着自己的合作伙伴。克拉拉从不赌博,因为把辛辛苦苦赚来的钱投入到未知不可控的事情里,实在不是她的风格。

但潘蒂姆时不时地会这样做,并且毫无规律可循,就像是心血来潮。有时候她会输,但更多时候她会赢,克拉拉衷心希望这次她依然能有好运气。

时间一分一秒地过去,门托罗星在他们的视野里逐渐变大,回复的信息却始终没有传来。

"还有十分钟进入大气层。"

"保持航速和方向。"

克拉拉抱着双臂,不时看向潘蒂姆。

"还有五分钟。"

"嗯,继续,小扳手。"潘蒂姆神色自如。

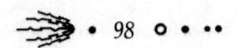

但克拉拉忍不住站起来。"我说,赶紧扫描盲区吧!"

"不是还没到吗?"

"一头撞上去才叫到吗?"克拉拉有时候真想不明白自己为什么会跟这个家伙合作那么长时间!

"咱们可好久没玩这么刺激的游戏了,对不对?"潘蒂姆朝勒古挤挤眼睛,她的副驾驶只是腼腆地咧咧嘴。

"还有两分钟……"

就在克拉拉绝望了的时候,屏幕突然亮起来。

接着,那个线条修长的议员出现在他们眼前。

"潘蒂姆?"他用埃蕊特有的清亮口音问道,然后抬起手,"进入许可,56543。"

屏幕准时弹出门托罗星安全监控的询问窗口,潘蒂姆从容地报出特殊许可号码。他们顺利地进入了这颗蓝色行星的大气层。

"瞧,"潘蒂姆拍拍克拉拉的胳膊,"完全不用担心嘛。"

克拉拉转过身去,根本不想和她说话。

门托罗星的确是一个美丽的世界。当铁玫瑰号穿过白纱一般的大气层后,潘蒂姆满眼都是碧蓝的颜色,那种蓝跟其他类似行星上的海洋完全不同,似乎深层下还有许许多多其他的颜色。

随着铁玫瑰号的高度不断下降,她甚至能看见一些绿色洋流如同条条彩带漂浮在海面上,偶尔会有些黄色或者黑色的岛屿分布其间,不过最大的看上去也不过如同大画布上的一个墨点。

"这里真是个好地方!"潘蒂姆一边赞叹,一边重新打开通信接收频道,"快出来吧,议员大人,告诉我们该在哪儿降落,我们可不能一直乱晃。"

他们又下降了一些。不一会儿,屏幕上重新出现了多尔米议员的影像,他看起来换了一个地方,背后是一片白色的沙滩。

"潘蒂姆,你们现在已经进入门托罗星了吗?"

"是的,阁下,你们这儿实在太漂亮了!"

"谢谢,"他温和地微笑着,"请调试坐标,接入本地区的导航系统,我在白金岛等你们。"

"明白……"

铁玫瑰喜欢他说话的方式,跟瑟利和埃萨克都不同,甚至比一般的埃蕊更让人愉快。"我说,这位议员先生不但年纪不大,长得也不错,"潘蒂姆对克拉拉说,"他真讨人喜欢,不是吗?他是个男性埃蕊。我其实还没有真正见过埃蕊的第三性呢,也许在这里能碰上。"

在三大人类种族里,只有埃蕊人有三种性别。而埃蕊的生育文化极具特色,因为遗传的特点,男女结婚后,普通女性无法生育出女孩,只能生育男孩。第三性别"啼欧拉"则能生育出女孩或是第三性。一般家庭必须通过领养女孩,与亲生儿子结合,来繁衍后代。因此在埃蕊文明中,一对夫妻会先领养一个女孩,然后才生出男孩,让两个孩子从小便学习如何成为未来的伴侣。

"我对埃蕊的兴趣不大,"克拉拉耸耸肩,"不过听说埃蕊们最漂亮的样子是他们在水里的模样。"

在这毫无营养的闲谈中,铁玫瑰号依靠准入密码进入了门托罗星的信息空间。飞船导航系统很快找到议员所说的地方,那是浮在海洋上的一个浑圆岛屿,面积很小但是地貌起伏大,从岛上到海面下都有建筑,在边缘处有一块小小的停机坪。

当铁玫瑰号准备降落的时候,屏幕闪动了一下,接着信息全无。

潘蒂姆明白这是议员的私人岛屿,他在上面安装了屏蔽装置,隔绝了外来窥测。

舱门打开,潘蒂姆一眼就看到了站在停机坪下方的多尔米议员。他穿着埃蕊传统的白色长袍,脖子细长,双肩下垂,头发束在脑后,胸膛、双手和赤裸的双脚上都戴着金黄色的环状饰品。

潘蒂姆和克拉拉向他走去，勒古站在飞船门口——按照潘蒂姆的规矩，在陌生地点降落后，不能所有人都离开铁玫瑰号。

议员看着他们，浅蓝色的眼睛一次次望向他们身后，最终发现再没有人走出来。他的神色变得有些难过。

"她不能来了吗？"议员问道，"蜜拉琪出了什么事？"

潘蒂姆来到他面前，低下头。"我很抱歉，阁下，我们在离开谷地的时候遇到了袭击，梅洛姆夫人不会再来了……"

埃蕊低下头，细长的脖子弯成一个哀伤的幅度，然后他抬起头来。"当你把记忆体传给我看的时候我就猜到了，啼欧拉自有她的安排。"

那是所有埃蕊宗教中共有的神灵。她安排一切，每个人的命运，生老病死，贫穷和富裕。潘蒂姆再一次感受到埃蕊比其他种族更具有宗教传统。

多米尔议员带领他们走上浮空踏板，缓缓地下降，在经历过黑暗的地质层以后，进入了岛屿的下方。这里宛如一个全新的世界，高高的地层穹顶下，是一大片广袤的空间，埃蕊们用微晶晶板修筑地面，建立起完整的迷你城市。

大大小小的瀑布从地层缝隙中涌出，如同帘幕一样垂落在城市中。潘蒂姆惊叹地想这些水流可能都来自上方的海洋。这个埃蕊的居所就像一个梦幻世界。

城市的中心是一幢锥形的建筑，高高指向穹顶中心，披着一层淡淡的微光。看上去它是整个地方最古老的建物，仿佛整个地底环境是为保护它而建筑起来。

他们走在步道上，发现前前后后都有零散的人在走动。瀑布流水衔接地底湖泊，下面透出绿色荧光，组成某种奇特的符纹，仔细瞧才发现那些是现代感十足的埃蕊建物,和水上环境有极大的反差,却又像同一种共生体系。

"为什么刻意在地底下打造这样一个空间呢?"潘蒂姆问议员,"我以为你们惯于生活在海里的水中城市,因为埃蕊人都能在水底呼吸。"

多米尔议员微笑。"是呀,但我总得接待访客和贵宾。如果要你和我在水下会谈,你也会不舒服吧。"

潘蒂姆恍然大悟地眨眨眼,克拉拉敲了下她的脑袋。

议员带着她们来到一个球形观测室,晶莹的弧形壁上闪动着星球生态的景象。在这里他们有足够的私密空间。

"我们为了完成她的委托才来到这里。"铁玫瑰拿出那个记忆方块,递给议员,"她希望把这个交给您。"

议员接过记忆方块,伸出右手,那上面是他的个人植入设备。"我原以为从谷地走会比其他地方安全一些。"他轻轻地把记忆方块按到一个小小的平面上,那个立方体以肉眼可见的速度沉了下去。

"是您让她来找克拉拉的?"

"我对你们的名声略有耳闻,并且蜜拉琪也刚好认识帕奇小姐,所以……"

他可真不是个简单人物,潘蒂姆和克拉拉对望一眼。

埃蕊议员似乎没有注意她俩的小动作,他专心地把那个记忆方块嵌入设备,然后按动开关。

记忆方块被吸入那个手环一样的设备中,接着投影出蓝色的全息屏。三个人屏住呼吸,等待着解码,仿佛真相即将在接下来的瞬间喷涌而出。

但那个蓝色环幕只是闪过一连串毫无意义的乱码和奇形怪状的图形。

多尔米议员又调试了几下,依然如此。记忆方块里的东西并没有如他们所愿呈现出来。

"出了什么问题?"潘蒂姆皱起眉头,"我们拿到它以后没有动过,一直小心地保存着。"

议员将记忆方块取出来看了看,向潘蒂姆笑道:"不用担心,这不是你们的错,记忆方块很完整,只是被加密了。"

"加密?"

"嗯……"多尔米议员温和地解释道,"我的微晶能力也能够实现一些超距离通信,所以蜜拉琪之前的确给我大致地说明过情况,但她的信息加密并不是我能够轻易破解的。"

"她的加密方式是什么?"

"看起来是临场加密。"

"我不是很明白您的意思,阁下。"

埃蕊议员耐心地说:"她告诉我,这个记忆方块是她在梅洛姆议员被害时,将所有通信信息和随身处理器复制出来制成的。"

"她对我们也这样说。"

"那么她很有可能在转化过程中设定了临场密码,也就是将信息提取出来后重新投射信息,只有其中必要要素吻合,这个记忆方块才能重新打开。"

"天哪!"克拉拉捂住额头,"她这么做想干什么?"

"防备,还有期望……"潘蒂姆看着埃蕊议员手指间那个小方块,"她得提防方块被人抢走以后擅自解码,同时也相信这个方块在凶杀现场被打开,意味着案子能够重新调查。"

克拉拉抿着嘴没有说话,而埃蕊议员却点点头。"你说得也许有道理,但这就意味着我们必须去欧菲亚星球的天穹城。"

现场突然安静下来,气氛有点诡异。

"啊，啊！"潘蒂姆仰头，像是在欣赏弧形壁上旋转的生态影像，并站起身子，"请原谅我的不敬，阁下，我是个生意人，现在这单生意已经结束了，请允许我告辞。关于佣金——既然蜜拉琪遭遇到了不幸，那么我除了定金别的一个联币都不要。"

埃蕊议员并没生气。他淡蓝色的眼珠如同背后的海水一样漂亮，而语气也没有上位者的颐指气使。"我需要去天穹城，潘蒂姆船长，而且必须尽快。现在这种情况，我不能动用自己的私人飞船，那样太大张旗鼓。"

"找找您的朋友，那些愿意提供帮助的人。"潘蒂姆不为所动，"谢谢您让我们降落，现在我希望立刻返航，我还得接别的生意呢。"

"那么请把我作为你的下一个主顾，船长，"多尔米议员上前一步，向她伸出手，"我会给你满意的酬劳。"

潘蒂姆盯着那只纤长柔软的手。"事实上缺钱的并不是我，阁下，我们……"她扫了一眼克拉拉，正要继续想个借口，但一阵急促的震动从她手腕上传来。

那是在她离开飞船时启用的一个独立通道，任何紧急信息都会从铁玫瑰上瞬间转给她。

"船长！"勒古大喊，"特里普大哥有急事找你！"

"转过来！"

"好的！"

通信装置被称为"眨眼地精"。它戴在潘蒂姆的手指上，但声音震动能直接作用于耳道，所以只有她能够听见声音。

"玫瑰！"特里普的声音传来，"你在门托罗星吗？我查到了那个联安局探员的一点儿底细，但这个稍后再说，你得赶紧离开那儿！"

"怎么了，发生了什么事？"

"先离开，我很快告诉你……"

他们的对话被一阵不寻常的巨响打断,那声音从远处传来,仿佛巨大的闷响,接着平静的海面上突然爆起一朵巨大的浪花,一艘小型飞船像飞鱼一样冲出来,向着白金岛发射了两枚炸裂弹。

海滩上响起巨大的爆炸声,强烈的冲击波将白色的细沙激荡起来,铺天盖地地洒下来。高耸的阔叶树变成了燃烧的火球,断成好几截砸落在地。

潘蒂姆惊觉不妙,对埃蕊议员说:"带我们回铁玫瑰号!"

"那么答应我的委托。"议员从容地说。

"这是谈条件的时候吗?有人在攻击你的岛!"

"所以你能明白这件事对我的重要性,我必须去一趟欧菲亚星。"

潘蒂姆在无奈之下答应了。"那么走吧,这地方灌水进来我八成活不了。"

他们回到上头,看见陆地上的建筑有几座已被熏得焦黑。

"快走!"潘蒂姆来不及多想,抓住多尔米议员就往铁玫瑰号狂奔。

身后的热浪紧紧地跟着他们,潘蒂姆闻到了强烈的焦味儿。她几步跨上飞船的舷梯,议员和克拉拉紧随其后。

小扳手有着绝佳的反应能力,看到他们进入舱门以后就迅速关闭了入口。铁玫瑰号腾空而起。

潘蒂姆放开多尔米议员,对脸色发白、喘着粗气的克拉拉说:"照顾好他,我现在得做点惊险动作!"

"船长!"埃蕊议员在背后叫她,"不要跟他们硬拼,他们很可怕!"

"看来你知道他们是谁!"

多尔米议员绷着脸。"要么杀死他们,要么逃走!"

"是吗?"潘蒂姆冷笑起来,"你觉得我会选哪一项?"

105

NO.11 重返禁地

铁玫瑰号贴着海面疾驰而过,高速气流在蓝色水面上拉出一道白色的痕迹。

在它身后,一艘黑色飞船正紧追不舍,射出一个接一个小型炸裂弹。大多数炸裂弹在水下爆出一朵朵巨大的浪花,极少数被铁玫瑰号刁钻的飞行路线引导发生撞击。

但黑色飞船的速度很快,而且性能大大优于被追踪的小走私船,很难被甩掉。有几次,它甚至撞上了铁玫瑰的尾部。

"真见鬼!"潘蒂姆坐在驾驶座上,一手搭着控制台,一手按住升起来的球状操作仪,眼睛盯着并列的三块屏幕。

她觉得很气恼。门托罗星的表面几乎全是海洋,一点儿遮蔽物都没有,而铁玫瑰号没有深潜功能,无法躲进水里,又没有强大的武器配备,根本不能跟那艘无名飞船正面抗衡。

"船长!"小扳手在副驾驶位置上叫道,"特里普大哥又在呼叫我们,要接进来吗?"

"赶快!"潘蒂姆大声命令。

她一边灵活地转动着操作球,一面接入语音。

"玫瑰!"埃萨克人的声音在驾驶室里响起来,"你怎么样?刚才发生了什么事?"

"我们被攻击了!"她回道,"你之前已经知道危险了吗?"

"是的,我在调查那个联安局探员的时候发现的,有类似你说的那种飞船进入了门托罗星的星系。"

"他们是冲着蜜拉琪来的,也可能是她留下的东西!哦,天呐!"潘蒂姆猛地向左边倾斜,后面传来克拉拉的叫声,她没有系牢固定绑带,咚的一下撞在了舱壁上。

"他们要把我们打下来!"埃蕊议员坐在克拉拉旁的驾驶舱客座上,紧张地看着前面的人。

"玫瑰,给我一个入境信号!"特里普说道,"我已经来了,来帮你!"

潘蒂姆没空打探他为什么会突然出现在这里,无论如何,有援兵总是好的。多尔米议员迅速地报出一个新的入境密码,潘蒂姆在杂技一般的飞行中将密码转述给特里普,并报出自己目前的坐标。

不一会儿,天空中出现一个亮点,向着这个方向俯冲过来。

"玫瑰,把它引过来。"特里普在通信频道里说,"我这边有粒子炮!"

"没问题!"潘蒂姆翘起嘴角,提高声音,"请坐好了,小姐、先生,我们会有一场空中舞蹈!"

相较于她的兴奋,克拉拉只是脸色发白地呻吟了一下。

铁玫瑰号开始爬升,但身后的黑色飞船性能明显优于它。它们之间的距离越来越小。因为在行星大气圈内不能使用超光速飞行,刚刚升级的飞船似乎什么便宜也占不到。

"来不及了!"勒古在旁边盯着屏幕,"船长,等不到进入特里普大哥的射程,我们就会被他们锁定的!"

"放轻松,小扳手,你得相信我。"潘蒂姆丝毫没有慌乱。她轻轻滑动着操作球,铁玫瑰号的尾部亮起白光,上升得越来越快。

屏幕上,红色亮点不断地向他们迫近。

"啊,看!"勒古指着屏幕大叫起来。一个红色亮点从后面的飞船中射出,以更快的速度向它们飞来!

"行了,特里普!"潘蒂姆大声叫着,右手猛地将操作球向左滑动。

整个铁玫瑰号向左一沉。

几乎同时,一艘从天而降的飞船连续射出两道光束,第一道击中了炸裂弹,第二道则穿过爆炸的火光,直击黑色飞船。

黑色飞船的侧翼爆出火光,但只是沉降了一瞬,随即稳住船身,继续向着铁玫瑰号追去。

"该死的!"潘蒂姆恨恨地骂道,再次调整方向。

特里普的飞船则弹射出一个小小的座舱,急速朝着那艘飞船撞去。

这一次,它们在半空中炸出白色的光球,爆炸的气浪甚至将铁玫瑰号都震歪了。

燃烧着的碎片纷纷掉落在海中,溅起无数水花。

"我的天哪……"勒古擦了把冷汗,"就差一点点!"

"看,我就说过没事儿吧?"潘蒂姆笑着拍拍副驾驶的肩膀,"你来驾驶,小扳手。我去定位特里普的座舱。"

她又分神关照了一下后面的两个人。"你们还好吗?"

克拉拉勉强点点头,多尔米议员却表情痛苦,他用手捂着额头,上面透出红色的血迹。

"我撞到了头。"他苦笑道,"抱歉,我从来没有经历过这么刺激的飞行。"

潘蒂姆让小扳手先悬停在海面上,连忙找出医疗箱,让克拉拉帮议员包扎。她开始搜索特里普的信号,很快就发现了他的位置。潘蒂姆打开导航信号,引导特里普的座舱向飞船靠拢。最后,她取出潜水装备穿戴起来。

"你要干什么?"克拉拉正在为多尔米议员包扎伤口,一回头就看见潘蒂姆的举动。

潘蒂姆哼了一声。"咱们可不是第一次被这些人追着打。前两次都没办法保留证据,但这次我一定要搞清楚他们到底是谁。"

"你要下水?"克拉拉反对,"这片海洋我们一点儿都不了解,谁知道会有什么?"

"我的装备很齐全,趁着那些残骸还没被冲走,正好捞起来。"潘蒂姆笑着晃晃手里的棍子——那玩意儿既可以当麻醉枪,也可以进行探测。

"我跟你去吧。"多尔米议员插话道,"这一带我很熟悉。"

"可是……"克拉拉担心地说,"您受伤了,阁下……"

"用防水胶布就好。"埃蕊议员温和地说,"只要血液没有散在水里,不会有危险的食肉鱼类接近我们。"

小扳手打开舱门,让他们跳入碧蓝的海水中。

潘蒂姆穿着全套的装备,而埃蕊议员只是脱去了最外面的罩衫。潘蒂姆不得不承认,水里的埃蕊才是真正的埃蕊。多尔米议员在入水的一瞬间仿佛变成了海洋的一部分。他轻盈地在水里舞蹈,头发和衣服随波漂扬,每一个动作都跟在陆地上一样毫不费力,甚至更加优美。他完全不用呼吸器,看得也很远,不一会儿就发现了在海面下浮沉的飞船残骸。

潘蒂姆从潜水装里吐出一串串气泡,向那边指了指,于是多尔米议员先游了过去。

那是一块从驾驶舱到机翼的残片，因为封闭的驾驶舱内充满空气，没有第一时间沉下去。多尔米议员敲了敲玻璃，看到没有反应，才向潘蒂姆做出一个"可以"的手势。

里面是两个失去知觉的躯体。潘蒂姆曾在铜鼓部落见过他们的样子——全身黑色，没有瞳孔，脸色苍白。

"还是生化人。"潘蒂姆在呼吸器里说。她用短棍上的震动工具打破玻璃，将两具尸体拖了出来。

多尔米议员和她各抓住一具尸体，缓慢上浮。小扳手适时降下一个平台，把他们接了上去。

"啊，天啊，现在的生化人质量越来越好了，连重量都跟真人差不多。"潘蒂姆喘着气，把那具湿漉漉的躯体丢在货舱地板上后，一边往驾驶舱走，一边脱下潜水装备。多尔米议员则将两具生化人的躯体放好，让它们并排躺着。

埃蕊真是一个让人心醉的种族。克拉拉不无赞叹地在旁边看着那位动作优雅的议员，赶紧为他送上干毛巾，并且关心他的伤口。

"船长，特里普大哥的座舱快到了。"小扳手看着屏幕向他的船长报告。

"他总是这么及时！放下平台吧。"潘蒂姆拧着头发，水滴滴答答地积成一小摊。地板很快把这些液体吸收，重新变得干燥。

不一会儿，特里普搭着平台进入飞船内部。潘蒂姆用最快的速度迎上去，一下子抱住他。

"我该怎么说呢？你从来都不会让我失望！"她亲吻埃萨克男人的脸颊，"谢谢，特里普，谢谢，你又救了我一次。"

埃萨克咧开嘴笑了笑。"这还不是最惊险的，对吗，玫瑰？"

"远远算不上，可你干得的确漂亮！"潘蒂姆拉住他的手，"快告

· 110 · ·

诉我你怎么知道我会被袭击?"

"这事说来话长。"特里普朝另外一边抬抬下巴,"那个埃蕊是谁,还有那两个死人?"

"哦,好吧,让我们一件事一件事地解决。"

潘蒂姆带着特里普来到多尔米议员面前,为两个男人简单地做了个相互介绍。

"这就是袭击我们的生化人,从谷地开始一直到这里。"潘蒂姆用脚碰了碰那惨白的脸,"多尔米阁下,您见过这种东西吗?"

埃蕊蹲下来转动着它们的头部。"黑市生化人,毫无疑问,您能肯定之前遇到的袭击也是它们执行的吗?"

"铜鼓部落的安保人员扫描了它们的大脑,还挖出了眼珠子,查不到任何信息。"

"也许是方法不对。"多尔米微笑着说,"请给我一把刀好吗?"

克拉拉立刻从医疗器具中找出一把光刃刀。

"谢谢。"多尔米议员礼貌地冲她一笑,转身切开了一个生化人的胸膛。仿生的红色血液渗出来,但量并不多。很快,合成材料组成的内脏露出来,在关键的枢纽部位,有一些微晶在闪烁光芒。多尔米议员用刀切下一块带着闪光的组织,递给潘蒂姆。"分解它,看看有什么。"

潘蒂姆让小扳手拿来一个手掌大小的分解仪,它能够迅速而准确地将任何东西的成分分析出来,精确到分子单位。

她将那块组织放进去。

"该怎么做?"她调试着仪器,"好像没什么特殊之处。"

"哦,对了。"多尔米议员抱歉地笑笑,"我忘记了埃萨克对微晶比较陌生,也许该换一种微晶分析仪。"

特里普接上话头。"这个只需要简单地转换一下。"他拿过潘蒂姆

111

的分解仪，蹲下来将它重新校准，并重新把那块组织放进去。

分解仪发出低沉的轰鸣，很快，半空中浮现出分析结果——

"操纵他们的微晶不是遗传物质，而是人工制造的。"多尔米议员看着那些文字和数据，用最简单的话转述出来，"只要是人工灌输的微晶，都可以追查来历——因为制造商们的其他产品总会在别处留下痕迹。"

"这么说起来，您可以查到？"

"是的，我目前的地位给了我一些高级的权限。"

他抬起右手，在植入设备的位置轻轻按压了一下，浮现的屏幕上开始出现一些数据流。过了不到一分钟，这些数据流停留在一个固定的画面上。

那是一些古怪的文字，如同水流，又像漂动的水草，似乎是埃蕊们使用的符号。

多尔米议员看着它们，渐渐皱起眉头。

"写的什么？"克拉拉在旁边问，"早知道用得上，我就该好好学习埃蕊古文字这个科目。"

多尔米议员对她拐弯抹角的提醒报以宽容的微笑。"这的确是埃蕊文字，但并不太古老。这是处理器自动翻译为我默认的加密语言，我可以为你转述的，小姐。"

克拉拉的脸难得地红了一下。

"这种微晶经过了处理。"议员解释道，"它们并非瑟利释放到空气中的，应该来自于非法途径，比如黑市上的微晶买卖，然后加工抹去遗传属性，再植入到生化人体内。由于埃萨克对微晶没有控制能力，我们可以确认这种非法处理肯定出自瑟利或埃蕊。瑟利控制微晶的能力远远超过我们，因此是他们的可能性更大。这种类似的手法曾经在很多年前被查处并追捕过，有些罪行严重的微晶买卖商甚至被判处了死刑。"

"啊，我好像看到过类似的记载。"潘蒂姆插话，"那次的微晶买卖案好像牵扯出了不少监管漏洞，死刑都不止一个。只是时间已经过去很久……"

"没错，很出名的'黑手印'案，距今大概有五十多年吧。后来联盟政府再次强调了微晶不可买卖，并且通过了更严厉的法令。但这种事儿没法完全禁绝，总有些人会用微晶来做非法的勾当。而且，当时有些微晶还牵扯到另外一件事。"多尔米议员指着其中一行字，"你们知道'1号邪教'案吗？"

"我知道！"克拉拉连忙回答，"是拜赛忒教吧？"特里普和潘蒂姆都用奇怪的眼神看着她。

"知道这事的埃萨克的确不多，"多米尔议员继续解释，"因为当时那个邪教的影响主要是在瑟利人中间，还有一小部分埃蕊。他们是崇尚微晶能力的一群人，赛忒入侵以后，他们觉得赛忒是微晶能力进化的完美形式，开始秘密崇拜赛忒女妖为偶像，甚至试图引导赛忒潜入联盟内部，是非常危险的邪教。联盟安全局获悉此事后，在联盟内部展开秘而不宣的搜捕行动，很多拜赛忒教头目都被捕了，这个邪教也一度沉寂。但事实上，他们中的一些骨干成员逃脱了追捕，并仍在不断发展成员。他们牵涉到后来的很多非法事件，有多宗非法交易都是为了筹集恐怖活动经费，而其中不少都是微晶买卖案。"

铁玫瑰踢了一下生化人的身体。"您的意思是……这些家伙跟拜赛忒教有关？"

"从分析看，它们体内的微晶和之前拜赛忒教涉及的另一起案子中的微晶是一样的。我从联安局资料库中直接查找到的物证，应该可以这样认为。"

铁玫瑰恨恨地骂了一声。

多尔米议员继续说道:"潘蒂姆船长,我不得不提醒,你已经成为了他们的目标。之前他们已经发动了袭击,之后也不会终止。也许埃萨克还不太了解拜赛忒教的能力,但我十分清楚,他们并不都是亡命徒。经过这么多年的发展,他们已经有了自己的一整套体系,有完善的领导和分工,他们做的每一件事都有明确的目的。"

"那么,追杀我的目的是什么呢?"潘蒂姆挑了一下眉,"哦,不,或者说,他们追杀蜜拉琪的目的是什么呢?"

"想一想吧,船长,好好想一想。"

潘蒂姆的脸色沉下来。"梅洛姆议员的死跟拜赛忒教有关系?"

"或许是,也或许不是。谁能保证他们不是受人之托,来清除掉蜜拉琪呢?"

"现在蜜拉琪死了,所以他们盯上了我?"

"我很抱歉,船长,站在对方的角度,你是最后接触蜜拉琪的人,所以同样危险。"

潘蒂姆皱着眉头,冷笑了一声。"看起来是这样的,阁下。这么说我没法儿置身事外了。"

埃蕊议员握住她的手,盯着她的眼睛。潘蒂姆感觉到埃蕊略低的体温,还有比其他种族更细腻的皮肤。

"你的手很热,船长,"多尔米议员低声说道,"你的心也是一样,否则你不会完成蜜拉琪最后的嘱托。我没有权力要求你做更多,但是我必须进入天穹城,秘密地、不被其他人知道。我不敢雇用别的走私船,我无法确定他们是否被拜赛忒教侵入。时间很紧,我没空慢慢筛选,我相信你,船长。"

铁玫瑰没有抽回手。"我不知道为什么总会让别人期待。我只是个生意人,阁下。"

"你做的事情已经远远超过了一个生意人能做的,船长,你需要的不光是钱。"

潘蒂姆笑起来。"我们认识还不到半天,您却似乎很了解我,船长。"

"你就像年轻时的我。"议员温和地看着她,"我从你的眼睛里看到了宇宙,船长,你永远不会停止冒险。"

潘蒂姆没有立刻回答,而是转头看向特里普和克拉拉。她终于把手从埃蕊手中抽回来。

"我们这样是没法进入天穹城的。"她说,"您给我再多赞美,我也没办法在如今的严厉监控下混进去。您有什么办法吗?"

多尔米议员摇摇头,用求助的眼神看着克拉拉,而后者则望向特里普。

魁梧的埃萨克对潘蒂姆说:"玫瑰,也许你知道我赶过来的原因之一……"

"难道是打开门的钥匙?"

"不是钥匙,也许是天穹城的第二把锁。之前我没来得及说完。还记得吗,就在通信频道里,我告诉你的那个联安局探员的事?"

"是的,随后我们就忙别的去了,比如逃命什么的!"

"那个被你甩掉的瑟利,叫做拉格耶?"

"嗯,是这个难听的名字。"

特里普忍不住笑了笑。"之前我跟他打照面的时候,觉得有点蹊跷,就稍微调查了一下。当然不是很光明正大的手段,但多少打听到了一些消息。那个探员,以前是个天穹守护。"

"什么?"

潘蒂姆和克拉拉、多尔米议员同时发出疑问,只不过前者的震惊和后面两个人完全不同。

"天穹守护?"潘蒂姆重复着那个词儿,"你是说……那个被我甩掉无数次的家伙？"

"对，他曾经是天穹城最强大的守护者之一，可以自由出入天穹城，任何时候。"

"哇哦！"潘蒂姆的脸上并无丝毫惊喜，反而干巴巴地说，"可真没有想到……"

NO.12 潜行

的确是没有想到。

从飞船上其他人的表情就能看得出来,他们对特里普说的明显持怀疑态度。"天穹守护"这个词语代表的,是欧菲亚联盟最强大的战士。他们的数量永远不为公众所知,但他们每个人都足以在战争中独当一面,或是担任指挥。他们每个人都有古老而唯一的微晶铠甲,甚至包括武器——这一切都在传说中变得神秘莫测,仿佛神话。

在对抗赛忒的战争中,天穹守护们是欧菲亚联盟的主力战将。他们战绩辉煌,但伤亡也很惨重。正是因为他们的英勇战斗,才极大地阻止了赛忒的入侵,给联盟反攻赢得了时间。

但是……哈克·拉格耶?

"特里普,亲爱的、可敬的先生,你说那个探员是天穹守护?"克拉拉笑起来,"别打破我少女时代的幻想好吗?我可是做梦都想嫁给一位天穹守护呢!"

"全欧菲亚的瑟利少女大概都有这样的梦想,你得排队!"潘蒂姆有些刻薄地说,"但是我也觉得这个说法实在难以让人相信。拉格耶浑身上下可没有一点儿出奇的地方。"

"一个单枪匹马的便衣探员能追踪你这个数一数二的黑市商人好几年,这大概已经是个奇迹了。"特里普说道,"想一想他总能找到你,这可不是靠运气。"

"可是他……算了,说说你到底怎么得出这个结论的吧。"潘蒂姆放弃了细枝末节,"还有,你怎么会突然来门托罗星,怎么会知道我们被追杀?"

特里普拍着她的肩膀大笑。"玫瑰,你真是一点儿疑问都不会放过。好吧,让我们坐下来说。您觉得呢,议员阁下?"

"请先离开这里,警卫巡逻队很快就会来。船长,如果你能从导航图上找到灰霾岛——那是个火山岛,那么我们暂时会安全一些。"多尔米议员对潘蒂姆建议。

"当然,这事儿交给小扳手就行了!"

铁玫瑰号升上高空,向着埃蕊议员建议的躲藏点飞去。除了勒古,其他人都坐进了后舱。

特里普从手腕上找到自己的生物电脑,接入铁玫瑰号的中央系统。

他告诉潘蒂姆,在谷地的圣基拉港,他本想帮潘蒂姆缠住拉格耶,但无意中的细节触动了他的记忆。"他的手会发光,"特里普在自己手上比画着,从右手食指延伸,"一直到耳朵后面。是一种蓝色的光线。这种微晶反应我只见过一次,是我最后一次在尘埃边境参加对赛忒作战的时候……"

他停下来,仿佛在回忆。

"然后呢?"铁玫瑰按住他的手。她知道,在那次战斗中,特里普的腿受了重伤,从此离开军队。

特里普对她笑了笑。"虽然埃萨克体内没有微晶,可对这玩意儿我们也不是一无所知。瑟利可以控制微晶，但微晶的变化总是遵循固有的规律。我见过它们变成各种东西，护甲、刀、热兵器……但最神奇的还是天穹守护们的铠甲。那是按照他们的意志出现的，变化会首先在血管上体现出来——这种局部微晶控制能力跟其他人有很明显的区别。"

"这可没什么说服力，也许他只是刚好有那种微晶呢？"克拉拉插话道，"要知道，微晶的特殊案例可是很多的。"

"我查过档案。"特里普偏偏头，"退役后，我还有些朋友可以帮上忙。我请他查了拉格耶探员的详细材料。他的经历看起来很正常，但其中有一段儿特别奇怪。"

"他不是出身于联安局的特别行动队？"潘蒂姆想了下，"我是在围剿宇宙海盗的行动中跟他结的仇。老实说，我还挺欣赏他，能那么快地钻出小行星带已经很不错了。"

"是在那之前，玫瑰。他进入特别行动队时就有非议。他的年龄比其他队员都小，而且没有出色的履历，所以才会被说是有背景和靠山。在成为特别行动队队员之前，他只有军校生学籍，既没有之后的受训记录，也没有上一级机构的转出手续。他的履历中有一段是空白的。"

"不能根据这段空白就认为他是天穹守护。"

"我听说某些'特殊职别'的天穹守护，除了议会议长和联盟最高指挥官，其他人都不能查阅他们的资料。正因如此，他们不会进入联盟的任何资料库。再加上他曾经显示的微晶能力……我觉得这可能性很大。"

"但我可没见过这么弱的天穹守护！"克拉拉依然表示怀疑，"而且他们一旦成为天穹守护，就不会轻易地退出。那可比选不上更丢人。"

119

"除非他的微晶铠甲受到了重创。"

这倒是一个罕见却最有可能发生的情况。

"那么，你现在的建议是什么?"潘蒂姆用手指关节抵住下巴，"再去联系他，跟他说很抱歉，把你丢在了谷地，但现在得麻烦你给我们当向导，拜托帮个忙。啊，对了，听说你是天穹守护，顺便给我们开个后门吧。"

特里普又笑起来。"恐怕的确如此。而且我建议你主动联系他。"

"亲爱的，我跟他可一点儿也不熟，我们连通信连接也没有建立，不像咱们俩之间那么亲密。"

埃萨克男性说道："他比你想的要聪明，我能发现你有危险，其实也是因为他。"

潘蒂姆和克拉拉的表情显得很古怪，后者更是忍不住嘀咕："天呐，原来我们才是笨蛋吗?"

特里普解释道："被我们甩掉以后，他查阅了当时的货运船起飞记录。他排除掉一大批，最后查到我的头上，他只给我传送了一张图表。"

特里普从生物电脑上调出那张图：上面是一张飞行监控图，起始地和目的地清晰可见，而在监控范围之外，一个未知的飞船数据出现在门托罗星轨道上，这数据跟之前在铜鼓部落出现的飞船一模一样。

"我知道他想告诉我什么，所以才会及时赶来。"特里普关掉生物电脑，"玫瑰，这么看起来，至少他是愿意帮助我们的。"

"你能联系到他?"潘蒂姆终于叹了口气，"让他来吧，我给他赔礼道歉。"

"我可以请你们吃个饭。"一直在旁边没做声的埃蕊议员笑眯眯地说，"在门托罗星上，也许你们能暂时消除芥蒂，好好地谈谈。"

特里普的确有拉格耶的联系方式。他发送坐标几个小时后就收到了进入门托罗星的信号。"小型的超光速飞船的确比滚装货船来得快!"潘蒂姆不无嫉妒地说,"如果不是担心我的小猫咪被人盯上,我可以开得比他更快!"

他们正在灰霾岛的一个峡谷中悬停着。厚厚的云层,加上门托罗星特有的地层辐射,让一些信号难以进入,形成保护罩。

在前往灰霾岛的途中,埃蕊议员特意潜入海水中,徒手抓到很多稀奇古怪的生物,然后他又一头钻进铁玫瑰号的生活舱,专心地为他们置办"特色菜"。克拉拉去给他当助手。

"我觉得他帅极了!"瑟利女性悄悄地给潘蒂姆说,"长得好看,身份又高贵,性格温柔,还会做饭。给他投票的女性选民肯定很多。"

"然后呢?"潘蒂姆取笑她,"现在你的梦想是嫁给埃蕊了?"

"对爱抱有期待可是一件幸福的事情,"克拉拉哼了一声,"虽然说我的第一梦想还是赚钱——先有钱,才能谈爱情。比如说吧,要是我跟埃蕊独婚,那就得人工生孩子,这花的钱可就多了。"

潘蒂姆歪着脑袋看她。"真好啊,克拉拉,你还是挺清醒的嘛!"

"现实!小姐,现实让我必须清醒!"瑟利又揽住她的肩膀,"你不会爱上谁,我知道,但你其实比我更浪漫,你无药可救。"

"我只是希望即使变成老太婆,也是在我的飞船上断气而已。"潘蒂姆大笑起来。

克拉拉却轻轻地叹口气,抱了抱她。

"船长!"勒古突然在驾驶台旁边叫起来,"有飞船靠近。那个瑟利在给我们发消息。"

"引导他降落。"潘蒂姆站起来,叫着特里普的名字,"我们该去迎接他吗?"

"或者是先检查。"特里普转动着手腕,拉开舱门。

一艘小巧的银色飞船进入了大气层,向着蓝色海面上的一块灰色痕迹不断靠近。那块痕迹在飞船的面前越变越大，显露出斑斑点点的暗红色。

飞船擦着灰黑色的裸露岩石，寻找到峡谷里一片平坦空地，在距离铁玫瑰号不远的对面悬停了。

飞船腹部的安全门打开，舷梯落下，一个穿着防护服的人走出来。他测试了一下大气成分，收起头盔。

"嗨！"潘蒂姆和特里普向他挥手，他向他们走过来。

"你这次没有迷路？"铁玫瑰笑眯眯地说，"哦，对了，这颗行星外面没有小行星带，你不会陷在里面的！"

特里普迎着他走上去。"等你很久了！"埃萨克向瑟利大声说，"在谷地我们说好了的！"

"是的，是该了结那件事了……"

"说得对！"

特里普突然扑上去，同时从腿上的机械支架里抽出一把光刃，正对着哈克·拉格耶的要害。

而被攻击的人也毫不犹豫地从手腕上拉出一条发光的绳索。"不用微晶，绝对公平！"拉格耶微微一笑，正面迎接特里普的冲撞。

"哇，"克拉拉从舱门里探出半个头，看着眼前的场景，"这就是你们说的检查？"

"真够刺激的，不是吗？"潘蒂姆抱着双臂，饶有兴趣地看着眼前两个男人的对决——这算得上解决一点私人恩怨。

特里普仍然是一位了不起的战士。即便已经离开了军队，他仍然是埃萨克中的强者。他的力量、战斗技巧、攻击的准确程度让潘蒂姆叹为观止。他使用光刃的灵巧程度只有经过战争的锤炼才能具备。

如果不是战争也让他有了一条伤腿作为拖累，他几乎可以打败拉格耶。

潘蒂姆也在打量着那个瑟利，追捕了她很久的老对手。

如果说之前潘蒂姆还对他是天穹守护持有怀疑，那现在这怀疑的程度已经开始减轻。的确，他也许在追捕自己时不怎么高明，但在这场近身搏斗中，他似乎完全变了。和埃萨克那种绝对力量型的技巧不同，他更加轻盈而灵敏，但如果正面迎敌，也不见得会被压制住。渐渐地，他跟之前潘蒂姆所知道的那个秘密探员拉出了差距，甚至连在铜鼓部落时的战斗都没有表现得如此明显——

他变得越来越非凡！

潘蒂姆的心情变得复杂起来：如果拉格耶真是一位天穹守护，她不知道应该自豪于自己竟然能逃脱他的追捕、庆幸于在这个复杂时期能找到他帮忙，还是应该担忧将来会有更大的麻烦。

不过此刻，正在较量的男人们都没工夫关心潘蒂姆的想法，他们的全部注意力都在对手身上。特里普已经被拉格耶用光索绞了光刃，加上伤腿的拖累，渐渐地处于下风。

最终，拉格耶抓住埃萨克的致命疏漏，将光索缠上特里普的脖子。埃萨克不甘心地吼了一声，放弃了抵抗。

这一刻，他和潘蒂姆心中所想的不谋而合：即使拉格耶不是天穹守护，他也一定受过相同或相似的训练。

"好了，先生们。"潘蒂姆拍拍手，"谢谢你们让我看到了一场前所未有的精彩搏斗。现在是用餐时间，不如坐下来喝杯酒。在离开这个地方之前，我们还有许多事情得达成共识。"

拉格耶满头大汗。他放开特里普，笑着拍了拍他的肩。"你很了不起！"他由衷地说，"在我的对手中，你是让我尊敬的一个。"

"那下次就接受我敬酒吧，看看你能喝多少来表达你尊敬的诚意。"埃萨克也大笑起来。

潘蒂姆挑了挑眉毛：真难得他们同时忽略了她。

多尔米议员是一名神奇的埃蕊,他已经完全俘获了尖刻又势利的克拉拉。

这不光因为他实在很帅,又彬彬有礼,更因为他竟然能做出一桌新鲜又美味的菜!

对于近半个月都在靠各种速食产品果腹的潘蒂姆来说,这也是突然降临的幸福奇迹。

当那条用加热矿石烘烤熟的大鱼放上简易餐桌时,带着海盐味道的香气让每个人都忍不住咽口水。

"这是特鲁科。"埃蕊议员笑眯眯地说,"用通用语来说就是彩虹鱼,游动时身上的光泽很漂亮,不过烤熟后就只是这样的棕红色了。船上的速食机里有一些材料,我拿出来用了一下,好像味道还能调得更好。"

"简直神乎其技!"潘蒂姆崇拜地看着他,"阁下,您要是吃过克拉拉和小扳手用速食机弄的东西,就能明白我的感受!"

"你从来没抱怨过!"克拉拉在旁边抗议。

"那是因为我从来没想到原来问题不是出在速食机上。"

"好了……"多尔米议员微笑着为两位女士调解,"为什么不用享受美食来结束这个话题呢?我希望你们在这条鱼最鲜嫩的时候享用它,这样我们也能愉快地进入下一个话题。"

他的提议得到了所有人的赞同。

咀嚼着鲜嫩的鱼肉、海藻和其他东西,潘蒂姆终于将蜜拉琪身上发生的事情和多尔米议员发现的情况断断续续地告诉了拉格耶。

"虽然我有前科,但是这次我可一点儿也没有说谎。"潘蒂姆摇晃着餐刀说,"就是这样,要想彻底解决这件事,我们别无选择。"

"你指的是什么,玫瑰?"

"真相,先生,除了了解梅洛姆议员的真正死因,我们别无选择。"

拉格耶用手指轻轻地敲打着桌子。"这就意味着，你们得进入天穹城，秘密地，不经过任何合法途径，最好没人知道你们的动向。"

"这样才不会惊动拜赛忒教的人。"潘蒂姆说，"正常途径肯定会把我们跟通缉犯联系起来，被挂上追缉目标名单；而如果用我以前的走私黑道，拜赛忒教很快就会觉察……"

"所以……"

"所以我们想要问问你。"特里普接着说，"也许你有办法，找到非黑非白的一条路进入天穹城。你有吗？"

船舱内一阵安静，拉格耶脸色如常，好像那几双盯着他的眼睛并没有让他感觉到丝毫压力。

"我曾经以为我们之前达成了共识，一起调查这个案子，后来发现只有我一个人这么认为。"瑟利探员看着铁玫瑰，"现在，把我丢下的'同伴'又告诉我他们欢迎我入伙。下一次我会被丢在哪儿呢？"

"好吧，你想听我道歉，我可以郑重地对你说对不起。"潘蒂姆向他微笑，"那是我的错，探员，你知道我们这种人对你们充满了防备！再说，你追我那么久，太轻易地答应你，我的自尊心可不答应啊。"

"现在你的自尊心已经容得下我了吗？"

"跟我的自尊心没关系。难道你不已经是特里普的朋友了吗？"潘蒂姆狡黠地朝拉格耶挤挤眼睛，"我听说男人的友谊来自于酒和拳头。他的朋友，就是我的朋友。"

拉格耶看了看旁边的埃萨克，终于笑起来。"我可以理解你为什么愿意为她冒险了。"

特里普只是看着潘蒂姆。"她值得。"

潘蒂姆得意地拉住埃萨克男人的手。"那么我再换个角度吧，探员。请回答我的问题：为什么要向特里普预警，说我可能有危险？你放弃我了吗？"

"你身上有至关重要的线索。"

"哦……"潘蒂姆意味深长地一笑，"这么说起来，你依然没有放弃调查这个案子。你所坚持的职责，超越了你原本该做的。"

拉格耶笑起来。"行，我带你们进入天穹城。"

潘蒂姆看了一眼特里普：他的猜测竟然是真的。

铁玫瑰号在两个小时后起飞，从灰霾岛直接升空，冲出门托罗星的大气层。它的前方，有一架小型银色飞船，不断将一条条星际导航信息发送过来。

那是铁玫瑰从未涉足过的航路，在星图上也从未被标明过。

潘蒂姆蜷着腿缩在驾驶座上，手却没有离开控制球。小扳手被她打发去后舱帮助克拉拉和多尔米议员收拾残局，现在坐在副驾驶位置上的是特里普。他们没有说话，盯着导航星图保持着高度的注意力。

直到克拉拉急匆匆地走进驾驶舱，提高音量叫他们的名字，潘蒂姆才不耐烦地转过头。

"我特意让你有机会和那个帅哥呆在后面，别不满意了！"她向克拉拉抱怨道。

"那个帅哥现在是大麻烦了！"克拉拉把手上的东西塞给她。

那是她自己的随身装置，上面是瑟利喜欢的悬浮按钮，轻轻碰一下，就有外面的过滤信息转入和投射。

潘蒂姆熟练地按下，一个小型全息屏出现在她眼前，一则风格熟悉的新闻正在滚动播报——

"特别通缉令：门托罗行星议员多尔米·帕托·林被来历不明的埃萨克嫌疑犯绑架。现面向欧菲亚联盟全体公民发布嫌犯图片，举报有效线索的公民可以立刻获得一万联币奖励……"

后面的话潘蒂姆没有仔细听,她盯着新闻上贴出的平面图,上面是她在谷地某处被偷拍的样子,旁边则是正和她说话的特里普。

"我懂……"克拉拉看着她的脸色叹口气,"现在麻烦大了。"

NO.13 神圣之城

潘蒂姆是一个永远生活在灰色地带的人，她的工作让她在某些领域很出名，但大部分生活在日光下的人们从没听过她的名字，最多只是知道关于她的一些离谱故事。

她被联安局探员惦记也不是一天两天了，但这样被曝光于所有人面前还是第一次。这感觉就像一直在阴影中行走的人，突然被聚光灯照了个透亮。

新闻还在不停地播报着对铁玫瑰的通缉令。潘蒂姆烦躁地关上屏幕，把那玩意儿丢还给克拉拉。

"我讨厌这样。"潘蒂姆抱怨道，"粉丝太多了不是件好事儿，我可是个低调的人。"

"是呀，要是上了通缉犯名单，以后接活儿可就难了。客人会以咱们危险系数高为由，拼命压价。"

她们俩果然担心的不是一件事。

特里普习以为常。"以后的事现在可不好说，但我觉得稍微化一下装没有坏处。"

"我死也不穿你上次准备的那些衣服！"潘蒂姆立刻回应，"太傻了，而且没起到什么作用。另外，如果要用伪装剂的话，我觉得还是选一款自己喜欢的比较好。"

"当然当然，外表还是该女士们自己决定。但我希望你别犹豫太久，按照拉格耶发送的定点漫跃路径，我们七天后就会回到古央星域，再过五天抵达欧菲亚行星的边界，然后进入天穹城。"

潘蒂姆收起笑容，转头看着屏幕，那上面还不断地接收着拉格耶发来的导航信息。

克拉拉也变得严肃起来，她用细长的手敲着下巴，说："我可没听说过天穹城有守护者们的秘密通道。我从小在那儿长大，但从没见过几个活的天穹守护。我是个平民，唯一能干的就是甘特那笛演奏，虽然能进出到高贵的地方表演，但没办法轻易接近天穹守护。"

"他们有自己的圈子，只跟固定的人来往。这是为保证他们的忠诚，并让他们显得神秘。但本质上，他们仍然是战士。"特里普说，"天穹守护是一项终身职业和至高荣誉，除非犯了大错，堕落了，才会被惩罚和追捕。看起来拉格耶并不是这种情况。我比较好奇的是，如果他曾经是天穹守护，到底是什么让他放弃那个身份呢？还是他属于一个特例？"

"这事儿偷偷地问他会不会被暴打一顿？"克拉拉小心地说。

潘蒂姆嘴角抽搐。"我觉得更糟糕的是直接把我们丢在钢铁经线形成的能量罩上，让我们被绞得粉碎。"

那正是进入天穹城最大的障碍。

欧菲亚行星的古老"钢铁经线"是覆盖整颗星球的防御系统。这数百条经线会在星球表面做随机运动，不断地合并、分开，成为行星的外骨骼。同时它的运作在星球外围形成一道异常宽厚的能量罩，可抵御任何舰队的攻击。

所有想进入天穹城的飞船,都必须先经过欧菲亚行星的钢铁经线,而没有塔台统一指挥,很可能会被它们撞碎。有极少数的黑道走私船会假托商用船的名义蒙混进去,但即便这样,想要进入天穹城仍然需要经过严密的身份验证和安全检查。

克拉拉气馁地撇了撇嘴角。

当接近目的地的一刻到来,克拉拉转身向后舱走去。"好吧,现在拉格耶是老大,我们只能乖乖照做。"

潘蒂姆转头看着特里普。"这些日子我也一直在想,虽然克拉拉的那问题很八卦,可也许还真有点意思——我一直没发现拉格耶使用过微晶铠甲,就像之前咱们猜测的那样,也许他没有了?"

"这倒可以解释他为何不再具有天穹守护身份,可谁知道真相呢?小心开。"

"算了,等他愿意告诉我们吧——如果我们真能熟到那个地步。"

在这种漫长而又无聊的"牵引"中,欧菲亚行星的模样终于出现在铁玫瑰号的驾驶舱前方。

即使从遥远的地方看过去,它的美也让人移不开视线。整颗星球以蓝绿色为主,但也充满红色、橙色、白色、紫色……越接近它,越能看清钢铁经线在行星表面的移动。每一次缓慢滑动,都会些微改变星球大气层的颜色。那些天空城市的灯光不断闪烁,仿佛撒在星球表面的宝石。

远远望去,欧菲亚行星就如同一个不停闪动的光球。

而在它的引力轨道上,有三颗月亮悬浮着跟它一起转动。它们整体呈现出明暗不同的棕色,有城市的地方则发出密集而明亮的灯光。它们照映着数百颗小型人造卫星,一起在欧菲亚的外围组成一片星海。

"我只来过这里一次,在还没开始干这行的时候。"潘蒂姆着迷地看着欧菲亚行星,"是在地面城市,并没有进入过天穹城。那地方飘浮在空中,埃萨克人不喜欢它。"

"但你想去。"特里普说。

潘蒂姆笑起来。"是啊,我想去。我是个胆大的女人,我想去的地方可真不少。可惜那时候我还没成年,没法单独驾驶飞行器。"

"每一个梦想都有实现的机会。"

"没错,你说得很对,特里普,我一直这么想,并且这么做。命运给了我很多机会。"

"那也是你应得的。"

特里普话音刚落,又一条导航信息传来。"瞧,"他转给潘蒂姆,"拉格耶探员很贴心的。"

消息提醒他们避开引力轨道上的驻星舰队,并指导铁玫瑰号关闭了一些信号频道,还有些安全轨道什么的。

潘蒂姆微笑着说:"所以有时我也不怎么讨厌那个古板的男人。"

铁玫瑰号像一艘最普通的小型私人飞船一样稳稳当当地向着欧菲亚行星靠拢,它大大方方的样子和称得上慢吞吞的速度简直难以让人想象这上面有"狡猾凶恶"的通缉犯。

在快要进入大气层的倒数十分钟,拉格耶接通潘蒂姆的可视通话。"玫瑰,这是我最后一次跟你联络,"拉格耶的面孔出现在屏幕上,"这星球的外部被钢铁经线所创造出来的能量盾所覆盖,所有船只都得经由能量盾上的特殊通道才能通过。在进入通道前,飞船的信号就会被阻断,大概有十分钟的黑屏期。这段时间我们会遭到扫描,确认没有禁忌物品被带进来。黑屏期结束以后,代表我们已通过能量盾和它后方的钢铁经线,这时你下降到地面城市阿卡勒跟我会合。"

"你不会丢下我们就跑了吧,探员?"潘蒂姆故意向他双手合十,"我在这里可人生地不熟……"

"你的飞船没有登记,根本无法靠近天穹城,"拉格耶面无表情地看着她演戏,"你们得全部改乘我的飞船。"

"好吧……"潘蒂姆无趣地撇撇嘴,"我猜你也不会让我来驾驶你的船,小气鬼。"

"那还用说?难道你会让我坐上铁玫瑰号的驾驶席?"拉格耶突然笑起来,然后关闭了通信。

这个家伙!

潘蒂姆翻了个白眼,开始全神贯注地掌握着控制球,按照拉格耶给的坐标滑入行星大气层。

很快,他们的通信设备进入黑屏期,屏幕上什么也看不见,但是一个柔和的女声响起来,用标准的联盟通用语告诉他们现在飞船已经自动接入导航信号。他们就像进入了一个指定的门,门里黑漆漆的,只有一双手拉着他们慢慢前进。

"看,那个!"小扳手惊讶地指着驾驶舱的观察孔:原本若隐若现的能量盾上出现一个圆形的孔洞,就像半透明冰面上的一个洞,能清晰地看到里面的一切,它的大小刚好能容飞船通过。

"我们要进去了。"潘蒂姆说。

她看着她的船滑进去。眼前霎时间一黑,照明设备忽闪了两下,这是能量干扰的现象。接着它们恢复了正常,那个女声提醒他们已经通过能量盾,前方就是钢铁经线。

潘蒂姆打开驾驶舱的全部钢铁护甲,让透明的天顶露出来。她微微仰头,屏住呼吸,看那从头顶掠过的钢铁经线——

它如此巨大,铁玫瑰号在它面前如同一粒尘埃。它以肉眼可见的缓慢速度在天空中滑动,淡蓝色的微光包裹在钢铁经线的外层。遇到大气层中的气流和杂质时,它会闪烁出一丝丝紫色的除垢光线,就像是柔和的闪电,异常美丽。

"我们进来了。"潘蒂姆喃喃地说,"谁能想到我会看到这样的景象呢?"

"这不正是你所追求的吗?"

"是的,特里普,我要是能像克拉拉那样只爱钱该多好。"

潘蒂姆一边微笑着说,一边按下控制球。铁玫瑰号开始逐渐下降,进入白色的云层。云层从稀薄变成白茫茫一片,铁玫瑰号如同一只在无光的水底潜行的鱼。

但穿出云层以后,它立刻变成一只飞鸟,俯瞰着辽阔的大地。

欧菲亚行星是一个"立体"的星球,城市既有在地面上的,也有在水底下的,还有很多漂浮在天空中。

潘蒂姆看着那些悬浮的天空城市,无数的飞艇穿行其间,它们跟鸟一起翱翔,却比鸟更敏捷。

铁玫瑰号继续下沉,五彩缤纷的大地映入眼帘。那里的颜色如此之绚丽,潘蒂姆觉得即便自己走过了数不清的地方,也从未见过这样的景色。

屏幕闪烁了两下,重新启动。欧菲亚行星航行管制局的欢迎信息自动接入进来,抬头称呼却是"德克船长"。潘蒂姆知道拉格耶已经灌入了伪装资料。

潘蒂姆从欢迎信息中调出欧菲亚行星交通图,很快就找到阿卡勒的位置。

那是欧菲亚行星上的地面都市,虽然也会有瑟利和埃蕊混居,但当潘蒂姆抵达那里时,她知道这里是占多数的埃萨克人说了算。

这座城市建立在北半球中纬度的一大片平原上,没有高耸入云的大楼,只有连绵不断的方形或者半球形建筑,它们中最高的也不超过十层。街道和圆形广场纵横其中,不时有飞梭和各种快艇穿行。

潘蒂姆在城市上空盘旋了一圈,选择了一个最偏远的挂着公共停机坪信号灯的地方,将铁玫瑰号降落下来。

她试着联系了拉格耶,发给他一个坐标。后者很快就回复了她的消息。

"我三十分钟后来找你们。"瑟利人说,"你们现在可是二号通缉犯,打扮好了才能出门。"

"这是什么?"克拉拉扒拉着盒子里的东西,一脸的嫌弃。

铁玫瑰号的后舱中,他们正围着拉格耶带来的东西。那是一堆衣服和伪装剂,还有圆形的晶卡。

"我临时采购的。"瑟利男人解释,"我知道穿着它们不好受,可这里比起谷地或者太空港之类的检查更加严格,即便是不情愿也得仔细伪装。我分别找了三个种族的衣服和专用伪装剂。克拉拉和这位勒古先生,你们俩的照片并没有出现在通缉名单里,所以只需要打扮得不那么张扬就够了,但是玫瑰和特里普的脸已经暴露,必须改个模样,而议员先生……"

他叹了口气。"您连任三届,恐怕有投票权的联盟公民都对您的脸有印象。"

多尔米议员笑了笑,率先拿起衣服和伪装剂,以及那枚晶卡。

"您非常细心,哈克探员。"埃蕊议员说,"我毫不介意暂时改换一下身份,毕竟我们要面对的事情比竞选更复杂。不过可以告诉我们您使用的晶卡是什么种类的吗?"

"谢谢,阁下。我搞到的是临时注册晶卡,您和其他人都是进入欧菲亚行星采购的商人,每个人都有三个月的临时居留权。谎话总是半真半假最好,所以晶卡有些信息是按照各位的真实情况写的,比如您,阁下,您的居住地就是门托罗行星。"

"这真是再好不过了。"多尔米议员看了看伪装剂,"哦,我还是第一次用它,希望不疼。"

他将那一管软胶质慢慢地涂抹在脸上,他英俊温和的脸渐渐丰满起来,下巴也短了一些。

"好吧,"克拉拉伤心地看着多尔米议员,"那我就勉强做一个随行秘书。"

特里普拿起属于他的那一支伪装剂,遗憾地对潘蒂姆说:"抱歉,玫瑰,只剩一支,你没法选择你喜欢的了。"

"我从来不对男人的品味有一丝一毫的幻想。"潘蒂姆看着那支粉红色包装的伪装剂,也忍不住叹了口气。

"勒古。"拉格耶对小扳手说,"这个城市是我固定的中转地,也是通往边界最短的安全距离。我们离开以后,我希望你能留在这里,别留在铁玫瑰号上,但不要离它太远,一旦我发出信号,你就必须启动它,在合适的地方接应我们。"

苍白的少年用不可思议的眼神看着他。"把我留在这里?你居然命令我?"

拉格耶歪头看着潘蒂姆。"我以为我们的合作包括人事安排。"

"当然,但你应该通过我来给小扳手说这番话。"铁玫瑰耸耸肩,伸出手,"把信号接收器给我。"

拉格耶掏出一个拇指大小的圆筒形传感器,交给她。

潘蒂姆把那玩意儿塞进小扳手掌心。"拿着,随身带好。"

"可是……"勒古有些委屈,"我以为我能跟你们一起进入天穹城……"

"你一直是我的后盾,记得吗,孩子?当我在外头的时候,你总是留在铁玫瑰号上让我放心。现在只不过你得留守在外头,替我好好看着我的小猫咪,你知道这很重要。"

勒古苦着脸,不甘心地捏着那个接收器。

他们走下铁玫瑰号,拉格耶请停机坪的人用防尘罩将飞船覆盖起来,并预付了五天的费用。勒古在停机坪附近的酒吧找了个位置,闷闷不乐地一个人呆着,其他人则向市中心走去。

即便这是埃萨克人的城市,也比其他星球上的城市要整洁有序得多。这里的建筑很少像别处那样杂乱地喷涂着传说和战斗图案,每条街道都规划了不同的主色调,属于埃蕊和瑟利的建筑更是有特别的民族装饰。城市设施也更加健全,光是道路上密布的网络固定接入口居然没有任何损坏,就让特里普他们啧啧称奇了。

"这儿真不像埃萨克人住的地方,居然没有人打架?"特里普小声地对潘蒂姆说。现在他的脸变得瘦长,但仍满是胡子。

"说得对,住在这里一定特别无趣。"潘蒂姆笑笑。她的脸宽了一半,眼睛也变细了,显得尖酸刻薄。

拉格耶领着他们沿一条街道转了几个弯,最后走进一个室内停机坪入口。这里很安静,明亮的通道中没有什么人。

"我的飞船就停在这里。"拉格耶说,"等进入天穹城入口,我希望你们把一切交给我,不让说话的时候一个词儿也别吐出来。更重要的是,克拉拉本来就是天穹城的居民,最好能在进入以后跟我们分开,但是保持联络。一旦我们这边出现了什么意外,你那头还能想想办法。"

"没问题。"穿着老套长裙的"秘书小姐"点点头,"当然我得说也许我的作用没有你想的那么大。"

拉格耶笑起来。"谁知道呢?你可不是简单人物。"

"你打算怎么安排我们?"潘蒂姆问,"我和特里普。"

"梅洛姆夫人留下的线索里,最关键的指向是案发地点,他们的住宅。我查了一下,那里现在还是一级戒备,所以想要直接到案发现场是不可能的。我们得换个方式,先去梅洛姆议员的办公室。"

"你确定能够混进去?"特里普问道。

拉格耶点点头。"联盟议员的办公地点并不是私人领地,而且受到很多监督,反而更容易混进去。这个我可以想办法。"

"但是我们最终还是必须进入案发地点才能破解蜜拉琪留下的记忆方块。"

"是的,玫瑰,别着急。等你到了那里就知道我为什么这么说了,是不是,议员阁下?"拉格耶向着同行者中唯一的埃蕊笑道。

多尔米议员开始有些困惑,但随即吸了口气。

"啊,别说,别说。"拉格耶阻止了议员下面的话,"这事儿很复杂,也许得等到以后我才解释得清楚。"

潘蒂姆偏着头看他。

"你说了我们要相互信任的,对吧,玫瑰?"

潘蒂姆向前抬了抬下巴。"走吧,我们时间不多。"

拉格耶的飞船从室内停机坪缓缓升起,从出入口的防尘罩钻出以后,加速向西边飞去,并快速爬升进云层。

云层之上,一片巨大的都市展现在他们面前。

潘蒂姆把脸贴在驾驶室的舷窗上,着迷地看着这一切。

"它比我想象中还要美。"她叹息道,"我现在只能庆幸这一路决定使得我终于能来到这里。"

天穹城的全貌在她的喃喃自语中已经完全显露。它仿佛是一个建立在云层之上的梦境,宏大、壮丽、威严。

无数圆形的悬浮小城市如同堡垒,一个个地连接起来,绵延到远方。其中最大的一个仿佛占据了天空的一半,巨大光柱从中心升起,周围则有六根粗壮的护臂围绕着它。在那之下,一切都变得异常渺小,甚至连天幕上悬浮的巨大卫星的剪影,都仿佛只是衬托它的背景。

"神圣的欧菲亚之光……"潘蒂姆低声说道,"这个世界因为它才会存在……"

NO.14 凶兽

哈克·拉格耶驾驶的是一艘小型超光速飞船，这种型号被命名为"流星"，深受追求速度的驾驶者们追捧，但是载重很轻，最多只允许十人乘坐，而且售价不菲。对于很多人来说，这种飞船并不是最理想的私人交通工具。

但是对于拉格耶来说，他在乎的并不是性价比。他在飞船侧翼旁镀了个瑟利女性头像，那是瑟利文化史中最为知名的一位织梦者，下方则是"天籁"这个词。织梦者属于高级渲晶师，拥有很强的微晶控制力，能够影响他人体内的微晶使对方产生身临其境的逼真幻象，不仅仅包括视觉，甚至包括嗅觉、触觉等，按照能力的不同，影响的人数、范围、幻象的逼真程度也各不相同。联盟当中最知名的艺术表演者，多半都是织梦者。

所以这艘船的完整名称应该是"流星-天籁"。

当拉格耶驾驶着它飞近天穹城的边界时，的确也像一枚灿烂的流星。

"请坐下来，各位。"拉格耶对正站在舷窗旁看景色的"访客"们

铁玫瑰

潘蒂姆

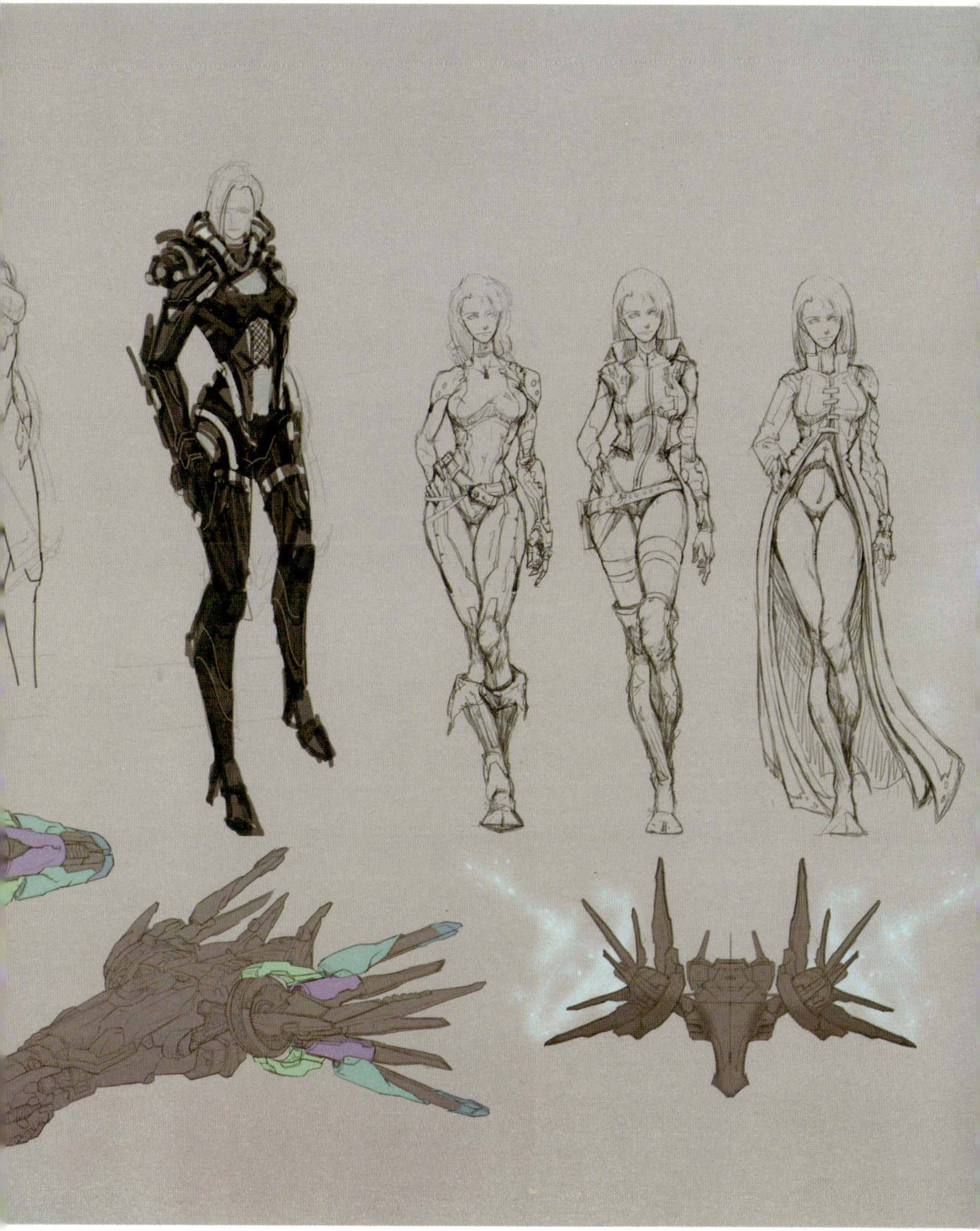

拉格耶

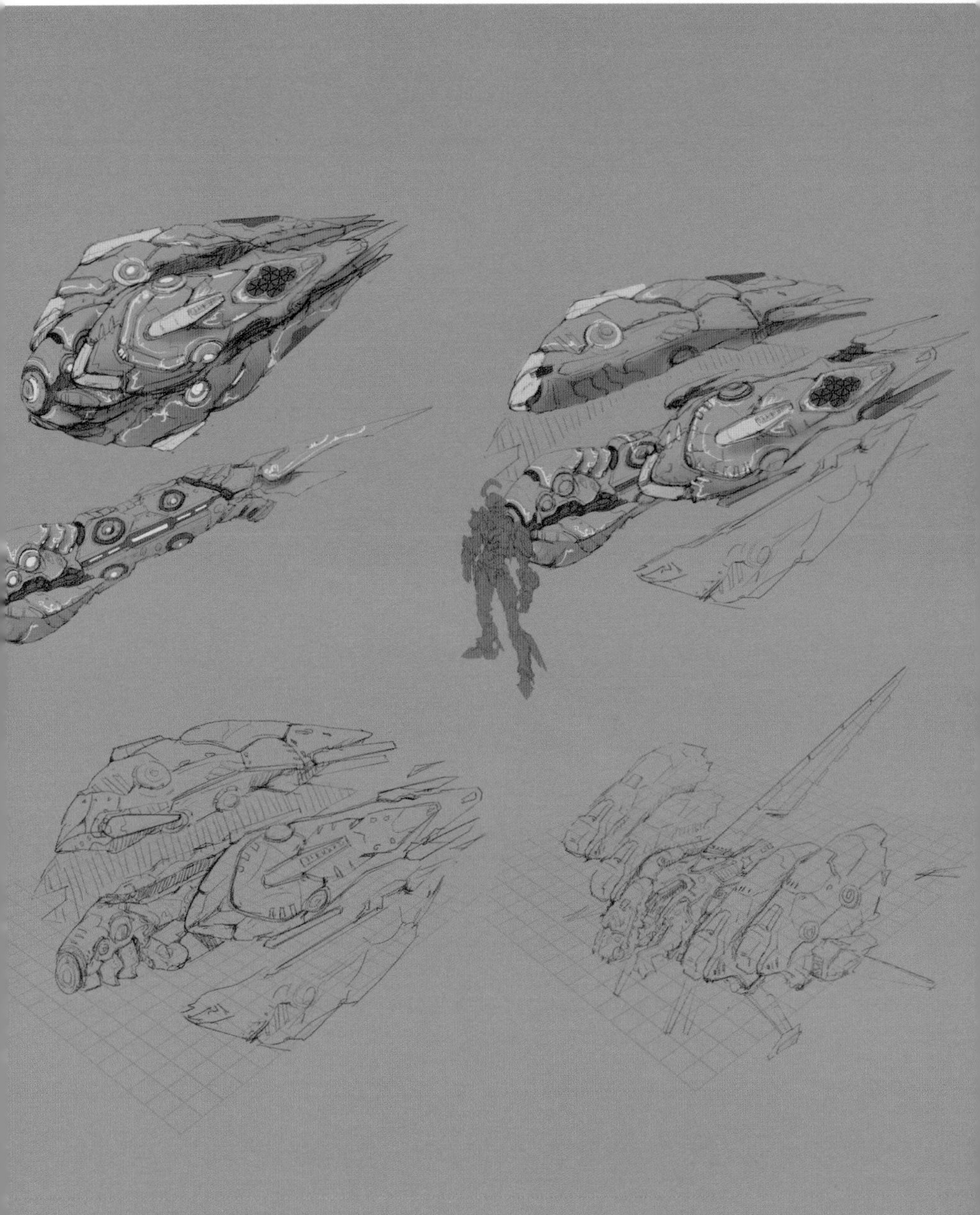

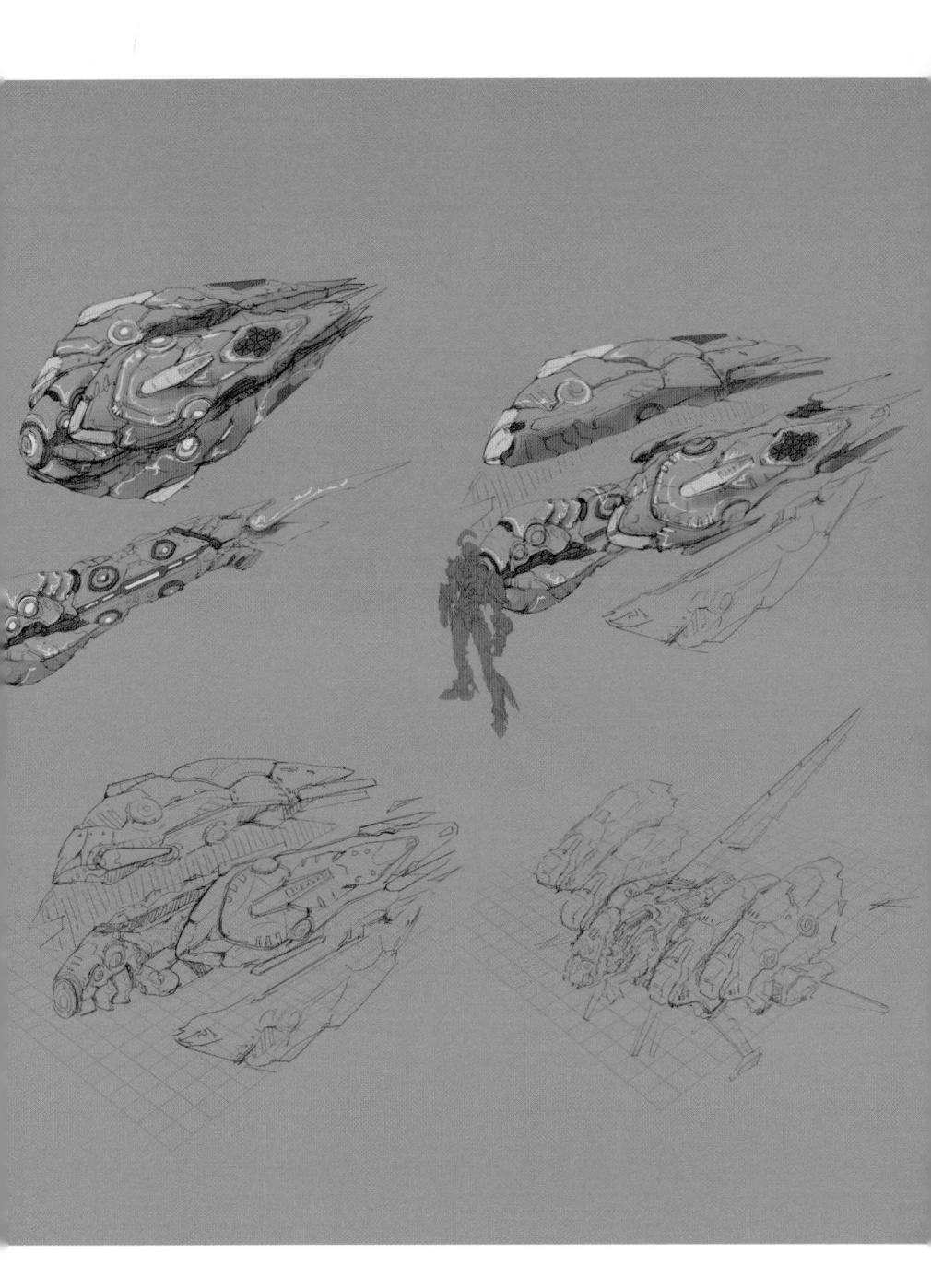

克拉拉

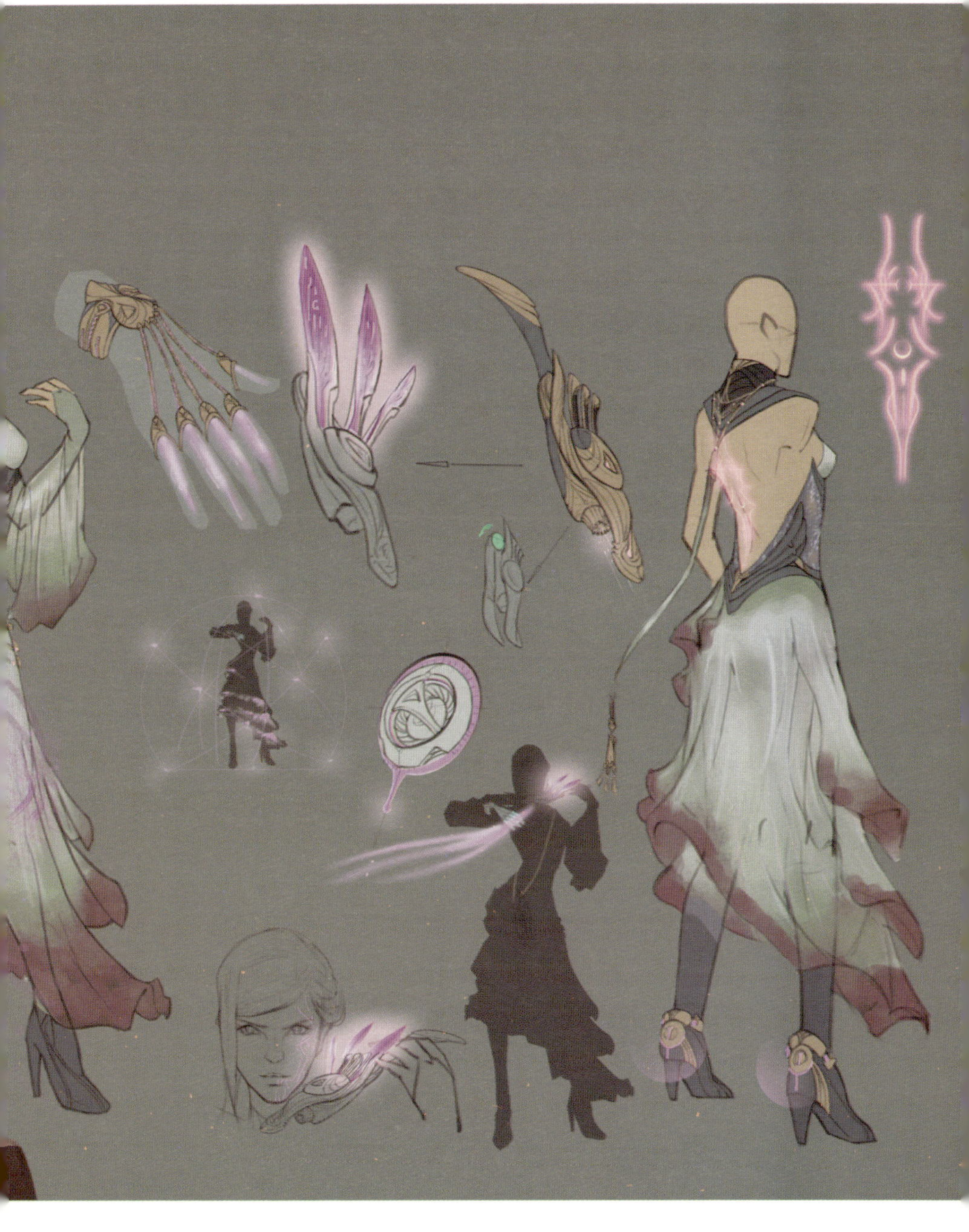

德莱普

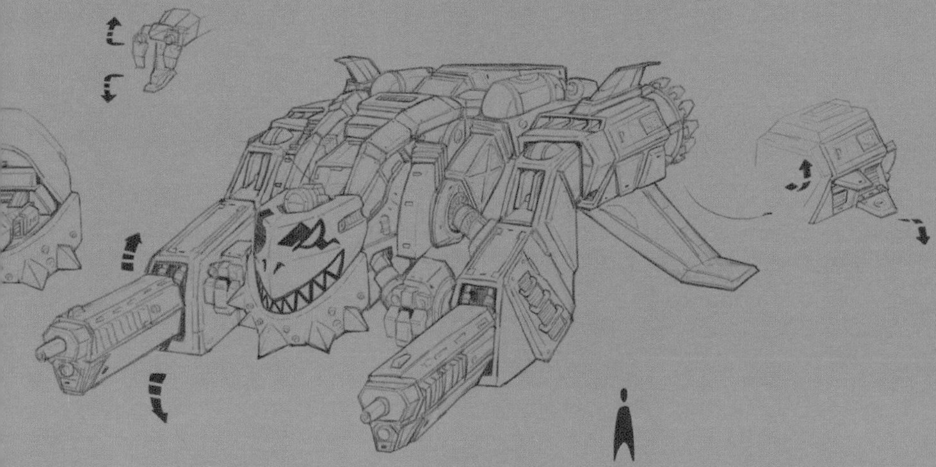

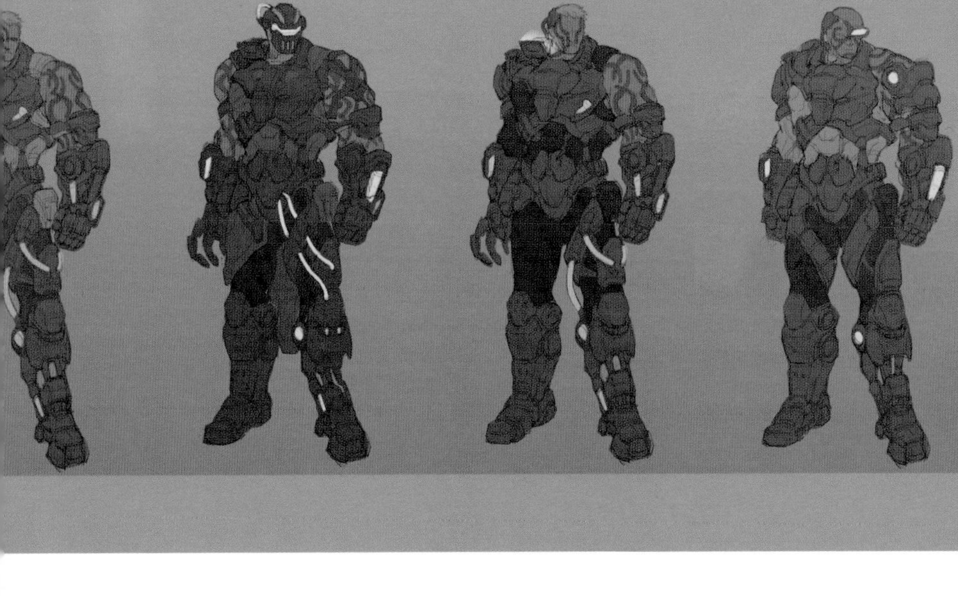

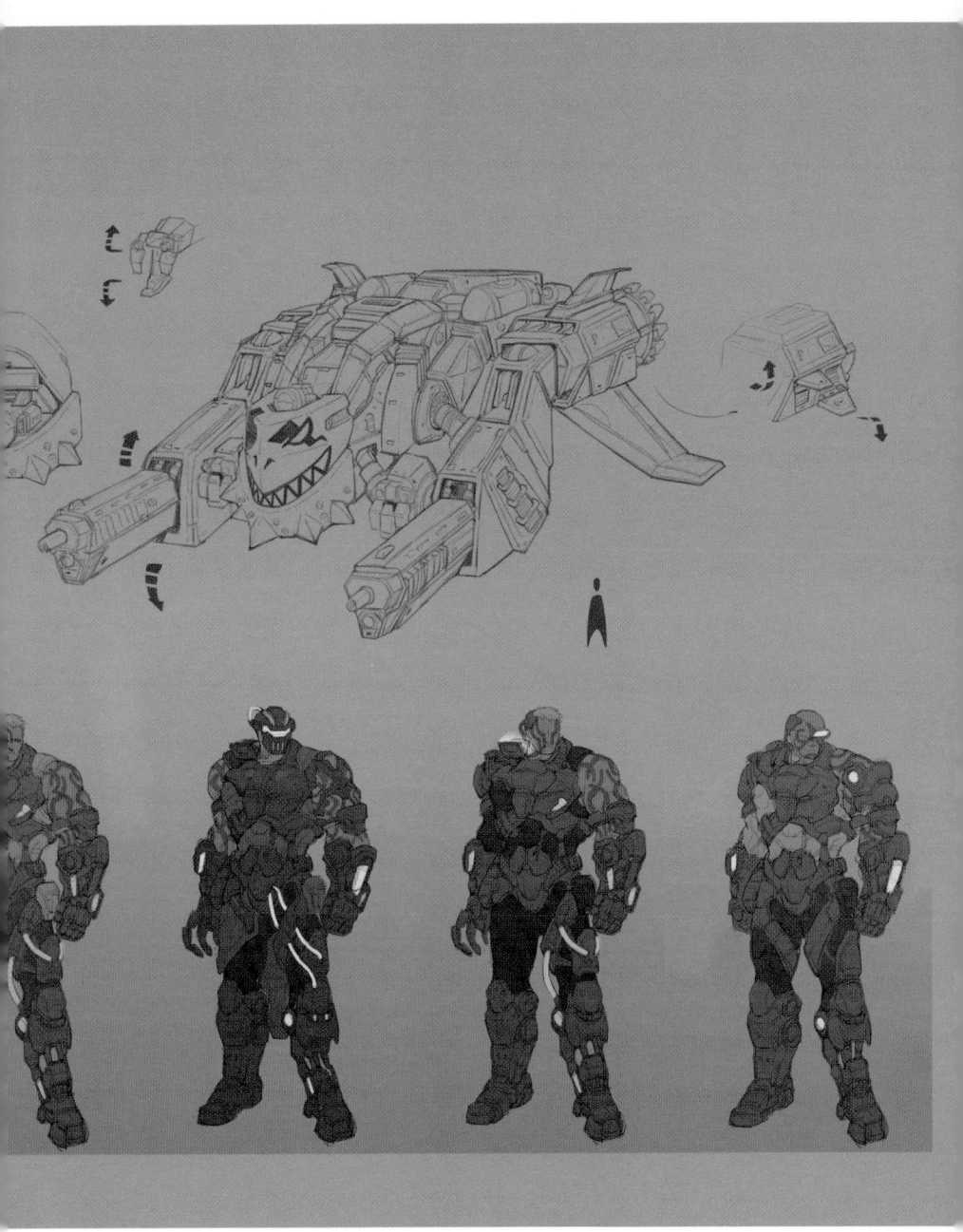

铁玫瑰号

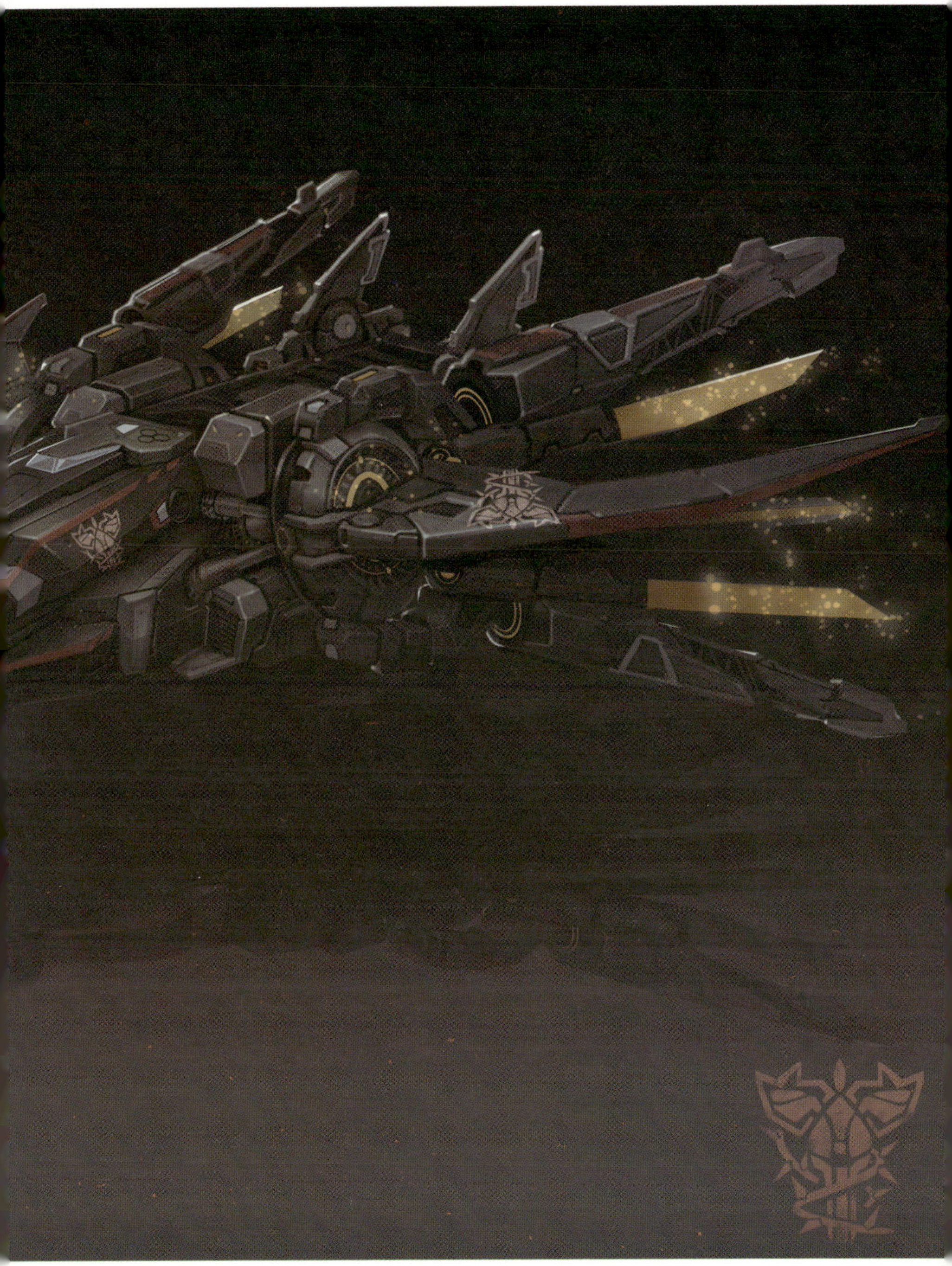

神秘走私船的船长

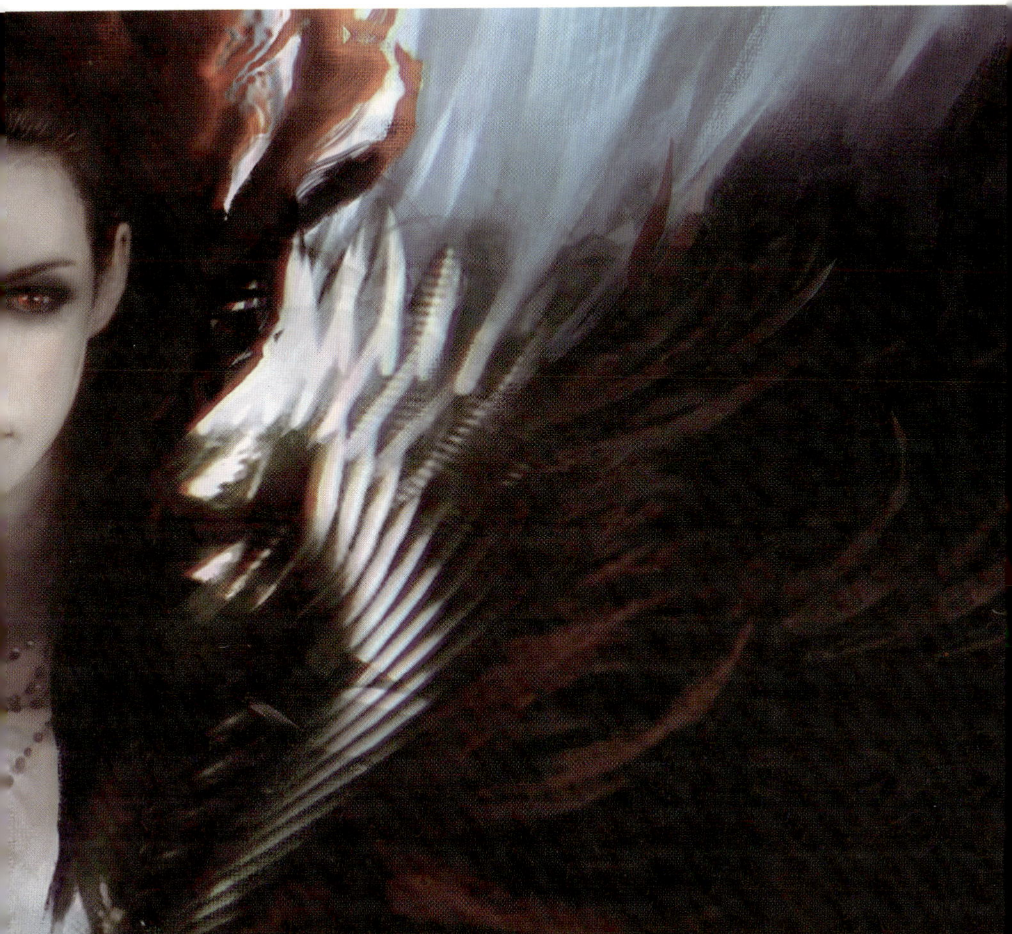

谷地城市　芬格里斯

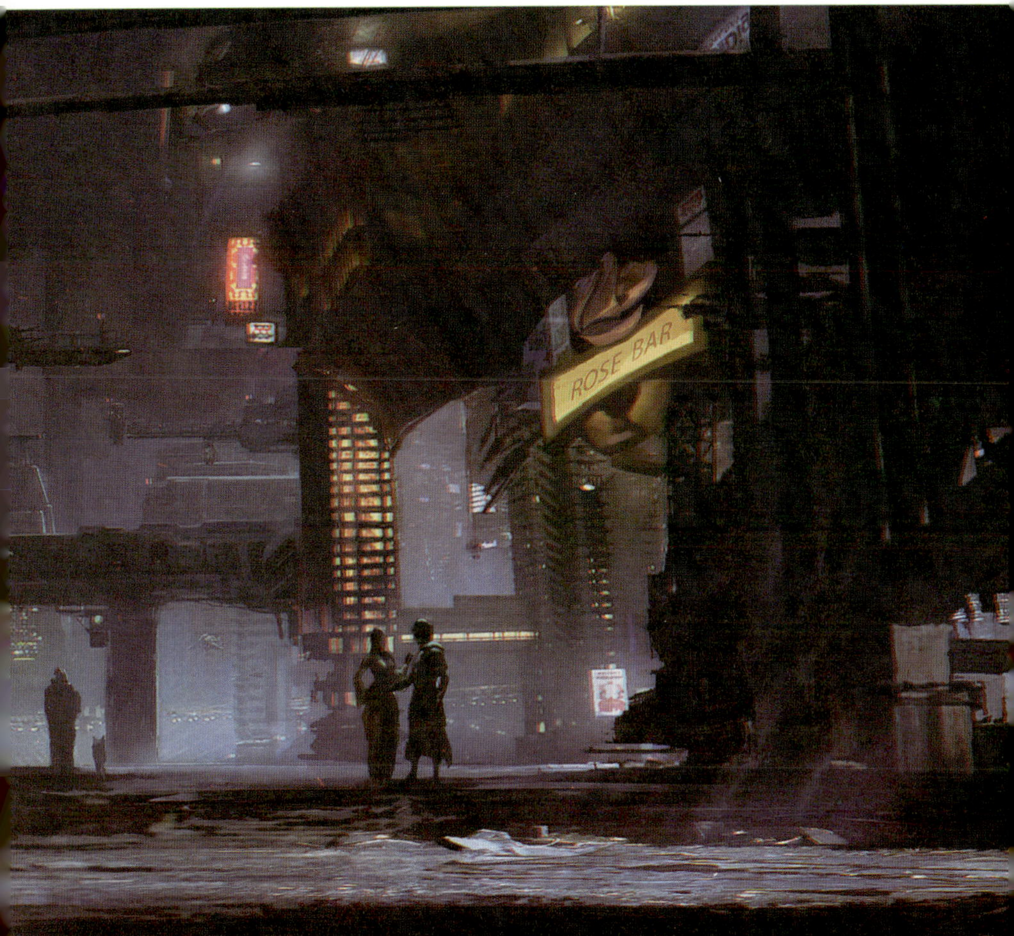
ROSE BAR

德莱普的修理站

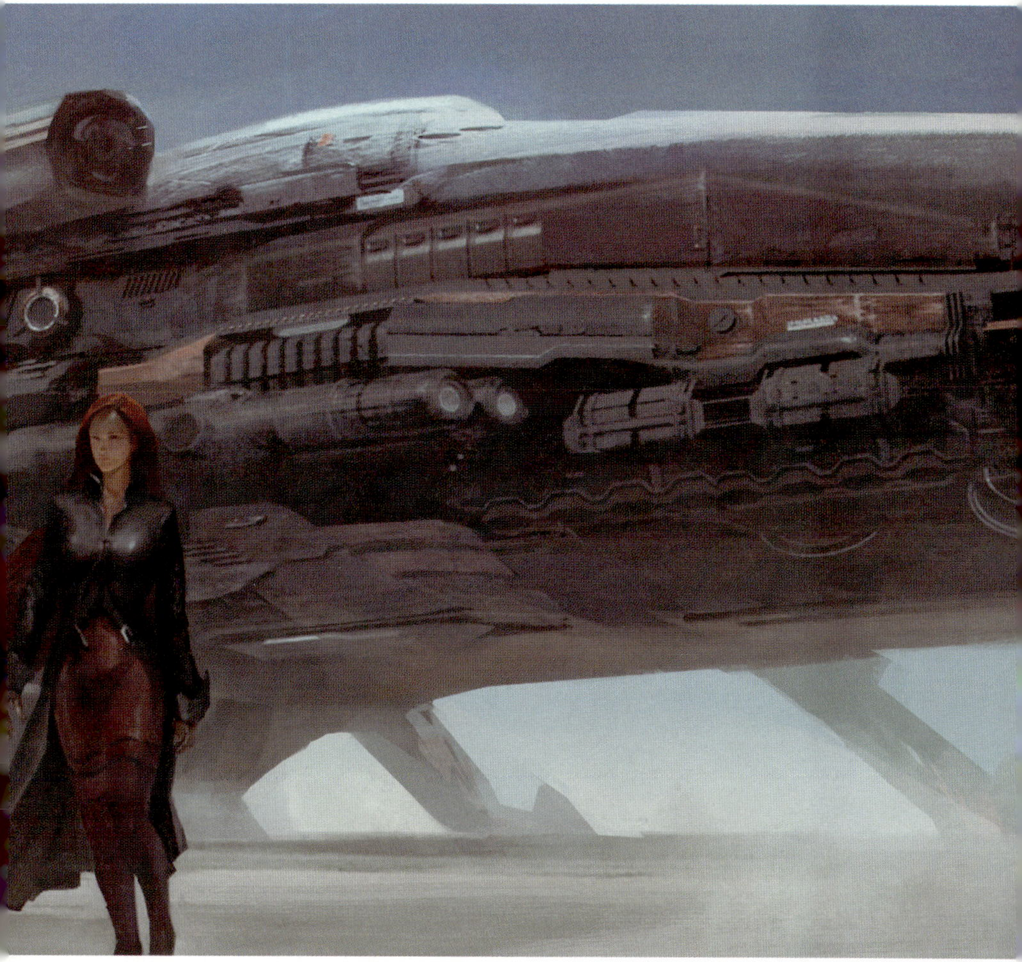

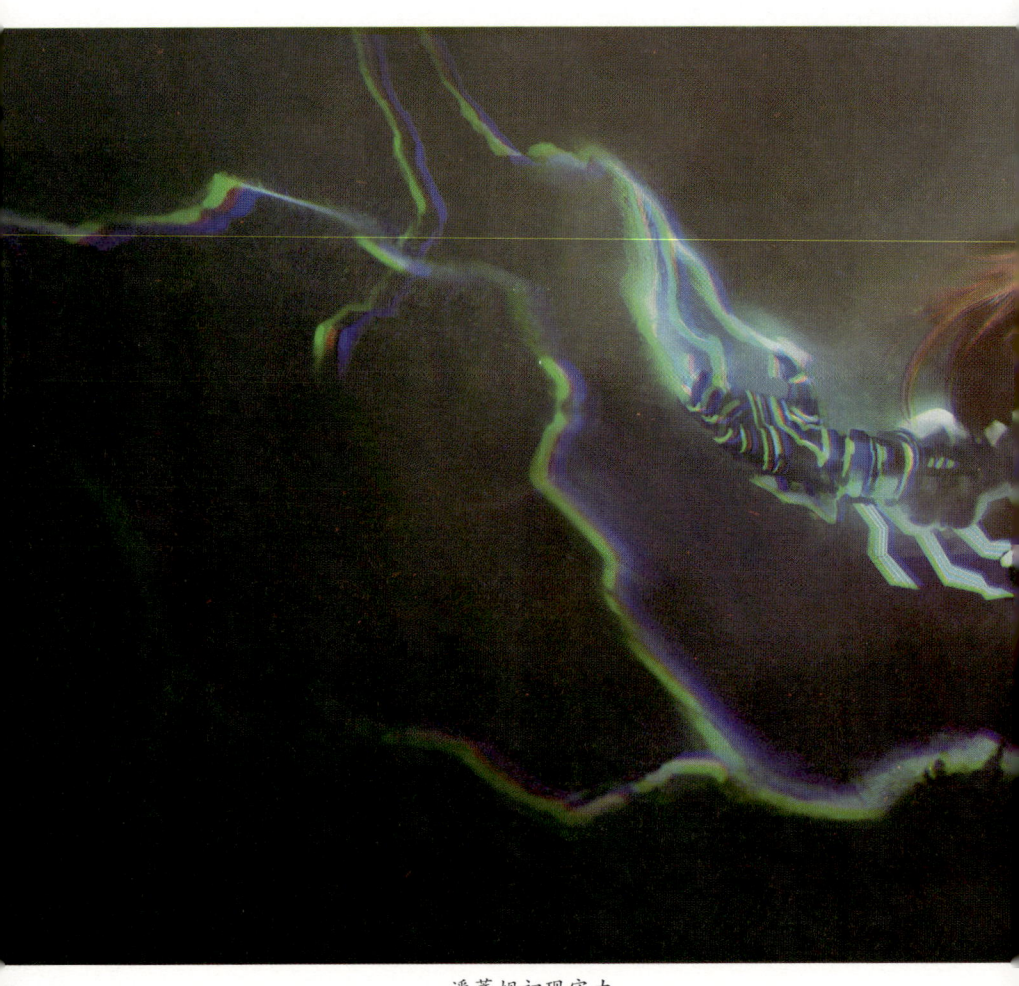

潘蒂姆初现实力

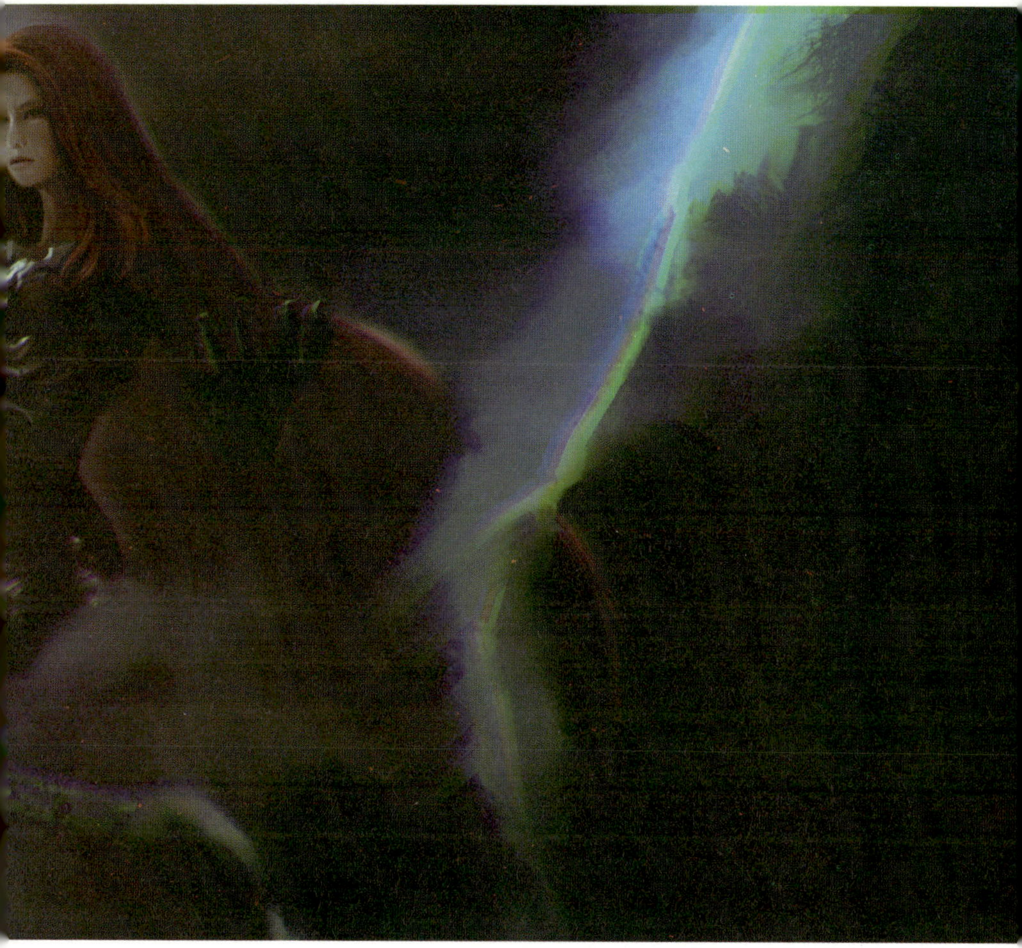

料想不到的合作

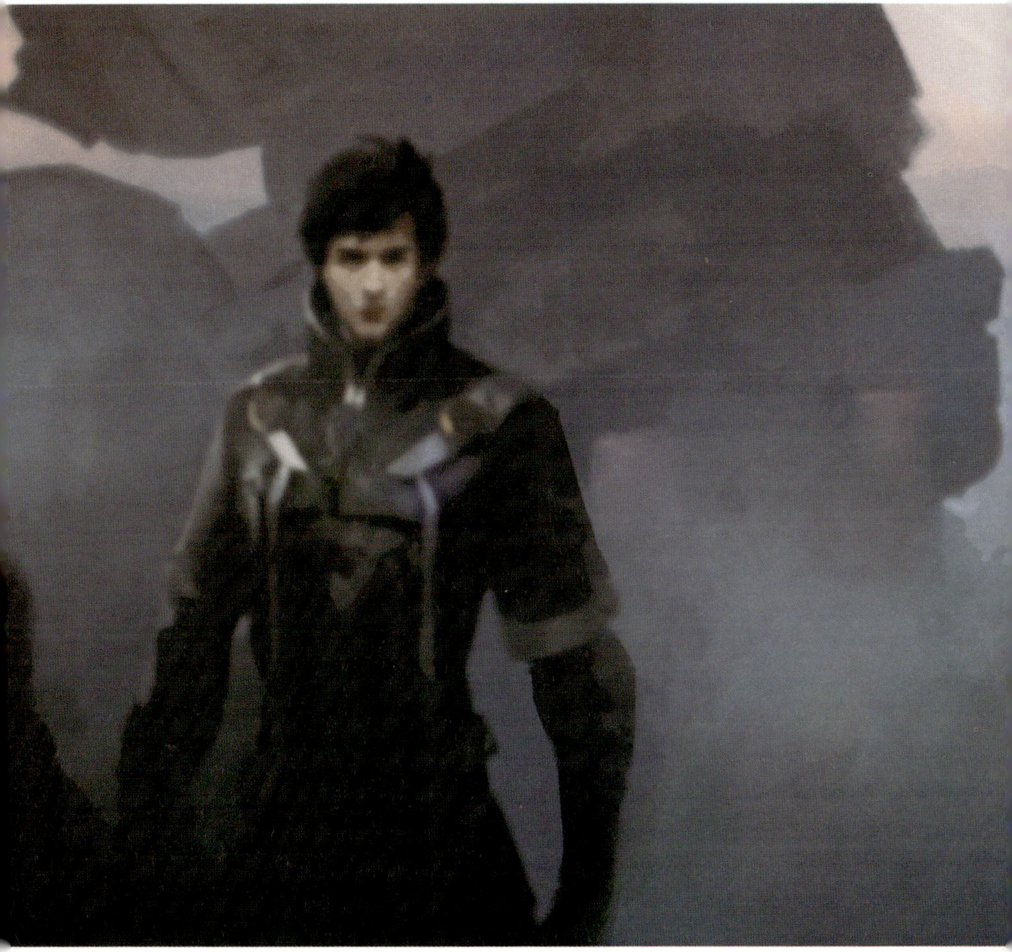

追击

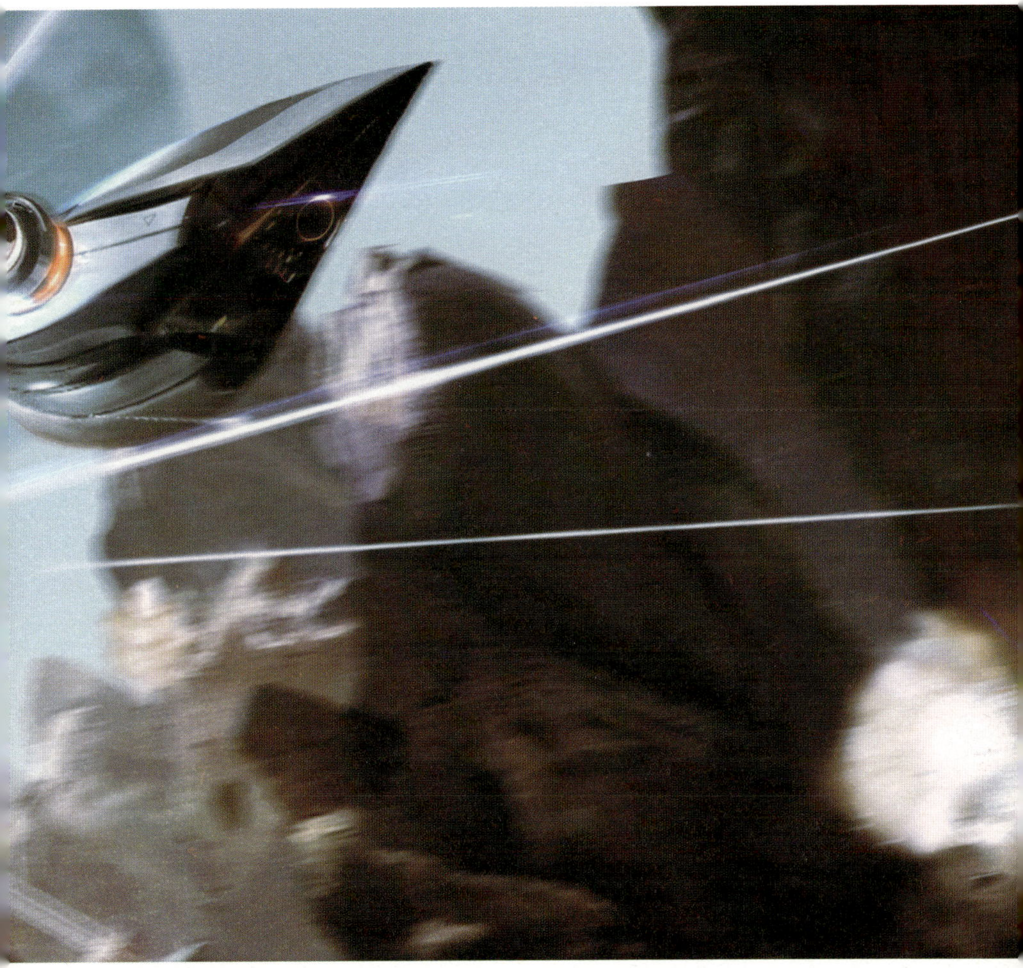

埃萨克鄙视瑟利

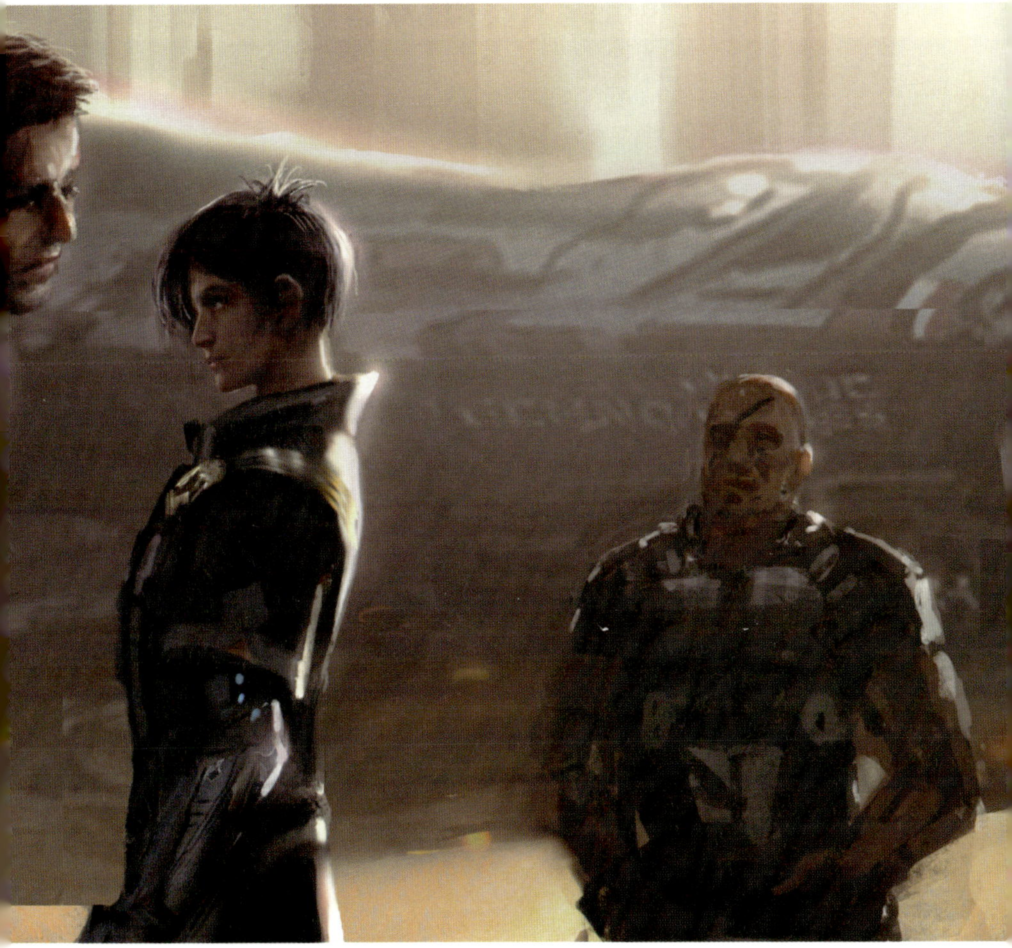

飞腾空间站

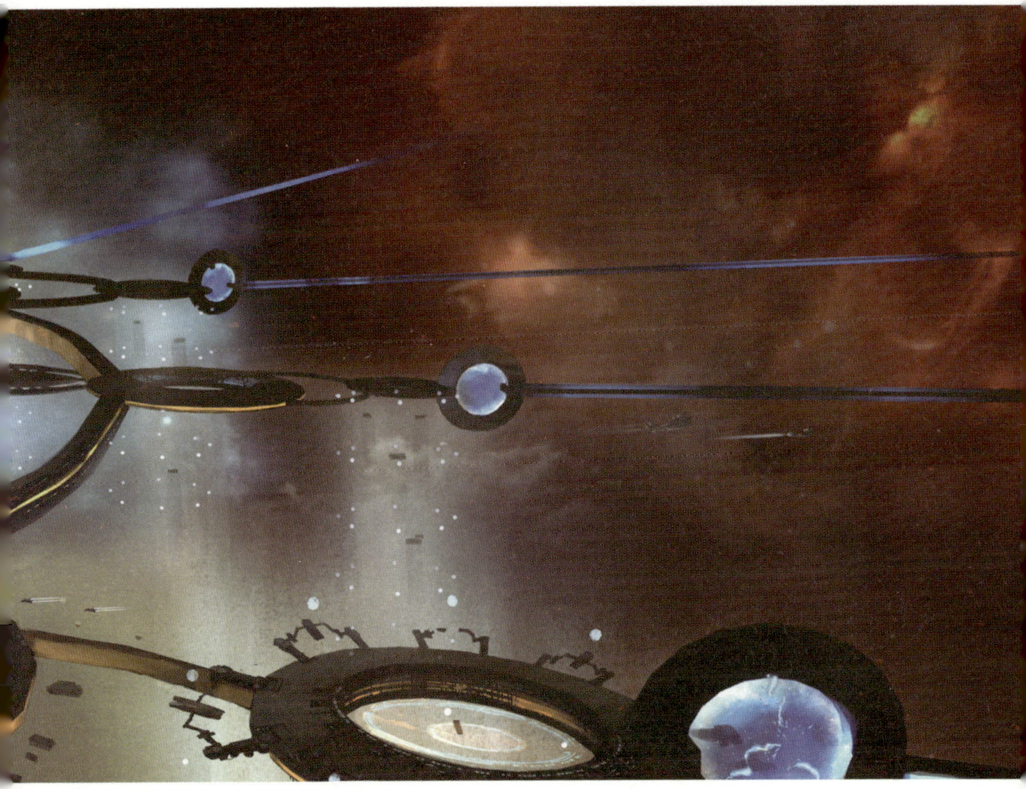

门托罗星

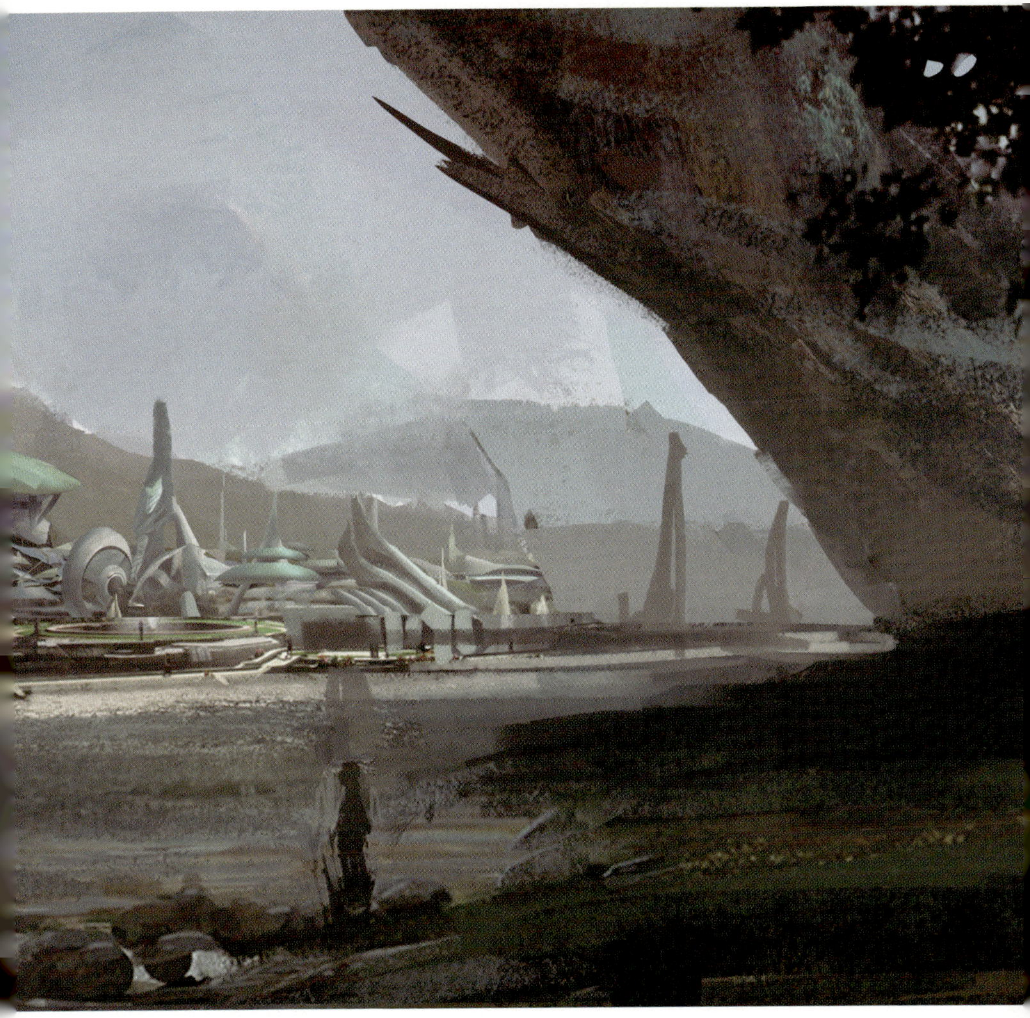

埃蕊镇

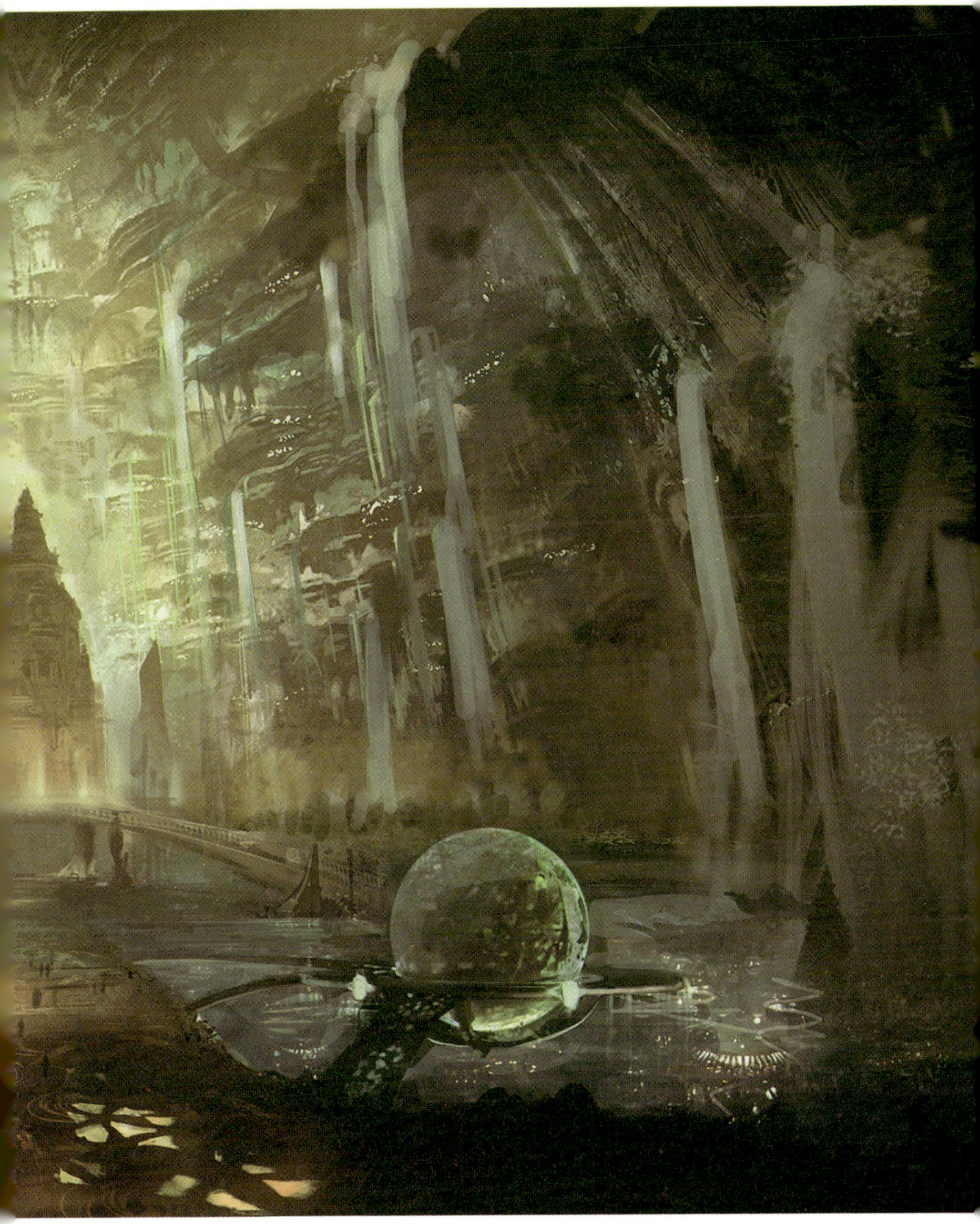

两个男人的对决

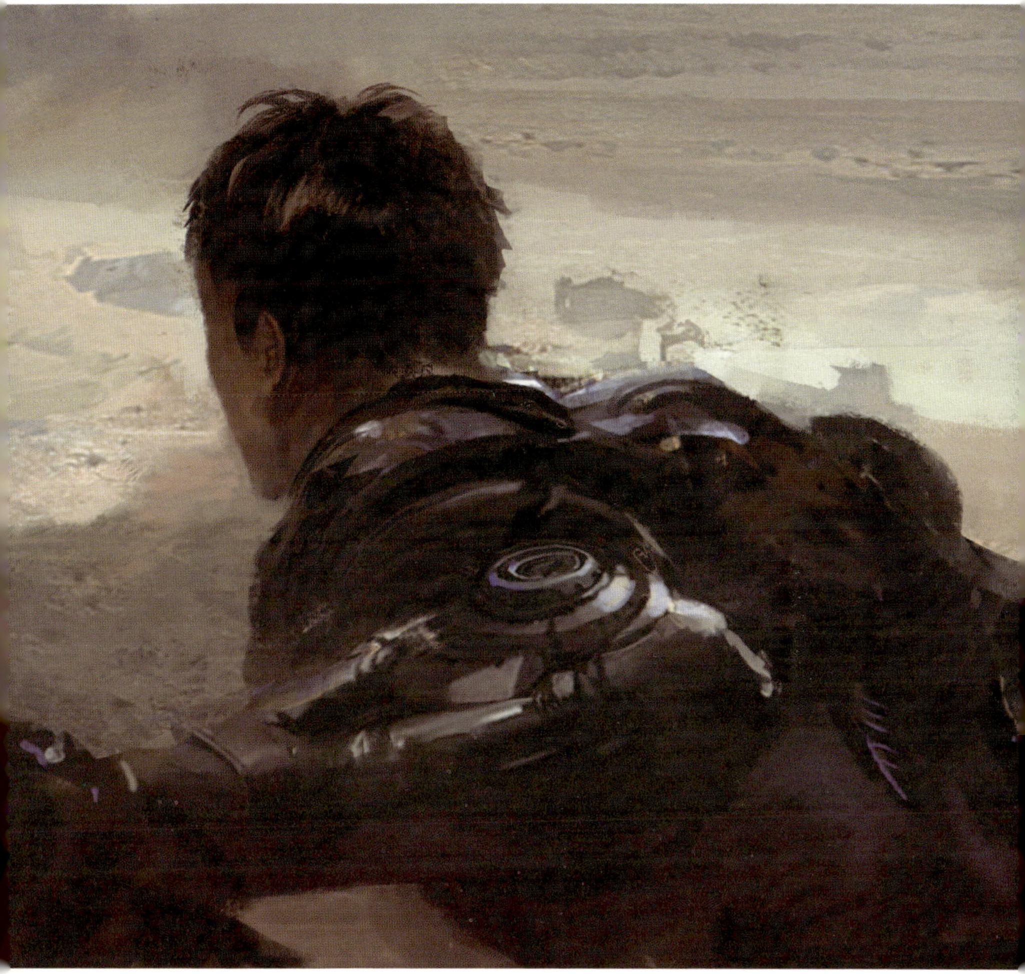

欧菲亚行星

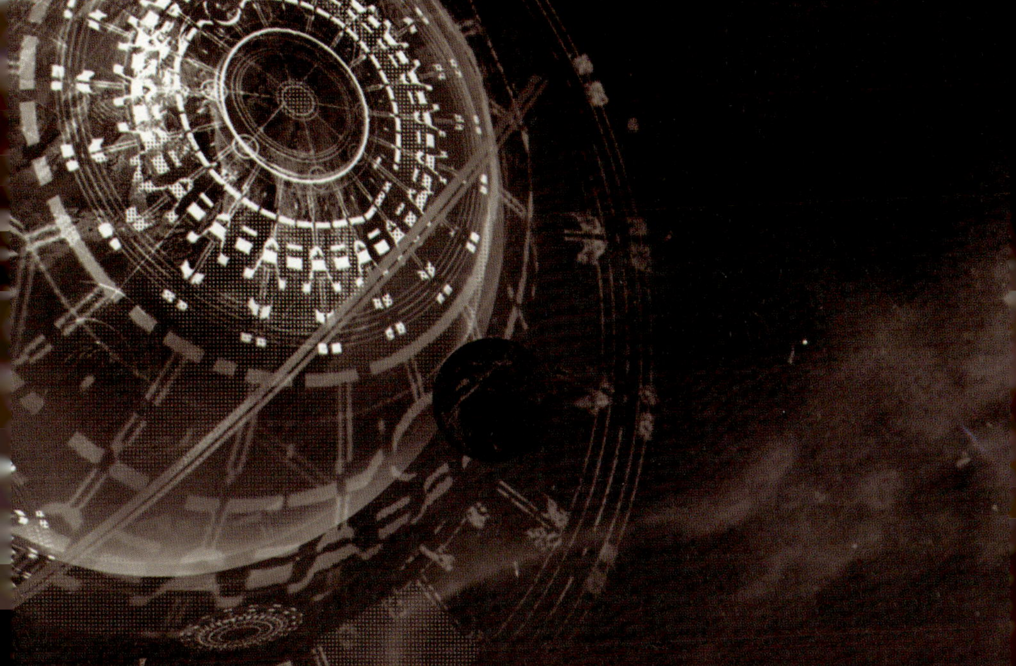

钢铁经线入口

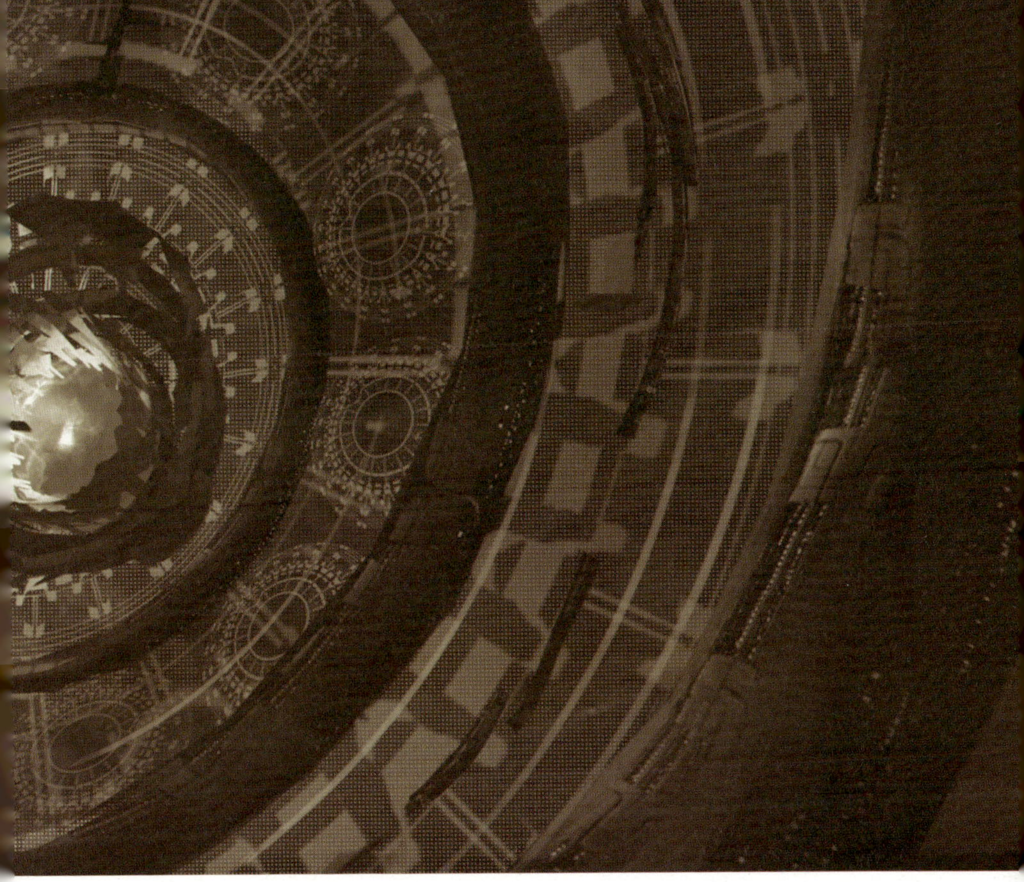

天穹城里的撒壬之战巨大画像

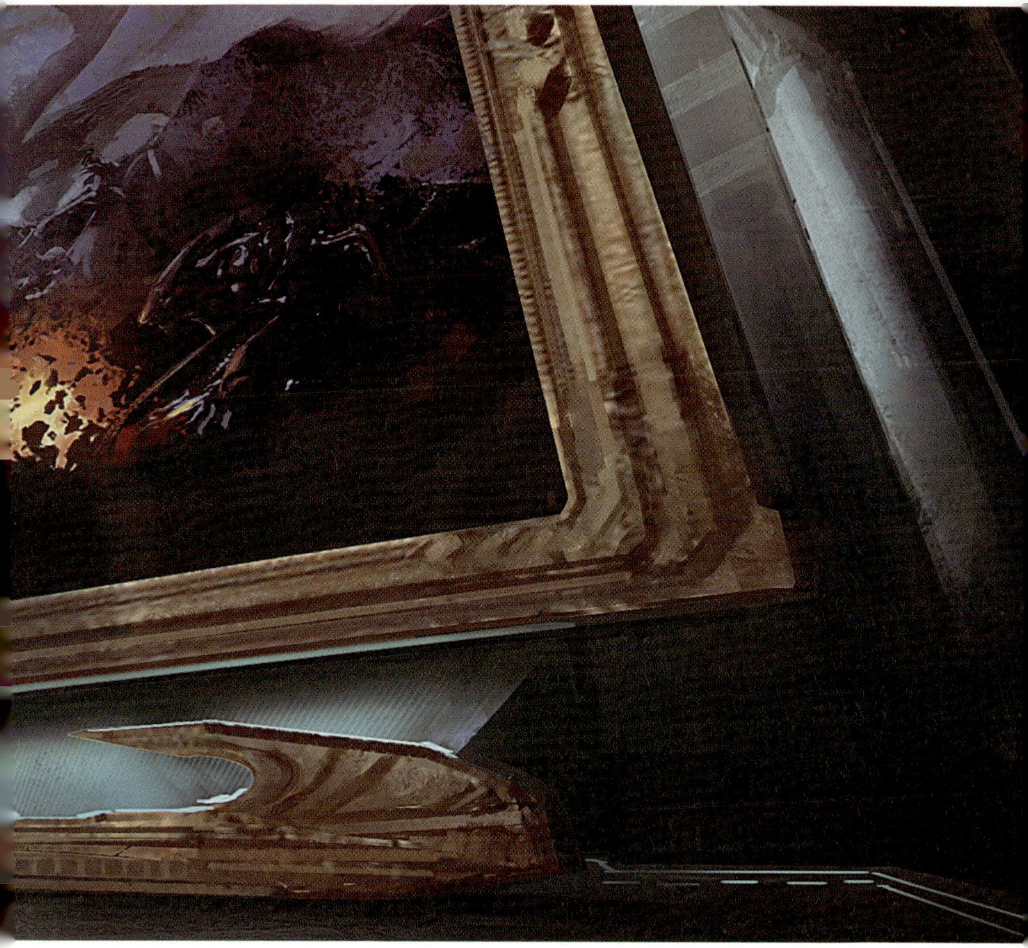

超越钢铁经线

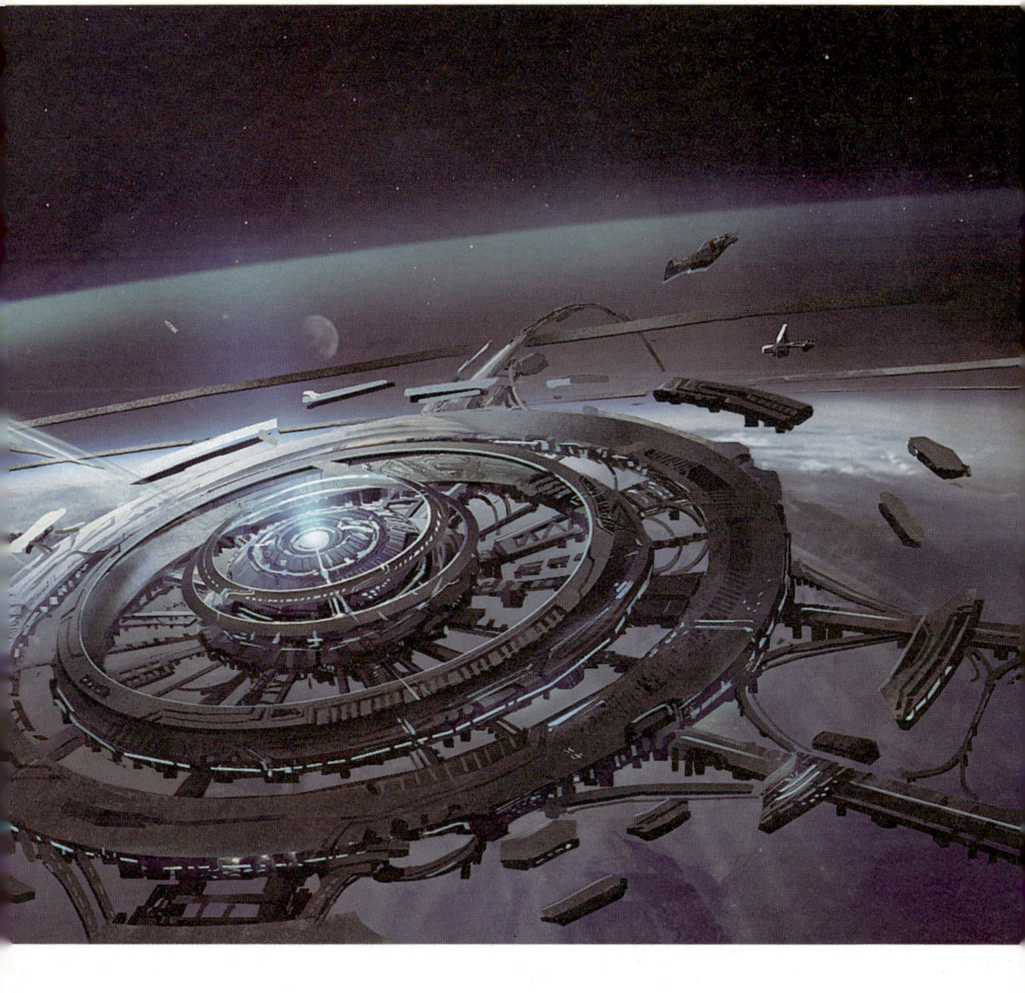

露水集市

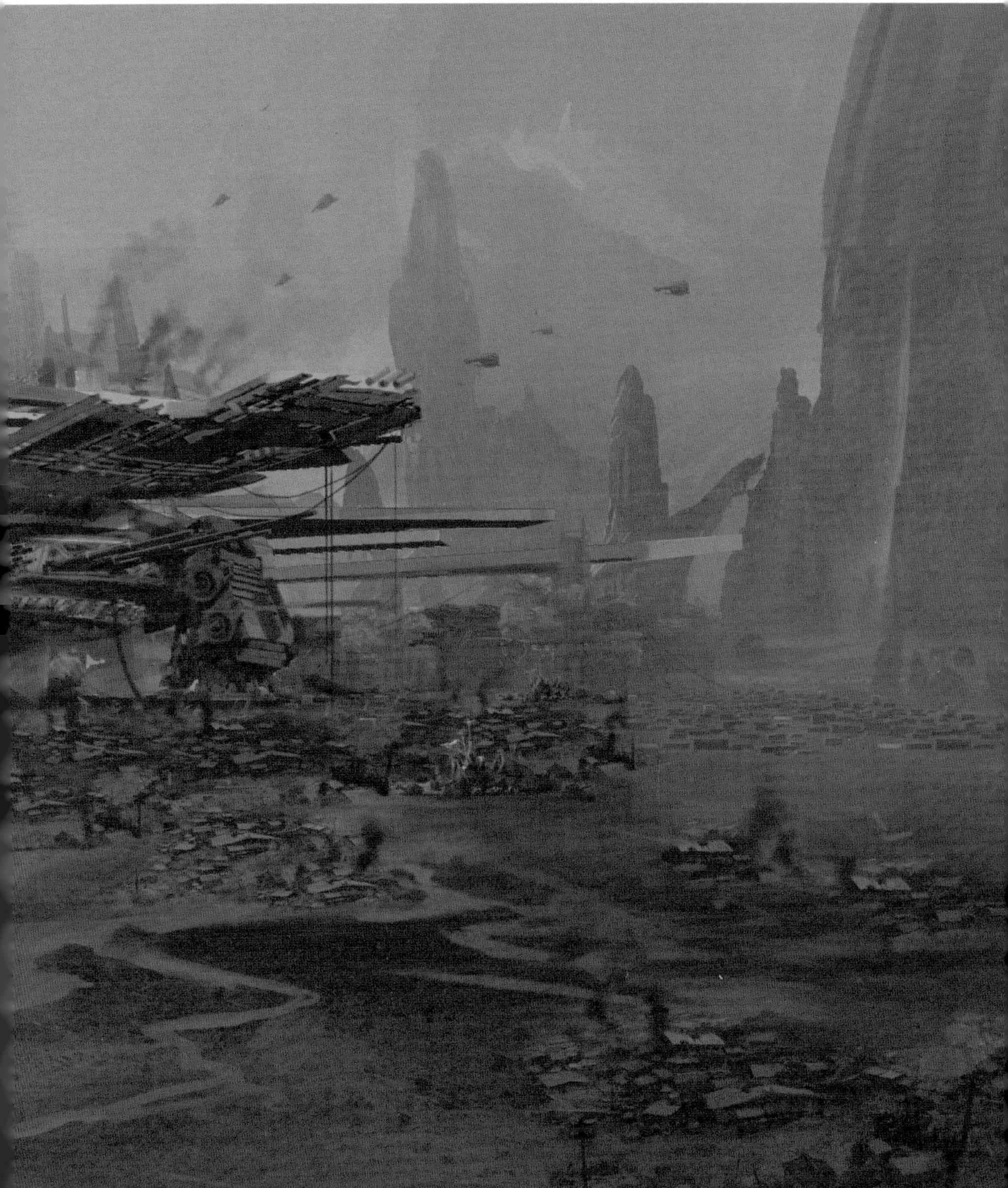

拜赛忑教女妖图腾

说,"马上就要接触天穹城外部的扫描设备,希望你们都待在座位上,戴好安全装置。我不想还没到入关处,就因为乘坐不规范受到警告。"

他的话让潘蒂姆他们收回赞赏和沉醉的目光,乖乖地照做了。

"当然,现在你做主,老大。"潘蒂姆嘀咕着捆上安全带,将一条接触线贴到左手手腕的晶卡上,接入扫描网络。

两声提示音后,机舱外闪起一阵亮光。潘蒂姆转过头,发现"流星-天籁"正在缓缓下降。

舷窗外的云层渐渐稀薄,建筑的轮廓却越来越大,也越来越清晰。

瑟利人特有的审美让这些建筑挺拔而修长,仿佛是从基座上生长出来的一般,直指天际。微微反光的半透明外墙令整个城市像是覆盖着晶体,即便是有着巨大审美差异的埃萨克人,也不得不承认天穹城的确是瑟利最完美的作品,甚至是欧菲亚联盟中最美的一座城。

当然,已经看惯了的拉格耶、多尔米议员和克拉拉并没有什么感觉。

瑟利男性小心地注视着驾驶台,将"流星-天籁"慢慢靠近一个巨大的伸展平台。瑟利人特有的技术让他的绝大多数操作都是在一个全息悬浮界面完成的。伸展平台两侧悬浮着等待进港的飞船,足足有上百架。

提示音再次响起,潘蒂姆摘掉了接触线。

"到了?"她问道。

"扫描安全,下面还有一个进港程序。"拉格耶没有丝毫轻松的样子,"先验证我的通关证明,核实身份,然后才是你们。"

"咱们得等多久?"潘蒂姆看了看外头的飞船,那可数也数不清。

"一般来说会花二十分钟,"拉格耶回答,"但发布通缉令以后,这里排队等待的飞船好像增多了,说不定还要更长些。"

"然后?"

拉格耶回头看她。

潘蒂姆摊开手。"天穹城被称为整个欧菲亚联盟防卫最严密的城市,如果这么轻易就能进来,我们肯定不需要找你。"

拉格耶笑起来。"好吧,我知道你是个爽快人,玫瑰。对别人来说,这道检查流程也许就是一个扫描程序,但实际上还有别的内容。议员阁下,您的公务身份对应一种特殊程序,而克拉拉,你作为有身份档案的平民,也有相应的检查流程。总的来说,每个人每次进出天穹城的信息都会被记录,比如你们每次的体重、心跳、呼吸和其他数据,只要扫描时发现不正常波动,就会启动二次检查。这是比较保险的做法。不过对第一次来天穹城的人,扫描数据会直接传递至天穹守护们设立的终端,由他们来判断你们的危险程度。"

潘蒂姆松了一口气:"找你果然是对的,你知道他们的流程,这样我们就可以顺利进去了!你给我们找的临时身份是经过天穹守护安全验证的吧?"

拉格耶却诡秘地笑了笑。"不,事实上,你有犯罪记录!"

潘蒂姆的脸色一下子变了。

她刚要发问,就听见驾驶台上的连接系统传出清晰的女声——

"0254687号等候飞船,流星I型,登记名'天籁',请在三分钟内迅速降落至第5号平台接受特别检查,重复,请……"

"知道了!"拉格耶简单回复后,丢给潘蒂姆一个小圆环。

"把手铐戴上,"他命令道,"我们只有三分钟。"

"你搞什么鬼?"克拉拉一下子跳起来,旁边的多尔米议员伸出手也没抓住她。

但拉格耶一眼也没看她,只是盯着潘蒂姆。"你说过这一次要相信我。"

铁玫瑰只停顿了一秒，就捡起那枚圆环掰开。圆环立刻延展，最终形成一个牢固的锁套，将她的两只手紧紧地固定在一起。

"坐回去，克拉拉。"她向合伙人抬了抬下巴，"少安毋躁。"

瑟利女性尽管仍然带着怒气，但还是坐了下来，因为甚至连特里普和多尔米议员也在向她摇头。

拉格耶回过头，继续操作飞船靠向指定停机坪。

机身轻微震动，一列小队进了平台。都是穿着制服的瑟利，领头的个子很高，也是同样的制服，但左胸上别着一枚小小的徽章，造型是蓝色的盾牌，反射着星光。

拉格耶打开舱门，走了出去。

"我就知道是你！"那个高个子瑟利大声对拉格耶说，"你又不守规矩了，是吗？"

"莱克！"拉格耶向他伸出手，"果然是你！我记得是你负责这个港口。"

"还好吗，兄弟？"那个男人拉住拉格耶的手，两个人抱了一下，拍拍彼此的肩膀。

"老样子，抓那些狡猾又顽固的惯犯。"他说，"我刚从门托罗星回来，需要带一个犯人去联安局总部。"

"是那个有犯罪记录的埃萨克女人？扫描识别发现她有走私罪。"

"就是她。"

莱克盯着他。"一个小罪犯，你应该按流程申报入关。"

"不，她很重要，"拉格耶低声说，"我现在就要带她入关。其他人交给你，他们没有问题，让他们通过正常流程进入就行了。"

"我需要知道理由。"

"不，莱克，你只需要担保。"拉格耶轻声说，"我不会告诉你原因，但我可以把这个给你。"

他把手伸进自己的衣领里，拉开贴身的一层，挨着锁骨下面的部位镶嵌着一小块蓝色金属。那是一枚反射着星光的盾牌，但只有下半截，上面还有许多裂痕。

莱克的脸色变了一下，他点了点头，挥挥手，稍微侧身。于是拉格耶回到飞船上，说："现在除了玫瑰，大家请下飞船，跟着那位莱克长官履行正常的通关程序就行了。"

"什么意思？"特里普问道，"虽然我们相信你，但是别这么藏着掖着的。"

"我可以带玫瑰进去。我暗示她是我私下逮捕的犯人，而你们的身份没有问题，所以我们分开行进。克拉拉和多尔米阁下都熟悉天穹城，过关以后，请在晨曦大道第6569号的议会办公厅外等我。"

特里普看着被铐起来的铁玫瑰，后者只是耸耸肩。"照他说的做吧，反正现在他是头儿。不过，探员，那个人就是天穹守护吗？"

拉格耶沉默了一下，点点头。"没见过他们穿军官制服的样子？其实也像普通士兵一样。"

他坐回驾驶座，但是舱门依然开着。

特里普明白他的意思。他看看潘蒂姆，铁玫瑰却朝他安慰似的笑了笑。

"我们到了会给你消息。"埃萨克男人对潘蒂姆说，然后第一个走了出去。

克拉拉则低声在潘蒂姆耳边叮咛："提防他，玫瑰，这事儿古怪，你得机灵点儿。"

"你觉得我不够机灵吗？"

"好吧，"克拉拉耸耸肩，"当我没说。"她又对多尔米议员露出笑脸，"阁下，请吧，我可是您的秘书，我得走在您后面。"

142

虽然现在顶着一张平凡脸,但多尔米议员仍可以将一举一动做得优雅动人,潘蒂姆感叹:埃蕊实在是一种连在陆地上行走也仿佛游动的人种。

"请千万小心,潘蒂姆船长,还有哈克探员。"他彬彬有礼地跟他们告别,"实际上我也准备好了,如果你们需要我动用一些议员的小小特权,请尽管告诉我。"

"不胜感激,阁下,如果真的需要我会说的。"铁玫瑰感谢他,"但希望不用,毕竟现在还不需要您暴露行踪。"

"我明白。"他又看了看拉格耶的背影,想了想,最终没有说话,离开了飞船。

铁玫瑰看着他们走向那位天穹守护,然后她脚下的这艘船腾空而起,掠过他们,从一道三角门穿过去,正式进入了天穹城。

"我说,可以把这玩意儿取下来了吗?"

潘蒂姆趴在拉格耶身边,把铐在一起的双手向他伸过去。拉格耶将飞船调至自动驾驶,转过身按下手铐的几个点,让它感应到自己的微晶。那锁套折叠收缩,重新变成一个小小的圆环。

"这还差不多。"潘蒂姆嘀咕着坐到他旁边,把脚跷在驾驶台的台沿上。

"把脚放下来,这可不是你的飞船。"拉格耶瞟了她一眼,重新接入手动驾驶。

"小气。"潘蒂姆一边抱怨,一边听从了这个瑟利的命令。现在,从驾驶台前面的透明视窗望出去,天穹城已经越来越清晰。进入领域之后,他们已经下降到公共交通规定的超光速飞船法定高度,她可以清楚地看到下面密密麻麻的市内交通工具。它们像飞虫一样穿梭在高楼之间,形成一股股交叉的五色河流。

潘蒂姆看着眼前的景象,问道:"你给他们说我是你的犯人?为什么这能让我进来?"

"我是秘密探员,记得吗?我逮捕的犯人都能通过特殊手段直接带到总部去,这是我的特权。"

"因为你曾经是天穹守护才有的特权?"潘蒂姆尖锐地问道,"我看到你跟那个负责人说话了,你们认识?"

拉格耶没看她。"你越界了,玫瑰。"

"我只是不明白,探员,我想我以前看轻了你……"

"这无关紧要。"拉格耶很明显不想谈这个话题,他把一幅全息图扔到潘蒂姆面前,"我想你只是缺少一个吸引注意力的东西——我们要去的是这个地方。"

"是的,议会办公厅……"

铁玫瑰看看这幅全息图像,拉格耶在旁边说道:"这是议会大厦的附属建筑,相当于外围。天穹城的每一个区就是一个悬浮圈,因为有议会大厦,这个区是城里第三大悬浮圈。围绕着议会大厦的晨曦大道其实是一个圆形,是最接近议会建筑群的一条街区,我们只需要从那个标红的地方进入,就可以停留在办公区。那里的安保比较简单,但不准再往里走。我可以用联安局探员的身份步行进入,也可以为你做担保。"

"领联盟薪水的果然会有特权。"

"梅洛姆议员的办公区域在85-4858号,那是他接待选民的地方,现在已经被封闭了。"

"所以我们就只从那边走过,然后献上一枝花吗?"

"多尔米议员的办公区域在85-4860,他们非常非常接近。所以我们不用直接进去,以免打草惊蛇,只需要从多尔米议员的办公区域连接到梅洛姆议员的终端——"

"然后发现材料其实已经被调查员们搜刮一空,甚至已经加密转

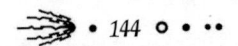

移、反向追查，一旦我们去窥探，就会暴露。而且，哈克探员，我不得不问一句——为了解开蜜拉琪留下的记忆方块，我们的最终目的地不是梅洛姆议员遇害的地方吗？"

"从梅洛姆议员的个人终端可以想办法遥控他住宅中的监控设备，让我们在去之前了解一下那边的情况。"

潘蒂姆歪头看着他，红色长发铺在控制台上。

"我道歉，哈克探员。"

"为你质疑过我吗？"

"不。"她说，"为我曾经把你当作一个傻瓜。"

飞船很快就降落在晨曦大道上。他们在第6569号楼外慢慢驶入停机坪，这座方形建筑很高，但比起它身后高耸的议会大厦就如同低矮而坚实的基座。

"我们肯定比克拉拉他们早到。"潘蒂姆朝外头打量——

在这个巨大的停机坪上，他们的飞船是体积最大的一个——更多的是普通市内飞行车辆，或是在区域之间来回的小型飞机。无数衣着各异的人在上面来来往往，有喜欢蓝色的修长瑟利，也有一些不那么讲究的埃萨克，甚至连穿着浅色长袍的埃蕊都比别的地方多。他们都显得很忙碌，似乎欧菲亚联盟最勤劳的人都汇聚在这儿，带着数不清的问题。

拉格耶伸手在停机位感应器上按了一下，地面浮现出联安局的标记，然后那艘飞船就被保护起来。

他领着铁玫瑰向办公大楼入口走去。

"喂，我被你设定过犯罪记录。"潘蒂姆看着门口的瑟利警卫。

"已经取消了。我刚才在数据库里给你安上了一个'误捕'。"

"特权，哈……"潘蒂姆只想翻白眼。

"特权人士"领着潘蒂姆进入了议会办公厅。

从那扇看上去算不上宽敞的大门进去时,潘蒂姆的脚步凝滞了一下。开阔大厅里,有一幅轻型合金画作,由反重力支架悬在空中。那幅画如此巨大,几乎将这五层楼高的大厅上方完全占满。反射着淡黑色金属光泽的画上是一幅战争景象,那是"撒壬之战"中著名的艾若拉行星遭遇战,女妖率领的赛忒大军和瑟利、埃蕊、埃萨克联军激烈争夺要塞。由于双方都缺少准备,狭路相逢,战斗极为惨烈,最后完全是凭借意志肉搏。这场战斗以三种族联军的胜利结束,并为整场战争的最后胜利打下基础,甚至可以说,正是那场战斗让三个种族更加清楚地意识到敌人的可怕,才进一步催生了联盟的诞生。

眼前这幅画就是那场战斗的再现:三种族勇士面前的赛忒们,有着野兽一般狰狞的钢牙利爪,黑晶变异的武器铺天盖地袭来;最可怕的是被黑晶同化的联军战士——他们向曾经的战友举起了枪。这些黑色怪物簇拥着一个赛忒女妖,她有着完美的女性外表,赤裸的身躯妖异而美丽,但从她头部延伸出来的黑晶组织却如同毒蛇,指向对面的联军战士。

潘蒂姆知道这场战斗的结局,也知道美丽的女妖最后被一位瑟利战士斩首,并将头部带了回去。但画面上赛忒大军的恐怖气势,仍然让她感到一阵寒意。

"你说,为什么会有人崇拜这些怪物呢?"走过这幅画的时候,她低声问拉格耶。

瑟利男性没有抬头,他已经看过太多次这幅画。

"赛忒是一种'纯粹'的生物,"他对潘蒂姆说,"你们埃萨克没有微晶,不明白我们和埃蕊对微晶的感觉。赛忒的蚀晶是微晶黑暗力量的展现,其实也是一种微晶,他们甚至将微晶力量使用得更加纯粹。对于某些人来说,追求微晶力量就是一切,他们认为只有赛忒那样的生存模式和结构,才能完美发挥微晶能力。"

拉格耶顿了一下，扫了一眼潘蒂姆的右手。"或许你是一个特例，玫瑰，你对于微晶的感受应该比其他埃萨克人深刻。试想一下，如果你的力量能突然增大数十倍上百倍，从而轻易就能干掉任何来犯者，大概就很容易理解为什么联盟内部会有疯子去崇拜赛忒了。"

"力量至上主义？"潘蒂姆苦笑了一下，摇摇头，"也许并不这么简单。他们对赛忒应该还有更高的期待。多尔米阁下说的拜赛忒教，完全具有宗教性质。也许这一切并不像我们表面上看到的那样……"

"这一次我希望你说的并不对。"拉格耶在一台万用电梯前停下，"我们快到了。"

NO.15 回到起点

万用电梯实际上是一个高速的自由移动平台。这种装置因为局限性比较大,至今没有运用到远距离交通,但是在巨型建筑和规模化建筑群里倒是非常实用。

拉格耶把手伸进方形操作台里,输入了梅洛姆议员办公区域的号码。潘蒂姆只感觉狭小的空间微微一震,那扇镜面大门便打开了。

现在,他们站在一条长走廊中。稀稀拉拉的人急匆匆走过,极少数会抬起头来看他们一眼。

"在那边。"拉格耶指了指前方尽头的一扇门。它关得紧紧的,一盏黄色警示灯悬浮在门外,不断扫描着周围环境。

"那是联安局查封后安放的警报器。"拉格耶对潘蒂姆说。

她知道那玩意儿,它其实是一个全方位监视器,可以不间断地扫描设定区域的周边环境,从透视墙体到各种数据变化,甚至会分析分子浓度,一旦有可疑情况,就会自动向联安局发送警报。

"我们得关掉它。"潘蒂姆说,"你有办法吧,探员?"

"这不就是你找我合伙的意义吗?"拉格耶似笑非笑地看了她一

眼，大步走了过去。他径直来到警示灯前，让那东西上上下下地扫描了一遍，然后伸出手按住它的顶部。

警灯驯服地关闭了，暂时退到一旁。拉格耶转身朝潘蒂姆招手。

"它暂时会只记录一些不重要的东西，以保持粗略的数据传输。我让它三十分钟后重启，恢复工作。"

"意思是我们动作得快点儿。"

拉格耶用微晶识别器打开门——在封闭现场以后，只有探员们能重新进入现场。

梅洛姆议员的办公区域慢慢地展现在他们俩面前——

这里包括一个半圆形接待厅和转角的一个方形办公室。作为一名埃萨克，议员选择了自己喜欢的装饰风格，墙上悬挂着民族风的浮雕和金属镶嵌画，家具也是黄铜的颜色，很少看到柔软的布垫或者桌布。

接待室收拾得很简单，但进入办公室以后就能看到一面很大的显示屏，旁边是一个独立的数据储存器。四周是三个办公桌，中间一个正对屏幕，旁边两个稍微矮小一些。

正对屏幕的办公桌已经被清理过，应该就是议员的位置；两旁的桌子上，一个放着仍在工作的动态相架，另一个则放着一张多人合影，中间站着的正是带着微笑的蜜拉琪，这张合影在桌上慢慢地旋转着。

潘蒂姆看着蜜拉琪。那时候的她并不消瘦，脸上没有焦虑，看上去美丽又温柔。潘蒂姆完全不难理解作为战士的梅洛姆议员为什么会爱上她。

拉格耶打开显示屏检查储存器——那根细细的金属条中间是生物电脑，储存量惊人，但是现在里面已经空无一物。

"就跟我想的一样。"他摇摇头，"虽然转走数据是调查的一部

149

分，但是流程里可没有'清空'这一项。"

"有人先来了一步。到底是谁？"

"或者应该问议员阁下到底发现了什么。"

潘蒂姆调出议员的私人加密线路，也就是把他的住宅和办公区域连接起来的个人网路，但发现它已经被联安局接管了。

"你能进去吗？"

"正在努力。"拉格耶简短地回答。他手指按着屏幕，启动身体里的微晶接入联安局的安全检查。没多久，这个被查封的系统就开始有限制地对他开放。

屏幕上出现几条可供选择的路径，拉格耶打开可查阅的议员设置项目，联入其中写着"住宅"的那一项。"我们可以查看监控系统。"拉格耶一边小心地进入这个系统，一边对潘蒂姆说，"我会把办公室这边的监视器设定成常规数据交换采集储存模式，这样就可以知道那边现场的情况了……"

这是潘蒂姆插不上手的工作，她只能在旁边看着。这个瑟利熟练地在复杂的线性操作界面上输入，紧绷的嘴角让他的表情有些威严。潘蒂姆开始觉得他和在太空港见过的天穹守护有那么一丝相像的地方，也许这只是一种模糊的感觉。

屏幕上出现了一些监控数据和图像，包括立体成像的录像。

潘蒂姆盯着屏幕。"从案发前一天开始。"

各种监控数据在他们眼前流过，包括温度变化、重力感应变化和一些录像。潘蒂姆看到梅洛姆议员单独回到家中，蜜拉琪并没有跟他同路。为了不暴露"独婚"，他们两个每次都会分头从不同的方向回家，时间上也有差异。

"图像只能监控到房子入口，他们很注重隐私。所以，蜜拉琪的数据是还原谋杀发生时情形的最关键线索。"拉格耶有些失望地浏览完这些数据,切换到实时图像——现在有至少三名联安局探员在住宅内外看守,监视器浮动在现场的好几个房间中,扫描内容构成了一幅完整的现场重组模型。

"入口已经全部封闭,房屋附近设立了禁行区,想要大摇大摆地进去是不可能的。"拉格耶对潘蒂姆说,"现在我们得想想怎么躲过这三个探员。"

"我们不能全都进去,对吧?"潘蒂姆咬着指头看那幢房子的图像,"我看这次需要分工合作,先把这个终端带走,怎么样?"

"别用商量的口气了。"拉格耶笑笑,"从现在开始,我必须一直保持这个系统连接,眼睛一秒都不能离开。"

这时,铁玫瑰的个人终端响起轻微的提示音。"特里普他们到了。"她说,"我们该去下一个目的地了。"

他们将一切恢复原样,离开了议员的办公室。当他们重新关上万用电梯门的时候,那盏黄色的警示灯又重新亮了起来。

在拉格耶的飞船上,潘蒂姆将大致情况告诉其他人以后,克拉拉首先开口。

"我觉得,我们需要一个行动计划。"

她说得很对,但也很没用。她并没有提出任何可行方案。

特里普将房子的三维模型图导出来,悬浮到空中。"咱们不可能全都进去,最好是有人吸引那些警察的注意,有人在外面留守。我们只需要两个甚至一个人进入现场就可以了。"

"我同意。"多尔米议员在旁边接着说,"钱德尔森先生说得完全正确,现在我们得分头行动。我个人是很愿意进入现场的。"

潘蒂姆看了看议员修长的体型。"您行动一定很敏捷,阁下,不过我觉得对于这种违法的事儿我可能更有经验,我可以担任进入房间的那个人,要找个搭档的话,我想哈克探员的身份可能会有所帮助。

至于接应，我倒是想让特里普留守飞船，他一贯可靠……"

"我没意见，但前提是那位先生舍得让我坐在他的位置上。"他向拉格耶的方向偏了偏头。那位探员正坐在驾驶位上。

"等等，等等！"克拉拉忍不住插话，"听起来你们是打算让我去当诱饵，把那几个傻探员引出房子？"

"你从来都很会找麻烦以及摆脱麻烦。"潘蒂姆真心实意地对克拉拉说，"真的，除了你，我看咱们几个没人能干得了。"

克拉拉哼了一声，闷闷地把脸转向窗外。

但她的注意力立刻就被外面吸引住了。

"看！"她叫道，"那里发生了什么事？"

所有人都来到舷窗旁，朝她指的方向望去。飞船正在空中第三通道层沿着公共线路前进，并不算太高，能够清楚地看到下方街道的情形。

在一条宽敞的街区中，上百人聚集在一幢房子面前，不断地高喊着什么，而另一些人则站在他们对面，其中有些人飘浮了起来。

"是埃萨克和瑟利！"克拉拉说，"这是'熔岩'餐厅，只接待瑟利，一般不会有埃萨克人来。"作为一名经常在天穹城各场所表演的乐手，克拉拉当然能轻松辨认出地点。"他们在吼什么？还有那些闪光弹。嘿，探员，能降低一点吗？"

飞船在允许的高度内稍微下降了一些，这让他们能更清楚地看到下方瑟利和埃萨克人的冲突。埃萨克们正依仗着魁梧的身体不断地冲撞着瑟利，而许多能够借助微晶力量腾空的瑟利则悬停在上面。双方激烈地争吵、对骂。一些埃萨克向瑟利投出闪光弹——这些玩具一样的东西并不会伤人，但炸裂以后可以浮现出预设好的图像和文字。

"凶手！"

"梅洛姆议员的死是一场阴谋！"

"瑟利人把持了议会！"

"调查真相！"

……

飞过这座建筑以后，他们看到联安局探员的飞车正赶过来。

多尔米议员深深地叹口气："这正是我担心的。"

潘蒂姆没有说话。这不是她第一次看到埃萨克和瑟利因为这个案子而发生冲突，但那是在谷地这样的边境星球。天穹城作为联盟的中心，一直是三个种族相处得最好的地方，虽然不同种族也有各自经常活动的区域，但从来没有过如此大规模的冲突。

潘蒂姆明白，这个案子正在发酵，她在谷地的时候就看到了火苗，现在火势在慢慢地变大。

机舱里变得有些沉闷，大家不约而同地安静下来。过了一阵，克拉拉用轻松的口吻说道："得了，至少咱们还没打起来。我同意去当诱饵了，怎么样，瑟利人还是很好相处的吧？"

二十分钟后，他们驶入了无限速区域，拉格耶加速向梅洛姆议员的住宅飞去。

"就在那里！"当屏幕上出现一个有大片岩石的悬浮区的时候，多尔米议员说道，"这就是费立安社区，是埃萨克人开发的，梅洛姆议员很喜欢这里的地貌。"

是的，蜜拉琪也说过，天穹城的埃萨克人爱在这个社区修房子。

"您来过这里吗，阁下？"潘蒂姆问道。

多尔米议员点点头。"作为他们夫妻的朋友，我曾经收到过邀请。议员的房子跟他本人一样朴实，和周围的建筑比起来没有什么不同，当然我是说带着典型埃萨克风格的。"

借助导航，拉格耶很快就到达了他们的目的地。那是一座深褐色建筑，虽然有两层楼，但大体上保持着埃萨克人喜欢的低矮而方硬的设计；外墙是岩石一般的深褐色，和周围一些同色调的房子比起来的确不算特别突出。

但现在它一定是最扎眼的一座：

除了好几个封锁警示灯在房子周围游移，还能看到一些人探头探脑地在四周走来走去——也许是看热闹的路人，也许是想抓独家消息的记者。

"这样子，我们想进去可不怎么容易。"特里普说，"况且还要把里面的人引出来。"

潘蒂姆咬着嘴唇思考一阵，忽然一拍手。"对了，我记得蜜拉琪曾说，她能逃出这栋房子全靠一条密道，那么在这房子周围，应该有个万用传输设备的出入口，或者说是一条反探测地下路线。"

"太棒了！"克拉拉首先叫起来，"这么说只要找到入口，我就不用去做诱饵了？"

潘蒂姆没理会她，转头问拉格耶："刚才看调查档案时，没有发现他们记录密道的事，所以官方应该还不知道这个，对吧？"

"看起来是这样，"拉格耶回答，"但如果连联安局都没找到，咱们想发现它也很难。"

"换一个思路，别忘了蜜拉琪和梅洛姆议员的关系。"铁玫瑰走到他背后，拍着座椅低声说，"这个密道最初的作用不一定是为了逃跑，而只是为了掩饰他们的婚姻。"

"看起来你能找到？等我们先降落吧。"

他稳稳当当地将飞船停在一家埃萨克酒吧的停机坪上，还没开舱门，就看见几个高大的埃萨克人气势汹汹地走出来。

"嘿！"其中一个光头朝他摇手，"离开这里！我们不接待瑟利！"

拉格耶打开舱门，玫瑰首先从机舱里跳下来。她的模样让几个埃萨克愣了一下，脸色稍稍缓和了一些，但是看到后面的拉格耶和克拉拉以后,又绷紧了脸。

"小姐,"一个埃萨克大汉说,"我们这里不接待任何瑟利,你想来喝酒我们欢迎,但是瑟利人必须离开。"

"别紧张,兄弟们。"铁玫瑰向他们笑了笑,"我保证他们都是好人,对埃萨克没有敌意。"

那个人哼了两声。"敌意,谁知道呢?梅洛姆议员就是被他身边的瑟利杀死的。瑟利人一直看不起我们,所以他们连最伟大的埃萨克也要除掉!"

拉格耶没有说话。

特里普从飞船上下来,向这三个人问道:"你们见过议员?"

"他偶尔会来喝酒!"另一个埃萨克的脸上露出悲伤的神色,"我们都见过他,他是位伟大的战士,没有人比他更豪迈!"

"我们也见过凶手!"旁边的人说,"那个女人,我们一直以为她真的关心议员阁下,她看上去漂亮又温柔,但这都是假的!瑟利人对埃萨克能影响议会一直耿耿于怀,不然议员提议的征兵法案为什么在他遇害后立刻被切斯科特议员取消!"

他们更加愤愤不平起来:"总之,我们不欢迎瑟利。如果你们坚持要和瑟利在一起,那么也只有请你们离开!"

潘蒂姆看了拉格耶一眼,再次对这三个埃萨克笑道:"哎哎,兄弟们,请别搞错了,这艘船可不是瑟利的。当然它看起来像,但这其实属于我朋友。我们是从边境星球来办事的,这艘船只是买的二手!而这两个瑟利,他们只是我临时雇用的,对吗?"

她转向特里普。"来,为了证明,你可以把飞船停到偏僻一点的地方去吗?"

埃萨克大汉没有丝毫犹豫,也没有征求拉格耶的同意,转身就上了飞船。但直到飞船起飞,又再次降落,瑟利探员都没有任何表情

155

变化。

这终于让酒吧老板感觉好些了。"行,你们就停这里吧。"中间那个埃萨克说,"你们愿意进来喝一杯也没问题,但这两个瑟利不可以!"

"我们不是来喝酒的,"潘蒂姆笑嘻嘻地说,"我打算在这里看看房子。听说这个社区是整个天穹城里最适合埃萨克居住的。"

那个人耸耸肩。"其实悬在天上怎么都不如在地面住着踏实,但你要说这个城市里的话,那也的确如此。不过我觉得,你要买房子的话还是别选这里,天穹城说到底是瑟利人的地盘。"

似乎他觉得自己已经尽到了忠告义务,不打算再多说什么,于是摆摆手回了酒吧。

潘蒂姆看着拉格耶和克拉拉的脸色。"如果不来天穹城,我大概还想不到这案子的负面影响已经这么大了。"

克拉拉冷笑道:"我现在特别想知道凶手的身份,玫瑰。我还想知道他干这件事的时候,有没有想到会造成现在的局面。"

"或者说,他其实还很满意现在的局面。"潘蒂姆看着不远处。

在埃萨克人喜欢的低矮建筑中,那黄色警示灯很容易就能看见。

"现在,特里普必须留在这里。"她对拉格耶说,"别担心,他是一名优秀机师,一定会好好对你的宝贝儿。你很大方的,对吧?"

拉格耶无奈地笑笑。"别把我想成个吝啬鬼,玫瑰,我知道你这位朋友的能力。飞船上有一个人留守很好,一旦需要后援他也很重要。"

"我就知道你不是笨蛋。"潘蒂姆给飞船上的特里普传回留守的消息。

"现在我们还是按照之前的计划进行吗?"克拉拉问,"我现在还想不出怎么当个好诱饵。"

潘蒂姆告诉她:"你还是得先混到那座房子周围去,也许装成记者或者好奇的市民会比较好,这样至少在我们进入密道的时候,能更轻松点儿。"

"等等,你说得好像已经笃定可以找到密道一样。"克拉拉怀疑地看着她,"你找到了吗,玫瑰?"

"没有,"潘蒂姆回头看了看这个酒吧,"但我有些点子,说不定真管用。"

NO.16 面具背后

克拉拉走在天穹城的街道上。不少埃萨克在经过她身边时盯着她，满眼防备，还夹杂着隐约的愤怒。

这可不是个好现象。虽然没有来过费立安社区，但她在天穹城的其他地方，还从没被这样的眼神注视过。

她尽量忽略这种不友好，继续往前走，很快就看到一个浮动警示灯出现在面前。它投射出一道红色的光线，划定出管制区，将围观者远远隔离在那栋建筑之外。

克拉拉从那些记者的衣服上能分辨出他们属于哪个传播公司，也能分辨出哪些是好事之徒，最乐意看到官方人士失控或者说漏嘴什么的，如果能够发生一点冲突，那就更让他们兴奋了！

一个瑟利女记者正在调试报道仪器，想让这个能摄录传输和生成文本的小方盒子定位到合适的位置，以便她修长的身躯和背后的房子全都能恰到好处地投射到每一个定点接收屏幕上。

周围还有起码十几个人在干着同样的事情。

克拉拉向这个瑟利走过去，调整出一种紧张兮兮的表情。"嗨，小姐……"她说,"这里的情况怎么样了?"

那个瑟利看了她一眼。"老样子,你住在这附近?"

"在这附近打工,为酒吧演奏一些曲子。"克拉拉顿了一下,"梅洛姆议员是个好人,他从来不吝惜小费。还有那个女人也是……"

"那个女人?"记者有了点兴趣,"跟在他身边的女人?是谁?"

"就是通缉犯呀!"克拉拉提高声音,"好像叫蜜拉琪·吉尔,她跟议员看起来关系可不一般呢!"

这个看似不经意透露的消息,瞬间让周围的记者像闻到腥味儿的肉食动物一样涌了过来,他们的各种记录转播设备也立刻对准了她的脸。

"哎呀哎呀!"克拉拉连忙遮住脸,"我可不想被老板认出来!"

"请详细解释一下你刚才的话,小姐!"那个瑟利记者急切地说,"你说议员和嫌疑犯的关系特殊是什么意思?能说说你看到的吗?"

克拉拉狡黠地看着那些饥渴的记者。"我可没这么傻。我只提供独家,而且我的确有些证据。不过,我还有些经济上的困难需要解决……"

"我会帮助你的,小姐!"一个高个子埃蕊记者在外围叫道,"'天露频道'您听说过吧?我们实力雄厚!"

"不,不,小姐,你是先跟我说话的,我有优先权!"瑟利女记者着急起来。

克拉拉露出犹豫的表情,于是更多的记者加入了报价,他们争先恐后,生怕丢掉这几天来的突破性报道。场面开始失控。

好几个原本悬浮游移的警示灯也向这边靠拢。它们发送出异常信息,一个看守现场的联安局探员开门向这边张望,另一个也走到窗户边。

与此同时,酒吧外,潘蒂姆、拉格耶和多尔米议员正向着与现场相反的方向走去。

"看警示灯,"拉格耶说,"他们开始聚集了,克拉拉很能干!"

"除了抽佣金的时候太狠以外,我还挺喜欢她的。"潘蒂姆回头望了一眼,低头继续调试手腕上的地图。

她刚在酒吧里喝了几杯,用胜过所有埃萨克男人的酒量赢得了他们的信任。他们无话不说,潘蒂姆很快就知道了梅洛姆议员来喝酒的情况。蜜拉琪的确有时会在他身边,以秘书的身份。

一个酒吧常客说议员喜欢跟老兵们喝酒,常常忘乎所以,有时候需要秘书提醒他该回去了。这时候她会为他结账,然后各自朝相反的方向离开。

"有一次她曾说起过,自己在前面的柯林达商社保留了一个小飞艇停泊位。"潘蒂姆朝拉格耶眨眨眼睛,"猜猜那个停泊位有什么秘密?"

他们很快来到那个巨大的圆形建筑旁。拉格耶利用特殊身份调出飞艇停泊位的所有数据,又从中筛选出案发之后再没有使用过的长期租用位,找到一个名叫海拉·梅耶的女性标记的位子。

"就是她。"看着登记照片上蜜拉琪的模样,拉格耶给了管理员一个肯定答复。埃萨克管理员打开遥控锁,允许他们进入"海拉女士"的停泊位。

"关掉监控,调查完毕后我们会联系你。"拉格耶一本正经地补充道,"感谢你的合作,公民。"

看起来他那种官腔对管理员相当有效,走入飞艇停泊位以后,管理员识趣地关闭了安全门。

这个停泊位是个独立的方形空间,透明度为百分之八十的光幕将这里与别的停泊位隔开。除了一片光滑的空地以外,角落里还有一个大金属柜,里面原是充电设备和磁力锁。

潘蒂姆拉开柜门，却看到另一个东西，一个很小的轿厢，下面联通着一个轨道，一直向地下延伸。"果然，"潘蒂姆翘起嘴角，"一个简易万用电梯。我猜它一定是定向的，这样功率小得多，不会被监测到。"

她猜得完全正确。万用电梯被激活以后，金属壁上显示出通路图，从此处可直达另一个街区，门边只有简单的三个按钮：去，回，紧急启动。

"走吧，得一个一个来，"潘蒂姆说，"它太窄了。谁第一个？"

"我吧。"拉格耶自告奋勇，"如果目的地有问题，我的身份方便立刻处理。不管是否安全，我都会立刻回来告诉你们。"

他进去以后，万用电梯关上金属壁，一阵轻微的轰鸣后归于平静。

时间一分一秒过去，电梯没有任何声音。潘蒂姆干咳一声，对多尔米议员笑笑。"他该不会被传送到另外的次元去了吧？我听说过这样的事故。"

"哈克探员一定是在确保安全，"埃蕊人好脾气地说，"我们只需要耐心等待。"

"您现在不紧张吗，阁下？还是有点兴奋和期待？"

多尔米议员叹口气。"我不想逞强，船长，但现在真相才是最重要的，它让我压制了所有负面情绪。"

"包括愤怒？那是您朋友被谋杀的地方。"

"愤怒其实能做不少事。"

他们的交谈很快终止——万用电梯的信号灯闪烁了一下，打开门，拉格耶站在里面，歪了歪头。"走吧。"

这条"密道"设置在梅洛姆议员住宅的地下室里。

潘蒂姆最后一个从电梯里走出来，她看到一所布置整洁的房间，摆满运动器械,其中各种搏击设备最为齐全,看起来应该是蜜拉琪以前提过的"搏击室"。万用电梯的出入口靠墙放着。一个楼梯通往上层,但门还关着。

"生物探测表明,整栋房子里只剩下一个瑟利探员,克拉拉至少把另外两个引出去了。我们得尽快。"拉格耶对潘蒂姆说,"你们去现场,我监视剩下的那个,如果他靠近这里,我会给你们发信号。"

他们轻手轻脚地按照计划行动。

潘蒂姆手腕上的随身处理器将整个房子的立体图投射出来,他们很快找到了蜜拉琪所说的案发现场。

那是二楼的书房,处理器的能量反应比其他的地方都要高,这是联安局搜索现场后的残留。

这栋房子按照埃萨克传统建造,并没有太多的智能辅助设备,装饰也很简单。从一楼慢慢走上去,是一条宽敞而不算太长的走廊,书房是第一个房间。

潘蒂姆走在第一个,多尔米议员紧随其后,最后的拉格耶则停下来仔细听了一下,向潘蒂姆做了个手势。

铁玫瑰点点头,推开书房门,拉着多尔米议员溜了进去。

这个房间并不算大,有一整面墙是屏幕,一个小巧的信息储备盒镶嵌在开关旁。角落里是一个复古书橱,里面摆放着几本史前文物。

房间布置虽然简单,但由于议员夫妇对于隐私的特别要求,窗户上贴有光线单向膜,一般设备从外部无法偷窥。按照现场保留的原则,房间基本还维持着案发时的样子。出入口紧闭,单向膜的过滤性能被调至最高。

光滑的地板上有警方标记过的痕迹,面对屏幕的方向有一个完整人形,在头部的位置还遗留着干涸的黑色血迹。

"就是这里。"潘蒂姆低声说,"梅洛姆议员就是倒在这里的。"

多尔米议员脸色发白，看着那块地方，呼吸急促。

潘蒂姆回到门口，靠着墙边向埃蕊人点点头。"开始吧，阁下，我们的时间不多。"

多尔米议员取出蓝色记忆方块，将它吸入手环状处理器。

处理器再次投射出一个蓝色全息屏，但不再是乱码和无法辨识的图像。它发出一道光线扫过整个房间，并同时不断地闪过一些亮点——加密暗码在自动解除。

当这道光线重新收回处理器里，多尔米议员的手环发出一阵轻微的震动，上面猛地跳出三个独立全息屏，一大两小，浮现在两人眼前。

潘蒂姆看到中间那个屏幕上密密麻麻地排列着许多文件，从名称分类来看正是梅洛姆议员随身处理器上的内容；左侧小屏幕上显示的，是储存在书房信息盒子里的大体积文件；右侧屏幕上的文件最少，只有寥寥三个，一个通信目录，一个删除文件，还有一个安保目录。

多尔米议员伸出手指在那些文件夹上滑动，挨个地浏览，同时将它们复制到自己的处理器上，而潘蒂姆则更多地注意到右侧屏幕上的那三个文件。

她走上前滑动通信目录，发现最后一个发往外部的联络命令的时间停留在下午三点，也就是通报的案发时间前五分钟。

她又打开删除文件，里面仅有一个联络命令，跟通信目录里那个相同。梅洛姆议员曾联系过一个人，但又终止了这次联络。潘蒂姆心中一动，打开联络命令的详细说明——对方很快出现，头像是微笑的蜜拉琪。

他在临死前有什么要告诉她的吗？但又是什么事情阻止了他呢？

埃蕊议员还在复制那些资料，他得赶在留守探员发现之前干完这

163

事儿。潘蒂姆看看他,又打开安保目录。

那里面内容驳杂,数量庞大,混合着各种东西:监测数据,录像和录音……似乎从这栋房子建起来以后就保留在信息存储器中。潘蒂姆按照时间顺序排列,找到了案发当日的现场记录。

她打开那个文件,调出书房这一部分的,但里面没有录像;她又看了看其他的记录——似乎因为隐藏秘密婚姻的缘故,住宅中的录像都被调整过,要么干脆删掉,要么视角都调整向角落,避开了人,只有房屋外面进出口有完整录像。

她点开它,把音量调至最低。

全息屏上呈现出一个角落,潘蒂姆辨认出这是书房座椅旁的位置,正对着投射屏幕的那面墙。

一阵细细的颤音响起,图像中有个男人走进来,姿势放松,但步子很重,看腿部就知道是一个埃萨克。他在沙发上坐下来,打开信息储存盒。

这个角度看不到屏幕,但是能听见一些操作的声音。不一会儿,一阵模拟音乐响起来,梅洛姆议员开始跟蜜拉琪通话。

每个埃萨克都很熟悉这位英雄的声音,他在议会的每次演说都能吸引大批观众。

现在他用亲昵的口吻和自己的妻子说话,但内容却是对她表示抱歉,可能要取消一次秘密约会,因为他发现了一些不好的事情。

"是关于拜赛忒教的事情。"他对蜜拉琪说,"我在看最新的一次联安局调查报告,你知道我发现了什么吗?"

蜜拉琪的声音传来:"我记得上次你说过,现在有些黑市生化人的违法交易和他们有关。"

"是的,而且他们不是联币交易,我怀疑有人窃取了新的微晶技术去装备生化人,利用了游离微晶收集的空子。我正在看一些文件

164

……"

蜜拉琪表示她会立刻回家，议员同意了。

议员继续操作面前的屏幕，潘蒂姆注意到他穿着靴子的脚在不停颤抖，似乎很紧张。对于经历过无数次凶险战斗的议员来说，这情形很不正常。

突然，画面之外响起一个声音，议员敏捷地跳起来，惊讶地说："你怎么在这里?!"

对方没有回答，室内安静了好一阵。"是你！原来是你……你竟然加入拜赛忒教！"议员似乎回过神来，诧异地叫起来。

"蜜拉琪，紫色草……"

房间随即响起"嘭"的一声闷响。议员话没说完就倒下了，镜头里看得见他匍匐的尸体，而另外一个人则跨过他的尸体摆弄着信息盒子。那个人摆弄了很久，呼吸急促，最后砰地砸了一下什么，走出门去。

潘蒂姆只看见一个白色长袍的边角。

她忽然感到全身发冷，慢慢地转过头，看到多尔米议员正微笑地注视着她，手腕上却慢慢伸出一根长刺。只要他按动圆环上的发射器，那根刺就会射进铁玫瑰的脖子。

"凶手……竟然……是你……"

潘蒂姆盯着埃蕊议员，难以置信。

但多尔米议员仍然微笑着，就像寻常一样彬彬有礼。"真的很抱歉，船长。"他轻声说，"没来得及阻止你看这个，我得尽快把这些文件全部带走，实在分不出手来。我这么做也是没有办法，梅洛姆死的时候系统自动锁定了，没有蜜拉琪的记忆体无法重新开启，我打赌连联安局都没看到这些东西呢。"

潘蒂姆身体僵硬，面无表情，但她脑子里迅速地将所有的细节串了一下，猜出了最关键的失误。

——梅洛姆议员临死前的话。

他最后留下的信息是"紫色草"，蜜拉琪以为那是一个指引，让她去向这个埃蕊求救——她怎么也不会想到杀害丈夫的人会是他们夫妻俩最亲密的埃蕊朋友。

"紫色草"不是求救的方向，而是凶手的信息。

潘蒂姆冷冷地看着多尔米议员将记忆卡上的所有信息都装进他的个人处理器中，抬头问道："梅洛姆议员发现你加入了拜赛忒教，所以你就杀了他？"

埃蕊议员依然微笑着。"哦，不，船长，我并不是因为暴露了身份。实际上，我并不是我，我只是'黑色星云'的一部分，但如果我被发现，会让更多的兄弟姐妹陷入麻烦。我爱梅洛姆，他和他的妻子都是我多年的朋友，可我更爱'黑色星云'，那是微晶文明最终的进化方向。"

潘蒂姆第一次在这个埃蕊海水一般清澈的眼睛里发现了一点点疯狂的痕迹。"黑色星云？"她冷笑道，"你们管自己叫这个？还是指那些女妖的同类？"

多尔米议员向她露出怜悯的表情。"你什么也不懂，船长，尽管你是位了不起的飞行员。这也难怪，你们埃萨克人没有微晶，永远无法理解那种渴望。瑟利滥用微晶，他们自私地将微晶变成工具和奴隶；而埃蕊缺少微晶的力量，沉溺在自己狭隘的生活中；埃萨克甚至排斥微晶，拒绝它。只有赛忒……它们代表了微晶文明的未来，它们才真正地跨越了个体，将微晶融合到整个种族的生命中。'黑色星云'必然会胜利！……"

埃蕊议员温文尔雅的面具终于破裂，他眼睛泛红，表情狰狞，让潘蒂姆从心底感到厌恶。

"好了,"她说,"我没兴趣听你们的教义。到底是梅洛姆议员发现了你的身份你就杀了他,还是他这里有你们更多的秘密?"

"你是说这个?"多尔米议员向连接他个人处理器和信息盒子的虚拟光带抬了抬下巴,"当然,他的确发现了一点点东西。"

NO.17 灾难之门（上）

潘蒂姆一动不动，因为她认得出多尔米议员指着自己的那根刺是什么。

埃蕊们曾不断改进捕猎大型海兽的工具，使之成为他们特有的便携式武器。这种武器不但发射速度极快，还可携带致命毒素或者分子机器人，更重要的是，它是纯机械的，不会产生任何热能反应，几乎无法被常规能量防护罩探知。

潘蒂姆决定保持镇定。她需要寻找机会，同时也需要知道得更多。

埃蕊议员也同样需要时间，由于是在不同种微晶设备之间传输，速度显得比平时还缓慢。

"梅洛姆是位很称职的政客，也许叫他政治家更合适。"多尔米议员用一种平静得近似于聊天的口气说，"要知道，我们大都不会认真去读每一个部门送来的工作通报，那工作量太大了，但他会。他打过仗，关注联安局的工作，甚至有兴趣加入调查，或者从旁协助。他揪住一个黑市生化人的案子，并且告诉我他觉得能够查到一些拜赛忒教的事情。我劝过他，别太疑神疑鬼，联盟内部明显有更多值得他操心的事，可他觉得不是这样……我能怎么办，船长？他是一位很杰出的埃萨克，也是一个很忠诚的朋友。"

"这么说你曾试着保护他？"潘蒂姆用嘲讽的口气问道。

多尔米议员居然真的点了点头。"他查到游离微晶收集部门遗失了一些未登记的存量，这些存量的信息在某次黑市生化人调查时突然冒了出来。他已经质询了收集部门的人，我知道他很快就会把那个关键的中间人找到。那家伙是个软骨头，为了自保会供出其他兄弟，但他又很重要，因为他可以大量提供我们需要的微晶，要再找到这样一个听话又好用的家伙可真的不容易。"

"所以你就决定除掉你最好的'朋友'？"她的重音落在最后一个词上。

多尔米议员保持着微笑。"你的想法仍然是现在普通生物的落后道德观。'黑色星云'中，没有一个生物体是特殊的，真正组成万物的是微晶！只有将个体观念摒弃，才能明白我们所做的事情多么有意义！"

"哈，好吧，那就让我继续停留在蒙昧中好了。反正在我看来，你就是为了掩盖犯罪事实，潜入这幢房子一举杀害了梅洛姆议员。他们夫妻信任你，所以你能够轻易地获得允许，你这个卑鄙的混蛋。"

"这里需要说明一下，在我原本的计划里，并不一定要除掉梅洛姆，我想删掉证据文件，或者给他一些误导性的消息。但我发现这太难了，他的夫人拥有很强的通信能力，而且对他的个人处理器进行过强化，如果我用外力篡改，这些资料会立刻传输到各种游离空间继续保存。我只能先解决他再将这些文件破坏掉。"

"你怎么知道杀死他就能破坏文件？"

"啊，这也得感谢梅洛姆夫人。"多尔米议员笑着说，"他们俩秘

169

密结婚的时候,我曾作为观礼人之一出席。我们聊得很好。她告诉我,为表感谢,她可以给我的信息储存器做一个跟她丈夫同样的保护装置,使其和使用者的脑波同步,一旦脑波停止,这些信息就会锁死,无法销毁,也无法读取,除非用特定的方法来重读。"

"让我猜一猜,"潘蒂姆说,"因为这个原因,你在杀死议员以后依旧没办法破坏这些文件,所以你想到了蜜拉琪?"

"这是件很巧合的事。梅洛姆夫妇因为要掩盖这段关系,会用一些对方才懂的特指词语来对话。他们邀请我观礼的时候,电子请柬上画的是一株'飞鱼草',那东西吃了以后会让埃蕊的汗液带有紫色,所以只有我对他们来说代表意向是'紫色的草'。梅洛姆的预警的确反倒有利于我……蜜拉琪很快进入了房子,我赶紧退出,但并没有走太远,我还想再等一会儿,看有没有机会利用她来解锁,但她很快就报了警,所以我只能请一些兄弟第一时间赶来。"

蜜拉琪说过她看到一群伪装的探员强行闯入房子,当即就聪明地逃走了。

"她收到丈夫留下的遗言,当然会联系我,我会成为她唯一的依靠,这就很简单了。"

"你居然没有让她在天穹城跟你联系,反而跑到门托罗星去,这是为什么?"

"她报警以后全城立刻进入戒备状态。探员们不只要找她,也跑来找我,这里实在太不安全。我得先让她离开天穹城,在别的地方套出她的话。"

潘蒂姆恍然大悟。"那么通缉她的事情你也有份?"

"这个我不能否认,联安局在查这件事的时候,我做了一些不诚实的证词。但这样可以让她下决心离开天穹城,到了外面,兄弟们行动起来也更方便。"

潘蒂姆恍然大悟为什么他们的行踪老是被那些黑市生化人探知，因为蜜拉琪一直在跟多尔米议员联系。她脑子里忽然闪过另一件事，却没有时间想透。

"这么说，我们在门托罗星外围向你发消息的时候，你就已经……"

"通知了我的兄弟们，是的，船长，就跟你想的一样。"

那是他们遭受的最后一波攻击。

"那我们之后被当成绑架犯通缉呢？"

"这个嘛……"多尔米议员面露歉意，"我的助手并不是'黑色星云'的崇拜者，她知道我和你们走后，就擅自报警了。"

"一个意外？哈！"潘蒂姆咬牙切齿，真他妈的见鬼了！

"蜜拉琪的死才是真的意外。"埃蕊接着说道，还发出了叹息，"我无意杀死她，至少在她来到门托罗星之前是这样。我更没有想到的是，你们居然能够履行承诺，将她的记忆体给我送来。"

"我们的信誉很好，这可是做生意的基本原则。"

潘蒂姆一本正经，但心里却暗骂自己运气真是差到了极点。她难得当一次有良心的黑道商人，却碰上这样的破事。

"这是种美德，船长。其实你和我们很像，这样才能做好该做的事。你很优秀，真难想象你居然是一个没有微晶的埃萨克，这不能不说是最大的遗憾。"

潘蒂姆看了眼多尔米议员连接信息存储器的光带，上头的进度条已经快要接近终点，她捏紧右手，金属外壳下有些东西开始发热，但她还不能动。

"那么，你要做的事情究竟是什么呢？"她继续跟多尔米议员说话，"拜赛忒教既然把赛忒女妖当成神，那就干脆离开联盟，让他们用蚀晶把你们同化就行了。"

171

"船长，这就是你们的落后之处。你为什么总把我们所追求的事业当做私人的狭隘理想呢？我说过，现在人们都没有明白，赛试是微晶文明的未来，但是先进的文明出现的时候必然被落后的文明抵制，我们所做的是加快文明的进程。欧菲亚联盟已经成了微晶文明发展的最大障碍，包括你们，这些没有微晶的物种。"

"那你们是要帮主子，哦，对不起，或者说是你们的神，来扫除障碍吗？把我们都干掉，让那些女妖吞并整个联盟？"

"也许会有一些人无法接受改变而死去，但更多的人会被蚀晶改造成更优秀的生物。总会有那一天的，船长，那时候你会看到完全和平的世界。没有人再会感觉到差异，也就没有了嫉妒、愤怒和无聊的争斗。那将会是一个完美的世界……"

潘蒂姆已经听不下去了。她盯着那个光带，还有不到一分钟就能读完了。潘蒂姆的右手越来越热，她知道关键时刻即将来临。

多尔米议员也收回他的注意力。他有些遗憾地摇头。"我很喜欢您，船长，也尊重您，但我不能让您活着走出这间房子。"

光带末端亮起来，多尔米议员抬起胳膊，一道蓝光闪过——

同一时刻，潘蒂姆猛地抬起右手，厚厚的钢甲挡住了袭击，毒针断成两截掉到地上。

多尔米议员满脸惊骇，怔怔地看着铁玫瑰的钢铁右手变成护甲，包裹在一条完整的手臂上，液体铁质正在覆盖她的半张脸，随着钢甲不断地变形和完善，三道巨大的白刃出现在她手臂上。

"微晶！"看到潘蒂姆的左眼变成白色，议员大叫，"这是微晶！为什么你身上会有微晶？你是埃萨克！"

"这个我们稍后再谈！"潘蒂姆冷笑，举手向着议员发射出五道蓝光。

埃蕊敏捷地避开，蓝光射在墙上，发出巨响。

好极了！潘蒂姆心想，小心翼翼这么大半天的，还是闹得惊天动地！

她没空去想外面的拉格耶和留守探员什么时候会闯进来，得先抓住眼前的凶手。

但多尔米议员比她想象的更加善战——或者说他之前伪装得太好。毒针已经无效，他迅速地掏出两个小小的圆核捏在掌心，他的两只手立刻被尖锐的刺覆盖起来，其中最长的几根迅速集成一束。他的脸上和背上同时也冒出许多硬刺，顿时整个人看起来怪异又凶恶。

埃蕊身体里的微晶不如瑟利那样充沛，功能也单一得多，所以他们无法像瑟利那样依靠微晶变化出高级武器。多尔米议员捏住的圆核，很有可能就是模仿蚀晶功能的一种触发工具。潘蒂姆知道欧菲亚行星有强大的探测蚀晶的系统，因此这东西不可能是真正的蚀晶。但是，虽然并非真正的蚀晶，却很可能具有一样致命的功效。

"好吧，那我就不客气了！"潘蒂姆右手的微晶武器不断向多尔米议员发射蓝光。屋子里的东西全被打烂，爆炸声惊动了外面的人，第一个撞开门的是拉格耶，他手里拿着一把枪，满脸震惊。

"玫瑰！"他瞪着变形后的多尔米议员和潘蒂姆。

"他就是凶手！"潘蒂姆来不及多说，大声叫道，"抓住他，否则麻烦就大了！"

拉格耶立刻向多尔米议员开枪。"已经够大了！"他说，"留守探员会立刻赶来！"

"离开这里！"

潘蒂姆一边喊，一边又射出死光，但那个浑身长刺的埃蕊弯腰躲过，光弹打在墙上，震碎了书房的所有窗户。

他们身后传来留守探员的声音，拉格耶一把拉住潘蒂姆。"快走，不然等下更难脱身！"

但一个瑟利探员已经赶到。他用装备的粒子武器向他们射击——这是一般探员的标准配置，可使对手瞬间失去意识，却不会致命。

拉格耶不愿跟同僚起正面冲突，但潘蒂姆却甩掉他的手。她的注意力仍然在多尔米议员身上，现在只有她知道这个埃蕊有多危险。

房间里传出的爆炸者也同样惊动了徘徊在警戒线外的报道者们。他们只愣了一秒，便纷纷抛下原本围住的克拉拉，潮水一般涌向那道炸开的窗口。原本留在外面的两个探员和悬浮的警示灯也一下子扑了回去。

潘蒂姆看到多尔米议员在墙角顿了一下，接着全身的刺突然收了回去。她知道他在打什么鬼主意，暗暗骂了句脏话，继续向他发射光弹。

这次多尔米议员并没有躲避，而是突然以一个奇怪的角度向着光弹侧过身体。

他的左腹部被光弹擦过，身体猛地向后摔出窗口，正好落在所有转播设备前。

完了！中了他的圈套。

"快看！"有人叫道。所有转播报道设备纷纷聚焦到书房中，潘蒂姆和拉格耶瞬时被抓入镜头。

"快走！"拉格耶再次吼道。

另外两个探员已经冲进房子，向着书房的方向增援。

潘蒂姆已经顾不上背后的报道仪器，她和拉格耶不得不回身抵挡留守探员的进攻。

而此刻，身在最外围的克拉拉已经完全懵了，她看着失控的人群，心急如焚。但很快，她便回过神，打开通信器，对特里普低声说："快，大个子，快来！玫瑰他们暴露了！"

的确，媒体上已经开始陆续报道这起突发事件。爆炸后的凶案现

· 174 · · · ·

场,受伤的埃蕊议员,还有正在交火的通缉犯和探员,这一切都仿佛巨石砸进水里,激起巨大的浪花。

与此同时,一级紧急信号已经发回联安局,就近的所有探员正飞快赶来。

如果潘蒂姆和拉格耶再耽误一分钟,他们就更难脱身了!

NO.18 灾难之门（中）

很多人第一次听到"铁玫瑰"的名字时，只知道她是一个女人，但当他们跟她做生意以后，就会觉得她并非一个纯粹的女人。她像男人那样思考，了解他们的心思，同时比他们更加果断、凶狠，甚至更加豪迈和勇敢。她游走在法律边缘，经历过多次追捕，虽然没有一次比现在更措手不及，但她并没有慌乱。

越是在危险的环境中，她似乎越是冷静。现在他们面临着被包围的险境，她对拉格耶清晰地分析道："亲爱的探员，你的同事很快就会赶来，得赶紧想办法逃。"

"我们很难冲破拦截！楼梯上有三个人，不能杀他们。"

"跳下去！克拉拉肯定已经通知了特里普，他会赶来接应！"

"但那样会砸到不要命的记者们，而且会彻底暴露在所有人面前。"

"这是更安全的一条路！"潘蒂姆叫道。拉格耶明白，伪装受伤的多尔米议员不可能在众目睽睽之下再变身，而那些手无寸铁的记者们更好对付，他们必须远离这栋房子，跟特里普碰头。

潘蒂姆用右手的光弹切掉半堵墙，拉格耶将它们推倒，砸向楼梯上的探员。然后他们飞速转身，从破口跳下。

下面的人发出惊呼，还有几个正拖着"受伤"的埃蕊往后退。

潘蒂姆顾不上那些悬浮在头顶的报道转播仪，也没去管警示灯发出的刺耳尖叫，只转头看了一眼多尔米议员。他正捂着左腹，"虚弱"地靠着一个埃蕊女性，眼睛直直地盯着潘蒂姆，就好像他身上所有的尖刺都融化在这目光中。

"我们会再见的！"潘蒂姆向他冷笑，然后推开人群飞快地冲出大门。

骚动已经引起附近人群的注意，埃蕊、瑟利和更多的埃萨克都在张望，好几个报道仪和警示灯更是紧紧地跟了上来。"真烦！"潘蒂姆回身一抬手，光弹准确地击毁了紧跟不舍的尾巴。

他们很快就看到站在街角的克拉拉，她正拼命向他们招手。

潘蒂姆冲过去。"还有三十秒！"拉格耶在旁边说，"按照联安局的效率，他们会在三十秒以后赶到！"

"特里普比他们快！"潘蒂姆毫不担心，拍了拍克拉拉的手，"谢谢你，宝贝，我就知道你靠得住。"

"可你居然顶着这副行头跑了五百米！"瑟利女性一副天崩地裂的表情。

行人们不敢靠拢，更多的警示灯从别处汇集过来，跟在它们后面的是紧急增援的联安局探员。

克拉拉紧张得脸色发白，就在她要忍不住大叫大嚷的时候，一阵低沉的轰鸣声传来，拉格耶银色的"流星-天籁"飞船出现在他们头顶，它低空悬停，反作用力冲击着地面上的人，不少围观者发出惊呼，连连后退。

悬浮梯从天而降，潘蒂姆他们迅速站上去。与此同时，他们看到

177

更多警示灯向这个方向加速接近。

"快来!"特里普向拉格耶喊道,"这船需要识别你的微晶,不然无法加速。"

瑟利探员立刻坐上主驾驶位,特里普退到副驾座。

飞船突然凌空而起,像流星一样划过这片区域,向边境疾驰。

"发生了什么事?"特里普终于腾出空向铁玫瑰询问,"克拉拉给我发出紧急信号,你们暴露了?多尔米议员在哪里?"

"更糟糕,我没撕碎了那混蛋真可惜!"潘蒂姆依旧保持着右半身的作战状态,她脸上的怒气连特里普也从未见过,克拉拉都有点儿被吓到了。

潘蒂姆简单说明了情况,然后联通留守在阿卡勒的勒古——他守着铁玫瑰号,还不知道这边的变故。潘蒂姆叮嘱他立刻发动飞船,随时待命。

"天啊……"克拉拉脸色泛白地坐在座位上,"凶手竟然是他!他骗了蜜拉琪,骗了我们所有人!"

"没错,很遗憾你对男人又看走了眼!"

"完蛋了!这次一个联币的后续款都收不到了!我第一次亏本亏成这样!"

"也许是的,但还没到最后关头呢!"潘蒂姆按着合伙人的手,"现在我要你做另外一件事,亲爱的,把你的处理器打开,看看那些媒体报道。现在我们肯定是主角,听听探员们打算怎么对付我们。"

克拉拉点点头,很快打开好几个悬浮屏,各种实时新闻充斥其上,现场窗口爆炸和多尔米议员掉出来的画面不断重播,还有关于潘蒂姆奇特外表的定格特写,真人记者们少见地出现在镜头前,口沫横飞地描述着他们看到的情形。

"快速巡逻队已经集结完毕,"克拉拉说,"看起来他们已经定位了咱们,正在全力追赶。"

"我们现在得离开天穹城。"潘蒂姆来到拉格耶身边,"去阿卡勒换乘铁玫瑰号,离开欧菲亚行星。而且我建议你跟我们走,哈克先生。"

"逃?玫瑰,这就是你的计划?"

"我一贯依靠这个方法保命,"潘蒂姆丝毫没有觉得丢人,"而且这次更需要。现在,不光是联安局会咬住我们不放,拜赛忒教也会想方设法除掉我们。"

"你就不相信我会让联安局查清楚真相?"

"你会那么做的,但现在没用!"潘蒂姆问道,"你知道那个卑鄙的议员给了他们什么样的证词,会伪造出什么样的证据吗?我们一点儿胜算都没有。他没被当场捉住,就意味着他有时间给我们泼脏水!哪怕我们现在就束手就擒,也无法给自己翻案,更无法还蜜拉琪清白,没有一个决定性的直接证据证明多尔米议员是凶手——他甚至都没有出现在现场录像中!"

"你对我没有信心,玫瑰!"

"不,我是一个赌徒,只是比你更了解游戏规则。"潘蒂姆低声说道,"听我的,拉格耶,我们必须先离开多尔米议员的势力范围,然后再想办法。现在唯一能让我觉得可靠的,只有天穹守护——如果他们能够加入调查!"

她等着他的反应,但拉格耶没有再说话,他手指上闪烁的微晶光斑,连接着虚拟控制屏,他狠狠地往下一按,"流星-天籁"就又一次提速,向着边境目标冲过去。

联安局发出一级警报,这意味着所有关卡都会严防死守,除了固定岗哨不能移动之外,所有的流动探员都会以追击他们作为第一任务。

"现在有八架警用飞船跟上来了,后面还跟着两架民用飞船,是两个频道的报道组。"克拉拉随时关注着各个频道和星际网络空间上的消息。

"他们不会开火。"拉格耶右手一划,分出一个全息屏幕给潘蒂姆和特里普,"这里是天穹城的主要区域,不能使用杀伤性武器,但是他们会发射干扰弹。"

果然,两艘最先接近"流星"的碟形警用飞船同时发射出两枚耀眼的干扰光弹——那玩意儿只要粘到飞船上,就能传导干扰波,让飞船瞬间失去动力。

但它们的弹道远比炸裂弹容易辨认,拉格耶冷静地晃动着手指,"流星"侧身避过。

"这只是开始。"特里普看着舷窗外说。他说得很对,很快又有两艘碟形飞船跟上,这次同时发射了四枚干扰弹。

"会越来越多的,如果你不想办法突破边界。"潘蒂姆说,"但即便我们离开天穹城,也有个问题:他们可能使用武器!"

"警用飞船无法跨越边界,它们要离开这里需要获得权限,否则只能在边界外一公里内飞行,我们得坚持到那个时候。"拉格耶降低高度,冲进一个建筑群。他灵巧地在各种高层建筑间穿行,最低的时候甚至从露天酒吧的顾客头顶掠过,引起一阵惊呼。他穿梭在公共飞行轨道和界线外的区域,像鸟一样上下翻飞,而跟上来的碟形飞船根本无法学样,有一艘撞到了尖塔上,更多的不得不减慢速度。

"干得好!"铁玫瑰称赞道,"什么时候能到边界?"

"最多十五分钟。"拉格耶全神贯注。

这时,铁玫瑰的通信器叫了起来,她一打开便听到勒古粗哑的声音。"船长,我已经待命,"勒古说,"我在天穹城边界等你们,我的坐标是……"

铁玫瑰将坐标输入处理器，很快得到了导航图。

"我们得转移到铁玫瑰号上去。"她说，"我的小猫咪跑起来机灵得多，甩掉他们不成问题。"

拉格耶一声不吭，快速冲出建筑群，向着不远处的边界急驰。高耸入云的建筑逐渐变少、消失。那些碟形飞船被远远地抛在后面，"流星"似乎暂时安全了。

"我们还有三分钟。"

"哦，混蛋！"直视着驾驶舱外的铁玫瑰忽然骂道。

在肉眼可见的距离内，多艘碟形飞船正在边界上空悬停。它们三个一组，在船与船之间连接出一层细密的光网，足有五组飞船在"流星"的前方，仿佛展开一张大网，等着将它包进来。光网如此之宽，几乎封锁了"流星"可能前进的每个方向。

"这是'稳定三角'，"拉格耶说，"是联安局抓捕的大型工具，三艘船联动。那个网是微晶干扰波，一旦被网进去，整艘船就会失去动力，同时我们会被电流麻痹。"

"那就别碰到它！"潘蒂姆急声说道，"看起来它们要包围我们。这种捕猎小组有什么弱点吗？"

"除了速度不快几乎没有，但是它们一旦形成包围圈，我们的速度也得慢下来，否则就很可能撞到网上……"

"打开天窗。"潘蒂姆说。

"什么？"拉格耶愣了一下。

"打开天窗，让我出去。"

她指的是飞船顶部的一个圆形出入口，那是一个紧急逃生口，在安全环境下也可以作为气孔使用。

拉格耶觉得她真是疯了，而特里普很明显有些紧张。他抓住潘蒂姆的左手，摇了摇头："别冒险……"

181

"我们已经在冒险了！"潘蒂姆向他一笑，被钢铁覆盖了半张脸也依旧透着妩媚。她转头催促："快一点，探员，咱们现在是一伙儿的，对我有点信心好吗？"

拉格耶脸色阴沉地打开天窗，潘蒂姆灵巧地爬上去，伸出半身。

即便"流星"的速度已经降下来，大风依然将她红铜色的头发吹得向后飘扬，如同燃烧的火。她抬起右手，右眼渐渐被蓝色覆盖——

正前方，光网的中心连接点清楚地呈现在她眼前，她用食指瞄准一个连接点，发出一枚小型的光弹，远处的光网顿时爆出一簇金色火花，显露出巨大的空洞。铁玫瑰见机又连发几枚光弹，直指光网的关键连接点。虽然拦截飞船们及时地闪避开一些，但潘蒂姆敏捷的反应和精准的枪法还是让百分之九十的光弹都击中了目标，除了最边缘的两个光网还算完整，其余的全都破破烂烂，已经很难形成包围之势。

"冲过去，拉格耶！"潘蒂姆一边说，一边返回到驾驶舱。

这是千钧一发的时刻，趁着新的光网还未建立，他们可以冲出边界。

拉格耶完全明白这一点，他推动指尖，"流星"响起一阵低沉的轰鸣，加速朝着碟形飞船网阵撞过去。他势如破竹，前方的碟形飞船无一敢硬碰硬，纷纷散开。几分钟后，"流星"穿越了天穹城的边界，向着勒古给的坐标全速前进。

"他们暂时不会追上来了。"拉格耶喘口气，"但现在的问题是，天穹城那边很快就会把通缉信息传遍欧菲亚行星的每个都市，我们会很快陷入包围圈；驻星舰队也会封锁环形轨道——最重要的是，我们没有塔台指挥，根本无法穿越钢铁经线。"

机舱里陷入沉寂。的确，拉格耶说出了最困难的部分。要想逃走，所有的拦截都比不上钢铁经线，它们隔绝了外部的不速之客，同时也是一层无缝的屏障，让里面的人无法轻易逃离。

"我们先跟勒古接头,"铁玫瑰打破沉寂,"已经没时间停下来做什么计划了!"

由于联安局的碟形飞船被远远地甩在了后面,在新的围捕开始前,他们有一段短暂的安全时间。拉格耶很快就赶到了勒古发送的坐标,那是阿卡勒附近的一个戈壁滩。这里因为坚硬的含金属质岩石很难开发,风沙也很大,所以一直人烟稀少。勒古通过加载这附近的地形模拟图选择了一个非常棒的隐藏地点。

"流星-天籁"降落在铁玫瑰号旁边,潘蒂姆刚走下飞船就看到勒古和一个高挑的埃蕊拿枪互指着,满脸戒备。他瞥了他们一眼,大声喊道:"船长,快,干掉他!"

潘蒂姆目瞪口呆,她大吼道:"见鬼的,这是怎么回事?"

"这个人想劫持我们的飞船!"勒古叫道,"快干掉他!"

"不对!"那个被指控的劫匪反驳道,"我是要改造她,让她脱胎换骨!"

潘蒂姆看向那个埃蕊——那是一个戴着风帽和防风眼镜的男人,虽然跟平常的埃蕊比起来身高差不多,却特别瘦,皮肤也很黑,背后背着一个硕大的包,手里端着一支改装粒子枪。

她的右手泛出蓝光,向那个人走过去。"你是谁,想干什么?"

"你是船长吗?"那人没有回答她的问题,反而激动起来,"船长?哦,一个埃萨克女人,真了不起,你的船能达到七百倍光速!"

潘蒂姆一脸疑惑,她微微抬起右手,让微晶力量在指尖聚集。"你怎么知道的?说出你的名字,混蛋,不然我让你变成这沙漠爬虫的食物。"

拉格耶和特里普相继下了飞船,见势迅速向这边跑过来,掏出武器,站在潘蒂姆的两侧。

那人似乎犹豫了一下,竟放下了枪,缓缓地摘下风帽和护目镜,露出一张半人半机械的脸：

他和潘蒂姆这辈子见过的埃蕊都不一样。他的头上和下巴都光秃秃的，但从左眼到左耳的一大部分都是用特殊金属锻造的，还有一些暴露的管线，眼球的位置是一个圆形的感光设备。崇尚自然的埃蕊人从不会这么做。在他的鼻梁上，还有一道深红色的伤口，十分显眼。

特里普发出一声惊呼："安洛瑞·里卡德里！竟然是你！"

那个人愣了一下，盯着特里普看了看，忽然爆发出一阵大笑。"哦，特瑞，竟然是你！"

潘蒂姆诧异地看着特里普。"我的天啊，难道这里竟然有你的老朋友！"

特里普来不及跟她细说，收起武器，向那个人跑过去。"安洛瑞，你竟然在这里，多年不见了！告诉我，你怎么会找到我们？"

"哦哦，不，不是我找到你们，是我找到了她。"那个怪人看向铁玫瑰号，眼神中充满迷恋，就好像看着自己的梦中情人，让潘蒂姆非常不舒服。

"我们现在没时间叙旧！"她对那人说，"既然你不是我们的敌人，就让开吧，先生，也许跟特里普聊天得换个时间。"

"这是你的船？"他转向潘蒂姆，同时看着特里普，忽然又笑道，"哦，改装她的一定是你吧，特瑞，只有你能做到！"

特里普对潘蒂姆说："还记得我给你说过的朋友吗，玫瑰？一个机械制作天才，他曾经尝试过把千倍光速技术移植到小型飞船上。"

"尝试？不，不，我的朋友！我成功了！"那个人说，"你知道吗？我在两年前就已经把关键技术点攻克了，只是缺少一艘可以实践的飞船！我寻遍了整个欧菲亚联盟，直到发现她……"

他指着铁玫瑰号。"我一看见她就知道她是我要找的飞船，只要一眼，一眼。"他敲了敲自己的机械眼眶："这机械能帮我扫描所有的飞船,比任何微晶都准确。我知道她们的身体和器官,我可以评价她们有多迷人。可是你的飞船,船长,她无与伦比!"

那口气简直是在膜拜女神。

"我知道!"潘蒂姆没好气地说,"你想对她做什么?"

这个怪人一把抓住潘蒂姆的手,热切地说:"让我改装你的飞船吧,我可以让她达到千倍航速!她会成为这个世界上最快的飞船!"

潘蒂姆瞪着他,像看一个疯子。"不!"她抽出手,"谢谢,里卡德里先生,虽然你是特里普的朋友,但我还是没法答应你,我们现在很忙,忙得你大概无法想象。"

"你们正在被追捕!"那人点了点自己的义眼,"它还能接收并筛选所有重要的公众信息。相信我,要逃命的话,没有什么比一艘快船更管用了!让我改造您的飞船吧,船长,你如果是一个真正的船长,难道对千倍光速不动心吗?"

潘蒂姆笑起来。"当然,如果是平时我可以让你试试,但现在,你已经知道,我们在逃命。"

她拍拍这个人的肩膀,不想再多说,转身就要上船。但安洛瑞·里卡德里一把抓住她的手腕,用力地将她拉住,恳求道:"你需要我,船长,我可以帮你的大忙。千倍光速啊,谁也不能追上你!"

潘蒂姆皱起眉头。"嘿,先生,别说我不相信你的说辞,就算你有千倍光速又如何?在行星大气层内根本无法进行超光速飞行,你是知道这一点的。"

安洛瑞紧紧地攥着她,压低声音,慢慢地说:"不,完全可以,就在你即将离开天穹城的时候,千倍光速可以帮助你穿过钢铁经线。"

潘蒂姆站住了,她转过头来,直直地盯着那个怪人。

拉格耶看着潘蒂姆的表情,心中掠过一阵阴影,他提醒道:"嘿,你不会真相信他说的吧,玫瑰?"

潘蒂姆做了个手势，示意拉格耶闭嘴，安洛瑞·里卡德里立刻接着说道："知道我为什么会找到你的船吗？我为了寻找最适合改装的宝贝儿，见识过成千上万的飞船。后来我发现真正符合我要求的并不是那些尖端、精密、富丽堂皇的，而是能够在严密的飞行监控之外穿行的。我监视着所有非正常进入天穹城的船，然后找到它们，近距离扫描。船长，你的飞船有异常坚固的外壳，配重异乎寻常地合理，而且它的动力舱显然经过一次接近极限的升级。这是特瑞给你做的，对吗？他是个了不起的机械师。"

潘蒂姆点点头。"当然，他一直很了不起。"

"可是我会更了不起的，"安洛瑞·里卡德里骄傲地昂起下巴，"就算是特瑞也不得不承认这一点。"

被点名的特里普耸耸肩。"这话倒没错。可是，安洛瑞，就算我相信你能够突破千倍光速小型化的技术点，可要改装她也不是现在，我们根本没时间等待。"

"我要求的只是一场实验！"这位古怪的天才挥舞着拳头，取下背包，从里面拿出一个黑沉沉的金属盒子。他把盒子打开，又取出一个只有拳头大小的东西——

那是一个缓缓旋转的球体，散发着蓝莹莹的光芒，但无法分辨它的材质，它似乎有实体，但又像是个能量体。

所有人都露出戒备的眼神，但那个男人却仿佛没有感觉到一样，痴迷地看着它，并且伸出手向特里普展示。"你说得对，特瑞，"他捧着那个球体，仿佛捧着一个婴儿，"改装需要一会儿，但这艘船起码承受得起一次千倍光速实验。给我一个机会，你们只要体验过，就知道有多么奇妙。那时候你们会同意我来改装她的。"

拉格耶终于忍不住开口："你是说你所谓的技术并没有经过任何实验，需要我们来当你的实验品？"

那人脸上的表情仿佛在说"这是你们的无上光荣"。

"哦，我的天啊。"拉格耶按住额头，对潘蒂姆说，"我们真的没有时间浪费在这上头，玫瑰，我们得立刻想办法离开天穹城。"

那怪人几乎立刻叫起来："办法就在这里，船长，你问问特瑞，让他告诉你我是谁。我是安洛瑞·里卡德里，这个世界上最伟大的机械师！"

潘蒂姆看着他手里的球体，又抬头看了看天空中不断运行着的钢铁经线，问特里普："你说如果真的达到千倍光速，我们可以在加速的那一瞬间穿越钢铁经线吗？"

"理论上是可以的，"特里普说，"毕竟那一瞬间的启动速度绝对可以穿过经线缝隙。"

潘蒂姆低下头，接着慢慢地看向每个人，包括不远处的克拉拉和勒古。她向自己的搭档问道："你相信我吗，克拉拉？"

瑟利女人笑着耸耸肩。"不然我为什么会站在这里？"

"你呢，我的小扳手？"

"我服从您的一切指令，船长。"

潘蒂姆笑起来。"我真是爱死你们了。"她又转头向特里普说："我相信你，亲爱的朋友，所以你告诉我你是否相信这个人。"

埃萨克人注视着潘蒂姆。"我无法替他保证会成功，但在我所知道的他的作品中，还没有失败的。我也认识你很久了，玫瑰，那时候你还是个小女孩儿，正在跟一个小混混打架——因为那混蛋妄图抢你的涡轮零件。你不像我，你没有上过战场，但我看得出你是个战士，天生的战士。只要活着就得战斗，对赛忒如此，对命运也如此。没有任何一天日子是需要妥协的。你的心中已经有了选择，你从来不怕冒险，你所顾虑的只是我们。我可以告诉你，完全不需要这样。我们的生命没有瑟利那么长，我们的人生就是一场短暂的冒险，为什么不让它更加刺激一点?"

潘蒂姆愣了一下,随即扑上去,抱住特里普狠狠地吻了一口。

"干吧,里卡德里先生,"她转头对那不速之客说道,"可我们的时间真的不多。"

安洛瑞·里卡德里已经感动得快要流下眼泪。"给我半个小时!"他一边嚷嚷,一边把背包里的工具掏出来。没人见过这些工具,就算是常年手上沾着机油的特里普,也只能大概猜出那些玩意儿是干什么的。

"我来帮你!"他对安洛瑞说,然后给铁玫瑰递了个眼色,跟着陷入狂喜的老朋友钻进铁玫瑰号的动力舱。

潘蒂姆来到驾驶室,拉格耶紧跟其后,他怒气冲冲地说:"太疯狂了,不知道哪里钻出来的陌生人要求对你的船动手脚,你居然答应了!你什么时候变得这么没有理智了,玫瑰?"

潘蒂姆头也不回地将飞船的每一项监测数据调出来,同时对紧随其后的勒古说:"干得不错,小扳手,我不在的这段时间你把小猫咪保护得很好!"

勒古咧咧嘴。拉格耶的脸色更加阴沉,他抢在勒古前坐到副驾上,直视着潘蒂姆说:"别回避,玫瑰,现在我们处于什么情况你知道吗?你没机会任性。"

"任性?"潘蒂姆冲他笑起来,向克拉拉挥挥手,"告诉他,克拉拉,我这辈子一直在任性。"

克拉拉波澜不惊地在自己的位置坐下,扣好安全带。"别劝说她,警官,这是我给你的最好建议。"

"你们都不知道现在面临着什么。"拉格耶急促地说,打开手臂上的终端,"我们的信息已经传遍这个星球的所有角落,各方警力都会在第一时间配合抓捕。驻星舰队的安全分队正在布置封锁线,我们身处在天罗地网中，现在走或许还有点机会，但半个小时后什么都来不及了。"

潘蒂姆把动力舱的图像切到眼前，转给拉格耶，平静地说："看，警官，我的特里普正和他的朋友一起给小猫咪磨爪子。我一点儿也不着急，等她的爪子够锋利，我就能切开钢铁经线。"

拉格耶摇头。"不，玫瑰，现在不是飞船的问题，你真的认为改造一下小飞船就可以闯过经线吗？"

潘蒂姆思考片刻。"我想我是这个意思，探员。"

"太疯狂了！没有人能闯过那一关。这是一场硬仗，几乎没有胜算。你真的太高估自己了，玫瑰！"

"不，我没有，"铁玫瑰笑着说，"我对自己的勇气认识很准确，也知道自己能做到什么，我每一次的决定都来自于之前的所有经验，可我必须往前看，我们都是被命运推着一次又一次走得更远。看看特里普，警官，他是我信心的来源之一，包括你背后的小扳手和克拉拉，他们坐在我的船上，我怎么会高估自己？你也可以变成我理智的一部分，或者你离开，不必承担后果。可你会吗？"

拉格耶脸色凝重，他盯着动力舱的画面：特里普和他的朋友还在埋头工作。拉格耶只能苦笑，起身把位置还给勒古，在克拉拉旁边的位置坐下来。

瑟利女人冲他俏皮地皱皱鼻子。"瞧，那妞儿倔强得跟石头一样，只有别人被她说服的，你对她无可奈何。"

"你们真觉得她能行？"

瑟利女人笑起来。"我在这生意上投了巨资，最开始的飞船购入费用可有我的股份，所有的客户也是我接的。目前为止，虽然偶尔会有一些小的亏损，但玫瑰还没有让我失望过。我管不了你，探员，我得守着我的投资。"

拉格耶沉默片刻，转身按动腰带上的按钮，透过窗户看着自己的飞船——"流星-天籁"的表面立刻浮起一层环境色的保护罩，将整个飞船包起来。

希望他有机会取回它。

NO.19 灾难之门（下）

　　时间一分一秒地过去，这几乎是拉格耶生命中最漫长的半个小时。除了关注警务信息，就只能打量这艘"宿敌"的内室。

　　铁玫瑰号如同它的主人一样，柔情却不失刚毅，简约而不简单。即便舱壁上有着和外壳一样的玫瑰图案，更多的地方却裸露着钢铁的底色，没有任何累赘的护板或柔软的涂层，但又绝非一般黑市运输船一样混乱、肮脏。舱内所有东西都整肃、规矩地放在该在的位置，特别是驾驶室的操作台前，除了船长和副驾驶的位置，并没有给其他人设计多余的座位。

　　现在，潘蒂姆正坐在属于她的位置上。尽管右半身的武器还没有完全收回去，但她仍然像以前一样按住了控制球。她露出指尖的皮肤，没有再隔着一层铁皮触摸飞船心脏。

　　仿佛过了一万年，特里普终于回到驾驶舱，对铁玫瑰竖起大拇指。

　　"完成了，现在只要推进到最高速，就会自然跳转至千倍光速！"他欣喜地说，"安洛瑞没有让我失望，玫瑰，他搞出的那玩意儿让整个动力舱功率翻倍，但那是一次性的，看起来是专门用来实验的。真是太神奇了，如果不是赶着出发，我真想给你仔细说说他的原理——那家伙一边动手一边不停地说着自己的发明。"

"做了好菜终于能给人吃了，画了画作终于能展出了，我完全懂他的心情。"潘蒂姆说，"他现在在哪儿？"

"我把他绑在底舱呢！"埃萨克人突然狡黠地一笑，"既然要让我们冒险，那他也得冒险。"

铁玫瑰大笑起来。"干得好，宝贝。来吧，探员先生，还有亲爱的特里普，请你们到左右两边去好吗，我得让小猫咪出发了。希望她的爪子足够锋利。"

潘蒂姆解开锁，驾驶舱后方的两侧钢壁板缓缓降下来。它先伸出一个T形的操作杆，接着翻出一个小型屏幕，上面显示出飞船两侧的外部景象。

拉格耶握住操作杆，有些吃惊。"这是电浆炮？"

"是的，特里普给我搞到的好东西，我一般不用它。"潘蒂姆咯咯地笑道。

"是从以前的埃萨克军队淘汰的武器中找到的，但我做了一点改进。"特里普说，"在大气层里它发射电浆包裹，到宇宙空间里可以转换为纯离子束，这样能量损耗会减少很多。"

"等等，"拉格耶严肃地说，"你知道在欧菲亚行星中对联安局动武意味着什么吗？他们会要求天穹守护出动的。"

"谁说我要用它们对付你的同事了？"潘蒂姆冷笑道，"别傻了，你以为只有探员们会来追捕我们？"

拉格耶脸色一沉。"多尔米议员……"

"我们知道他的秘密，先生，我打赌他也会乐于亲手扭断我们的脖子。"

拉格耶没再开口，铁玫瑰又转向克拉拉。"把客舱屏幕校准到机尾，亲爱的，我希望你的眼睛够用。除了那些傻兮兮的报道外，你现在还得多帮我注意一下身后。"

"当然，除了我还有谁能胜任？"

"非常好。"潘蒂姆转头对勒古说，"我们出发，往上爬升，一直接近钢铁经线。"

铁玫瑰号发出嗡嗡的声音，像离弦之箭一般冲出去。

他们不断上升，进入高空。

在白色的云雾中，他们隐约能看到巨大的黑影在不断移动。

与此同时，主控台的屏幕上响起警报。

"来了，速度很快呀！"潘蒂姆盯着移动的红点儿，"有五个，应该是最近的联安局小队。"

这五艘矛形飞船向着铁玫瑰疾驰而来，同时发射出干扰弹。这种炮弹和碟形飞船的干扰弹不同——它们不光发出干扰波，也能够击穿飞船外壳。

跟天穹城内的碟形飞船相比，这些飞船的速度要稍微慢一点，但是它们少了一些必要条款规范，不再束手束脚，反而更难对付。

尽管如此，对于潘蒂姆来说，这仍然不算什么威胁。她操作着铁玫瑰号翻转、回旋，轻松甩开了那些干扰弹，同时也将那五艘飞船引得乱转。

"它们构不成威胁，但会拖延我们的时间，你得甩掉它们！"特里普说道。

"没错，我正打算这么干！"铁玫瑰开始加速，想要脱离这片区域。但一艘矛形飞船似乎看出她的意图，不顾一切地想要拦截。

"真是个小可爱，"潘蒂姆笑起来，"但你挡不住我。"

她看着那艘飞船渐渐靠近，距离不断地缩小。它画出一个弧度，

193

似乎想要冒险从侧面撞击，但就在这时，它忽然爆炸，发出刺眼的白光。

潘蒂姆大叫起来："见鬼，先生们，我没叫你们开火！"

"我们没有！"拉格耶回答，"是其他人干的！"

他话音未落，克拉拉也叫道："黑色飞船，三艘！它们速度很快，已经赶上来了！"

潘蒂姆调出克拉拉的同步画面，清楚地看到那三艘飞船正追上来。

潘蒂姆不是第一次见到它们的模样。

"拜赛忒教！来得可真快……"潘蒂姆抱怨道。

拜赛忒教的飞船性能超过矛形警用船，而且它们毫无顾忌地使用炸裂弹，轻松就干掉了联安局的人。接着，它们对铁玫瑰号形成了一个三角形的围捕阵势。

潘蒂姆冷笑一声，猛然把控制球翻转一周，整个飞船垂直向上，像要冲着钢铁经线撞上去般地加速。

"玫瑰，这也太快了！"

拉格耶吃惊地看她。

即使飞船的自有重力让他们不会感到难受，但这样的操作还是让人惊骇。

潘蒂姆仿佛没有听见，她纹丝不动地盯着屏幕。

图像发生了一阵扭曲，接着多尔米议员的脸出现在上面，他的额头挂着伤，眼神阴郁，似乎正坐在狭窄的驾驶舱中。

"船长，"他说，"很抱歉切入你的通信，但我必须告诉你，你现在已经无路可逃了。"

多尔米议员顿了一下，但他没有等到潘蒂姆的回应，于是继续说道："没人会相信你。记忆方块读取完毕后，我就销毁了它；所有的资料我都已经带走，原始的信息储存器则成了碎片。一个没有证据的嫌疑犯，该怎么说服别人相信她的话？"

"说得也是，那我对你似乎没什么威胁了，阁下。"潘蒂姆冲着屏幕微笑，"既然如此，你为什么仍然迫不及待地要干掉我呢？甚至不惜亲自出马。"

多尔米议员的脸色更加阴沉了。

"你的把柄在我手里，混蛋！我总有办法搞掉你和你那些恶心的同盟。"潘蒂姆低声说，"等着吧，这才开始！"

议员绷紧的面具再次破裂，他恶狠狠地捶了下屏幕，喘着粗气。"那你最好快点儿，贱人，我怕你没有时间。"

他退出了通信。

三架黑色飞船开始进攻，威力巨大的炸裂弹旋转着快速接近铁玫瑰。

"开火，先生们，就现在！"

潘蒂姆的命令立即得到执行，拉格耶和特里普向后面的追击者轰出电浆包裹，它们组成的阵形因为闪避动作被破坏，炸弹也因此失去了准头。

"你真要撞上去吗？"拉格耶一边握着操纵杆，一边大叫，"我们马上就要进入钢铁经线的禁飞区了！现在的速度无法穿越！"

所谓禁飞区，就是指钢铁经线活动最密集的区域，一般飞行器是不允许进入那个高度的，如果误入，很可能被直接粉碎，以前也不是没有这样的惨剧。

但潘蒂姆没有回话，她死死地盯着前面，似乎已经忘记了一切。

意想不到的是，三艘黑色飞船竟然也像她一样疯狂。它们紧跟不舍，甚至还在不断加速，其中一架几乎就要追上来——

爬升高度的数字不断跳动增加，就在接近红色警戒线的时候，潘蒂姆突然转动控制球，铁玫瑰号立刻以一个漂亮的角度向左折回，几乎飞出一个直角，贴着禁飞区的边缘滑了过去。

紧跟上来的黑色飞船却没有这么敏捷的反应，尽管它减速转弯，却依然冲入了禁飞区。等不到它掉头，蓝色的除垢光线已然在云层中闪烁，巨大的经线劈开云层陡然出现，黑色飞船根本来不及反应，一下子撞在上面，爆出金色的火花。但这火花盛开在钢铁经线上，也不过如同碎石在湖面溅起的浪花。

勒古在潘蒂姆身边兴奋地喊大叫："你这一手太帅了，船长，简直神了！"他苍白的脸在这一刻因激动而发红，光线下甚至还有些泛黑，呈现出一种诡异的颜色，他的表情也似乎跟之前那内向腼腆的模样有些区别。

"可惜只能用一次。"潘蒂姆笑道，"后面的就不会再上钩了。"

她说的是实情，在那艘船撞碎以后，另外两艘的速度明显降下来。

"巡逻队又来了。"克拉拉提醒道，"这次有十艘，哦，不止，应该是十二艘，它们好像在组队。"

它们肯定会听从指挥的，前面那五艘飞船被击毁已经给联安局传回了"危险"的信号，它甚至会将这笔账记在铁玫瑰的头上。

但潘蒂姆现在没心情担心这个，电浆包裹继续瞄准剩下的两艘黑色飞船，其中一艘的攻击性明显更强，它继续朝着铁玫瑰靠近开火，另一艘保持着安全距离。

"我觉得有一艘船是生化人在操作，而那个埃蕊混蛋躲在另外一艘上。"潘蒂姆说，"他不会暴露在联安局面前，但我们可以拖住他。"

"那么也拖住了你自己。"特里普提醒，"这是双重冒险！"

"我喜欢，你也是！"铁玫瑰大笑起来。拉格耶不住地摇头。

现在，铁玫瑰号减少了进攻，改为防御，似乎在宣布弹药告急。

但它仍完美地躲开了每一枚炸裂弹——每当要被击中时，都会突然以怪异姿态改变方向，如同一条滑溜溜的鱼。

时间一点点过去，追击者变得越来越焦躁。这时，远处出现了一片密密麻麻的巡逻飞船群，那是联安局的巡逻队，包括矛形飞船和一些碟形飞船，在它们更远处，依稀能看到无人驾驶的转播仪。

"现在好了，"潘蒂姆说，"我们终于等到了这一刻，至少让所有人都看看拜赛忒教离自己有多近。先生们，我需要你们把这两艘船击落，别毁得太彻底，得留点证据。"

特里普将电浆包裹转为离子束。"在大气层里的能量损失刚好能击伤它们，但不会造成致命伤。"

"我会给你们一个最好的射击角度。"

潘蒂姆这样保证着，同时调转飞船，向两艘黑船冲过去。它翻转，躲避，那些炸裂弹像焰火一样在身边爆炸。它和黑船的距离不断缩小，而对方似乎也打算最后一搏，从两侧形成夹角，猛冲而来。

就在它们几乎要迎面撞上的时候，特里普和拉格耶同时开火，离子束带着白光射向两艘黑船，它们的腹部和侧翼爆出火花，同时失去动力，像石头一样往下坠。

"对不起，议员大人，希望你真的不在这船上！"潘蒂姆笑着，看见几个无人转播仪像猎狗一样跟着下坠的飞船追去。

但这成就感并没有保持太久，勒古在旁边说道："船长，我们又有麻烦了。"

果然，由于铁玫瑰号击落了那两架飞船，逐渐接近的联安局巡逻船立刻提高了警戒级别，除了两艘向黑船坠落的方向赶去外，其他的都散在周围形成一个巨大的包围圈。

"他们会开火的。"拉格耶紧紧地握着控制杆，看着驾驶台屏幕，"虽然你没有反抗，但刚才的事提高了我们的威胁等级，他们有权使

197

用常规武器。他们很快会对我们进行拉网式拦截。"

"哦，那也没法网住我。"潘蒂姆对拉格耶说，"你想离开这艘船吗，探员？如果你打算回到你的同事那边去，我可以把救生舱让给你，你只需要告诉他们我胁迫了你就行。"

拉格耶皱起眉头。"你这是种侮辱，玫瑰。"

"哇哦，"潘蒂姆举起左手，"我忘了你特别好面子，探员，这的确事关你的荣誉。但如果你跟我走，它恐怕也会蒙上一层灰。"

"荣誉不是一件外衣，小姐，它不是让我时刻亮出来给人看的。我知道我是谁，这就够了。"

"好吧，我更喜欢你了，先生，如果你能再次窃取到离我们最近的能量盾的开放坐标，我保证以后不再说你的坏话。"

拉格耶笑起来。"这保证我可一点儿也不奢望，但我希望你知道这要求对我意味着什么，小姐。"

潘蒂姆严肃起来。"荣誉，探员，我知道这有损你的荣誉。所以，你可以拒绝。"

"这就够了。"拉格耶点点头，接入官方线路。

潘蒂姆转向特里普和克拉拉。"我要来真格的了，诸位，你们还愿意当我的乘客吗？"

特里普微笑着看她，点了点头，而克拉拉——她手忙脚乱地把自己固定得死死的，催促道："别磨蹭了，玫瑰，我不想等下被电流击昏。"

潘蒂姆大笑。"谢谢捧场，我保证你们终生难忘。准备好了吗，小扳手？"

勒古使劲向他的船长点头。他的脸再次因激动而发红，眉头紧皱，目光有神，浑身散发出一种从未有过的肃杀之气，这让拉格耶突然想到一个极为少见的种族——飒因！

潘蒂姆竟然将这危险的种族也收在了麾下！这让拉格耶再一次领略了她胆大妄为的劲头，也开始感觉或许他将经历一次从未有过的震撼！

屏幕上，联安局的飞船开始缩小包围圈。它们的枪管正在预热，不久，一部分飞船会先发射干扰弹，另一些则会射出粒子炮，而当目标飞船失去动力和抵抗能力并开始下落以后，它们会发射光网，将之俘获。

但潘蒂姆不会让这种事发生的。

第一颗干扰弹发出的同时，铁玫瑰号再次垂直爬升，它的速度如此之快，让所有探员措手不及。干扰弹全部扑了个空，但后续的粒子炮依然紧紧咬住铁玫瑰。

探员们一开始并不明白目标的意图，只好临时变换队形追上去，但越是接近禁飞区，那艘钢铁玫瑰的速度就越快。

克拉拉的直播屏幕上传来一阵女人的惊叫声——

"嫌疑犯冲向了禁飞区！他们是要闯出钢铁经线吗？不可能，不可能！天啊，那太疯狂了！他们会被绞碎，会被绞得粉碎！"

禁飞区就在眼前，联安局的飞船不得不减速，悬停在最外围，想必他们从未见过如此疯狂的嫌疑犯，为逃脱追捕，在没有塔台导航的情况下妄图闯出钢铁经线——欧菲亚最坚固的防线。

几乎整个行星的人，甚至其他星球上正在看新闻的人，都停下手上的活儿，眼睁睁地看着那艘铁灰色的小型飞船以极快的速度闯入禁飞区。

巨大的、被蓝色微光所包裹的钢铁经线不断地随机移动、交汇、分离，它们身躯庞大且速度极快，能轻易碾碎任何东西。

人们看着那个小点儿躲过一条划过的经线，接着被两条钢铁经线所掩盖，再没一点痕迹，都不由得发出叹息——这结果似乎在大家意料之中。突然,尽管只有短短一瞬,但每个人都清楚地看到它尾部的蓝色燃料光,它穿过了交叉经线,抵达天的顶部。

"它穿过了钢铁经线!"

"看啊,真难以置信!"

"它是在找死!"更多的人预言,"即使穿过了钢铁经线,也没法通过能量盾,它会撞个粉碎的!等着看吧……"

但这判定并没有出现。在所有人的瞩目中,那艘铁灰色飞船尾部的蓝色燃料光,在钢铁经线与能量盾中间的空隙中突然爆亮,燃出白色的轨迹,如箭痕般穿出能量盾,直刺太空,而后,几乎在亮度最高的一刹那彻底消失了。

世界仿佛静止,所有人都瞪目结舌,活像一个个石像。

过了一阵,欢呼和惊讶开始爆发,这一瞬间的影像接连不断地出现在各个频道和无数的个人处理终端上。"有史以来第一次有人接连闯过钢铁经线,穿过能量盾!"的消息迅速在全世界扩散。

与此同时,在边境行星谷地的"三朵玫瑰"酒吧里,人们看着全息屏幕上的转播激动地大叫,议论纷纷。一时间几乎所有的人都在咋舌这奇迹!

"它会成为一个传奇,"一个酒保擦拭着他的杯子,同时眯着眼看全息屏,"当然,她本来就是一个传奇。"

此时此刻,那位传奇已经彻底离开了欧菲亚行星的大气层,进入了黑色的无边宇宙。

潘蒂姆从来没有飞得如此惊险,但她知道自己做了什么。当她看到驾驶舱外的白雾渐渐稀薄,闪烁着无数星光的黑色幕布出现在眼前时,她知道铁玫瑰号的速度已经降下来了,自己又回到熟悉的舞台。

她发现自己的两只手满是汗水。

"先生们,"她转过头,看着目瞪口呆的人,"诸位,千倍光速已经消失，我们闯过来了，请为我鼓掌好吗？"

但掌声只在身边响起来——勒古看着他的船长，泛黑的脸膛充满崇拜的表情，他的眼睛也变成了黑色，但边缘似乎因过于激动而发红。

"谢谢，还是你最好。"潘蒂姆摸摸他的下巴，"冷静下来，小扳手，当心你的'兄弟'跑出来，我现在可没法应付他！"

克拉拉睁开眼睛，长长地叹口气："我没力气鼓掌了，我得控制自己不尖叫。"

而拉格耶则用手按着额角直摇头。"千倍光速，竟然真的在小型飞船上成功了！天啊，这足以改变宇航史！"

特里普也满脸激动。"没错，没错！我就说过那混蛋是个天才，绝对的天才！"

"暂时让我们的天才再委屈一阵，"潘蒂姆笑着说，"你等会儿再告诉他成功的消息！"

特里普点点头。"没错，这个实验品只能支撑五分之一秒的加速，我们还没有脱离危险区域。"

潘蒂姆兴奋地说："我想让他彻底改造这艘船，我可不会满足于五分之一秒，我要小猫咪以后都能跑这么快！"

"这对他来说也求之不得吧！"

拉格耶从震惊中回过神，他揉着额角说："玫瑰，你简直是疯子……一个胆大包天又绝顶聪明的疯子。"

"多谢夸奖，大概因为我是一个女人。"潘蒂姆眨眨眼，"但还得谢谢你，你是怎么弄到能量盾最近的开口坐标的？"

"我截取了塔台给另外一艘飞船的信号。"拉格耶顿了一下，"他们很快就会追查到这件事，我的权力大概马上就会被冻结。"

"谢谢你，伙计，"潘蒂姆由衷地说，"这件事没完，我会记着你帮的大忙。"

"很高兴你这么想,玫瑰,"拉格耶深吸口气,"但我希望你能再坦率一点,告诉我,你为什么会在这件事上投入这么深?其实当蜜拉琪死的时候,你就可以脱身,为什么要答应她继续……"

潘蒂姆抿着嘴唇,舱内安静下来,克拉拉和特里普都紧张地看着她。

"现在还不能告诉你,探员,我还得保留一些秘密,就跟你一样……"她顿了一下,"这就跟你能截取信号一样,我知道那些信号的加密很严格,你必须拿到随机的解码程序。"

拉格耶似乎犹豫了一下。"如果我告诉你我有个叫'白严'的朋友可以帮忙呢?"

潘蒂姆的眉头微微一皱。"看得出你很有诚意,但我那是一个很长很长的故事呢……"

拉格耶看了一眼她的右手。"跟你的胳膊有关系吗?你是埃萨克,却又有瑟利的能力,我有个猜想,玫瑰,这太荒谬,我自己都不能相信,你是不是——"

"我说过,不是现在!"潘蒂姆打断他,"相信我,拉格耶,我会让你知道的。我们要再跑远一点,现在还不安全。"

拉格耶盯着她,最后点点头。"的确,你说得对,玫瑰,我们要经过行星轨道,驻星舰队肯定已经接到联安局的通报,他们很快就会派人来拦截我们。他们是正规军,跟联安局探员不是一个层级的。"

"没有人追得上我。你应该相信这一点,探员。"

"玫瑰,他们在移动,"特里普上前打断他们俩的话,点开屏幕,"看,驻星舰队。"

的确,位于环形轨道的舰队港口里,突然冒出一片密密麻麻的光点,那应该是体型最小的"猎隼"飞艇,它们负责搜寻和单兵作战,这是搜捕的征兆。即便铁玫瑰号再灵巧、再迅速，也很难躲过这样数量的敌人。

"等等，这是什么？"她指着更大的光斑问道。这东西有好几个，刚刚从驻星舰队脱离。"这是战舰？！"

拉格耶皱起眉头。"好像是……应该是凤凰战舰，追捕我们这样的刑事罪犯用不着出动战舰吧！"

"旗舰资讯写着'空镜号'。"特里普回头说："克拉拉，搜索一下其他的新闻，看看发生了什么事。"

惊魂未定的瑟利女性连忙做了个深呼吸，迅速调动起个人处理器。

她的脸色渐渐泛白。"赛忒……正在进攻联盟的边界！"

"什么？"

克拉拉解开固定带，把全息屏送到他们面前。"并不是大规模进攻，只是同时在几个边境行星发动了战争。奇怪，这么大的事居然不是主要报道，现在最多的还是你穿越钢铁经线的那段，哦，还有埃萨克和瑟利似乎吵得更厉害了……"

"为了我们？"

"新闻说你是杀害梅洛姆议员的真凶，而非蜜拉琪……这话可真混账，联安局都还没有公布定论呢，也不知道他们有没有怀疑多尔米议员……"

潘蒂姆抓过克拉拉的手腕，盯着那几个屏幕，忽然觉得背后一阵发冷。

当她抬起头来看拉格耶的时候，瑟利探员明显感觉到她的眼睛里有些不同寻常的东西。

"圈套，"她低声说，"我们踏入了一个巨大的圈套。"

"玫瑰……"

"这个谋杀一开始或许是偶然，但后面发生的事情是安排好的。"她用指关节敲击着扶手，仿佛在自言自语，"他们最开始为什么没有杀掉蜜拉琪灭口？不光是因为她有信息备份，那时她还不知道真相。更重要的原因是，她是个瑟利，一个瑟利杀掉了一个埃萨克，一个瑟利女人杀掉了一个埃萨克的英雄，这可真是一个绝好的导火索。火开始是慢慢燃着，结果我们来到天穹城，帮助多尔米议员把火催旺了一把。现在他们说埃萨克杀掉了埃萨克，天啊，这简直是火上浇油。"

特里普明白她的意思："赛忒进攻必然会引起最大的关注。但现在，天穹城和整个欧菲亚联盟内部，埃萨克和瑟利都在想着怎么揍对方，可能很多人会忽略这件大事。得有人提醒他们，共同的敌人还没死绝呢！"

"这是一次刺探，"拉格耶说道，"赛忒在这个时候突然进攻，肯定和拜赛忒教的杂种分不开，但现在我们根本无法再返回欧菲亚行星去理清这件事，就像那个道貌岸然的家伙说的——我们没有证据。"

"这就是关键。"克拉拉摇摇头，深深地叹气："我完蛋了，现在可真是血本无归，玫瑰，咱们这单生意可真不是生意了，我们就好像是历经千难万险地给人送来货，结果敲开门却扑出来怪兽！"

"是的，而且不止一只，它们想要吃人。"潘蒂姆重新转回座位，握住控制球，她的声音依然很平静，"不过，虽然我算不上什么好猎手，但是我手里有枪。"

尾声

这段时间，欧菲亚联盟的所有新闻工作者几乎都要忙得休克了，他们得同时报道好几件事儿：

梅洛姆议员的谋杀案一波三折，疑犯从瑟利变成埃萨克，这直接导致了上百起的斗殴事件，都是埃萨克和瑟利围绕这个案子发生的口角而引起的。事情还在不断发酵，甚至有多颗行星上出现了游行和大规模冲突。联安局不得不调动大批力量进行控制，已经持续了好几个月。真相一天不出来，各种谣言和误解就漫天乱飞，两个种族的对立也会日趋严重。

更糟糕的是，多尔米议员被发现出现在黑市生化人驾驶的飞船中，这跟拜赛式教扯上了关系。虽然没有证据证明他是邪教的人，但这件事还是把埃蕊种族拖入了混乱中——那两艘船都是在追击埃萨克嫌疑犯时被对方击落的。埃蕊首都"埃蕊埃尔那"对此不予置评。

还有一件事是，在联盟混乱的当日，一小股赛式军队袭击了联盟边界。当然，联盟紧急调派了军力，击退了这次小规模的进攻，所以这件事并没有引起多少人重视。但联盟军队对此感到费解，这次袭击没头没尾，跟以往的进犯比起来简直匪夷所思。许多新闻特报发表疑虑，担忧尘埃边境的局势。然而军方没有给出任何回应，新闻工作者研究后也没有找到明显的证据，于是也就搁置下来。

联盟内部依然在着力调查梅洛姆案件，虽然现在仅仅靠真相已经无法平息事态，但官方却必须拿出结果来。但直到目前，他们也很难拿出什么"真相"，仅仅是一个交代。

他们发布了最高等级的通缉令，首犯就包括外号为"铁玫瑰"的黑市运输船船长，一个女性埃萨克，还包括她的瑟利同谋，一个前联安局探员——这似乎让事情又多了一点政治黑幕的味道。另外几个埃萨克和瑟利嫌疑犯的资料也同样被悬挂在通缉令中，所有的媒体都在播放这通缉令，几乎每个公民都认识这几张脸。

但没有人真的找到他们。作为第一艘冲过钢铁经线的飞船，铁玫瑰号在离开欧菲亚行星之后，就仿佛立刻消失在了茫茫宇宙中。只有它留下的疑问让人众说纷纭，有谣传说最后那个从钢铁经线穿越又冲出能量盾的过程，是一个加速到千倍光速的动作，可这技术在小型飞船上根本无法实现。于是那不可思议的数据又成了政治黑幕的佐证。

但这艘铁玫瑰号还会出现的，虽然当时的人们并不知道，但后续发生的事会让他们逐渐意识到，这艘船和它的船长，其实开启了联盟很长一段时间的混乱历史，而对于结束这段历史，这些人也同样起了决定性的作用。

（全篇完）

深海（《光渊：混乱之钥》番外）

1. 风暴

着陆器的驾驶舱是一整块无比坚硬的安全玻璃，抬头望出去，能看到翻涌澎湃的乌云。它们无边无际，呈现出近乎于黑的深灰色。它们如同巨兽的腹部，呼吸着，蠕动着。雨水从云层中洒下来，巨大而凶猛，在玻璃上撞出如同子弹一般的声音。

狂风吹得着陆器晃动起来，舱内发出了零碎的响声，那是松动的配件和没有固定的东西散落的声音。不过哈克·拉格耶也听到其中夹杂着很轻微的一声惊呼。

他转过头去，和斜后方座位上那个年轻的瑟利人对上视线，后者很快红了脸，向他低下头："长官……"

"夜枭2型着陆器的稳定性不太好，它原本是为在埃蕊人的星球上进行水面降落而设计的，"拉格耶对那个年轻人说，"抱歉，如果不是因为我临时更改了任务，我们应该有更适合这个星球的'巨石'着陆器可以使用。"

"不，长官，"年轻人有些感激地向他笑笑，"我……只是……我来自边境行星'谷地'，那里从不下雨，或者说，从没下过这么大的雨。"

拉格耶也向他一笑，回头不再说什么。

虽然颠簸仍在继续，并没有随着高度的下降而有所减弱，机身剧烈摆动的幅度，让人感觉它很快就会被狂风抓住，狠狠地掼在地上。但即便如此，拉格耶身后再也没有传来任何声音。

他们是敬畏他的，拉格耶很清楚。

在边境守备队的眼中，天穹守护就是偶像一般的存在。每一个士兵都梦想着成为天穹守护，到欧菲亚之光绽放的地方去。那身银蓝色的制服是作为军人最高的荣誉。在这种遥远的边境行星，他们只能从各种资料和影像报道中看到天穹守护，能有一个真正的天穹守护出现在这里，本身就让他们感到兴奋。

拉格耶很清楚那个年轻人的眼神中蕴含着怎样的情绪，事实上，他自己在小时候也那样注视过他们。只不过拉格耶当时也像这个年轻人一样，还不知道成为天穹守护意味着放弃什么。

如果在填写驻地意向的时候，写了跟她一样的地方，说不定也会成为一个边境行星的驻守军官吧。然后在对赛忒的戒备中度过服役的岁月，如果没有意外，会在退役以后获得一枚闪亮的欧菲亚勋章，拿到丰厚的退休金，部分记忆还可能被保存在联盟边境防卫博物馆，那些宝贵的经验可以当作宝贵的财富继承给新兵们。

然而他填写了"天穹守护"的选拔意愿书，而在边境驻守的岁月中，也充满了意外。

这是发现海莉·赫尔曼达遗体的第十五天，也是拉格耶和她从星海军事学院分别的第十个欧菲亚标准年。拉格耶终于踏上她曾经服役的这个边境行星——"海德格尔",一个常年被风暴和潮汐所包围的贫瘠之地,除了建立防卫基地和流放监狱,什么都没法修。

海莉不应该在这种地方完结她的生命,这是拉格耶在看到报告时的第一个念头,他一直以为她会在天穹城一座属于她自己的云海别墅中去世,床头围拢着跟她长得很像的几个姑娘,或者男孩。而那起码还应该有漫长的五六十年。

夜枭2型着陆器依然在摇摆着下降,很快就传来轰隆的巨响和剧烈的震动。

他们在海德格尔着陆了。

外面的风雨并没有小多少,但好歹是来到了边境守军的驻地,暂时安全了。

"这里的大气浓度经过改造适合呼吸,"驾驶员在通信频道中说,"但有些氨气味儿,特别是在这样的暴风雨天气,我们强烈建议各位戴上呼吸面罩。"

后舱的几个士兵解开安全带站起来,取出他们的装备穿戴好。之前跟他说话的年轻人捧着一套装备向他走过来。

拉格耶冲他摆摆手:"不,谢谢,我有了。"

他用手按了一下制服上的徽章,一层淡蓝色的微光从那里延展至全身,他径直走出去,所有的雨水都被这层光弹开,连头发丝都没沾湿。

"微晶力场!"

"是微晶力场,总算亲眼看见了!"士兵们兴奋地跟着他。

他们肯定是羡慕的。

这种微晶力场虽然看上去轻飘飘的,不过,最基础的防御还是可以做到,至少能够避免轻量级的物理伤害。比护具行动灵活,不会受到阻碍。但这种造价不菲的装备根本不可能配备到基层部队去,而且更重要的是，它们是基于更强的微晶控制能力来设计——如果不是天穹守护这样经过特殊训练的士兵，甚至有可能被力场困住，如同被装进一个量身定制的透明棺材里。

外面站着好几个全副武装的边境士兵，其中一个头盔上标记着星士官的徽章。

"长官！拉里·艾拉，二级星士。"他向拉格耶敬礼，在透明面罩后面说，"基地里已经准备好，就等您来交接。"

"谢谢。"拉格耶回礼。

这是一个建造在礁石上的起落平台，一直通向陆地上的海岬，驻地是在尽头的岩石中挖掘出的一个巨大空间。

拉格耶跟着艾拉少尉向那里走去。

远处的海平面上是翻滚的巨浪，它们和天空中的云一样乌黑，甚至连浪头都没有白边，简直跟大陆架上漆黑的岩石毫无分别。从天上到地下，海德格尔是一个黑色的世界，它不欢迎所有人。

2. 遗嘱

海莉·赫尔曼达不太像一个边境行星的驻地指挥官，她甚至不像一个军人。

毫无疑问，她是典型的瑟利美人，挺拔、漂亮，有一头白金色的头发，笑起来的声音如同天穹城艺术馆里悬挂的金铃。不仅仅如此——她在读军校的时候，就有着极为出色的情报储存和分析能力，这跟她的遗传微晶是有关系的，也归功于后天有针对性的训练。

来到边境行星驻守，她获得一个指派任务，因为海德格尔自然条件恶劣，信息传输要求特殊，所以要将它建设成为边境防御链条中的情报储存站。

海莉干得很出色，如果她活得再久一点，可能这任务会完成得更加漂亮。

如果没有那一场事故。

拉格耶在进入驻地以后就关闭了微晶力场，其他人也纷纷将头盔除下。走在前面的拉里·艾拉星士露出脸，他看上去体型偏瘦，似乎比其他人都要高，头部也显得更加细长。

"你是一个埃蕊？"拉格耶有些意外。

艾拉少尉点点头："是的，长官，我是。"

这很少见，埃蕊们并不太热衷于从军，或者说他们对这一类的职务都没什么兴趣。在满是瑟利人的基地里，突然有一个埃蕊，着实不太寻常。

"我对水的专长在这里很有用，长官，"埃蕊军官仿佛感觉到拉格耶的诧异，解释道，"我负责建造工程中的水下勘探工作，还有技术支撑。"

"可以看出你干得很出色。"拉格耶说，"想必赫尔曼达少校对你赞不绝口。"

"赫尔曼达准星卫是个很好的长官，她给了我不少指导。"艾拉的口气充满难过，"我一直很后悔，那次行动我应该跟在她身边的，毕竟我对这个星球的水下环境更加熟悉，也更擅长水下工作。"

"我看过报告，当时你是奉命留守深潜器，海底火山爆发的能量把你推得很远，你来不及救她。"

是的，拉格耶也希望这个埃蕊人当时能在事故现场，他或许真的会有办法——哪怕是一点点的希望也好，说不定能够带着海莉离开，她可以活下来，然后他就可以永远不知道自己是她的遗嘱执行人。

艾拉告诉拉格耶，那是一次突如其来的爆发，他们之前并没有监测到有什么异常的波动。"原本只是一次非常普通的巡逻，"他说，

"海德格尔的气候条件恶劣，但我们的巡逻从来都是有规律的，我们原本已经很擅长躲避风险了。"

死亡来得突然其实是一种仁慈，只不过对活着的人来说艰难一些。

拉格耶走在长长的山壁回廊中，这里虽然装修得并不完美，但工整的开凿痕迹就好像特殊的花纹，充满着一种朴拙的美感。这是海莉的风格，即便再困难，她也乐意把事情做得漂亮些。

他们乘坐电梯一直向下，金属盒子里回荡着运行时的呜呜声。拉格耶想起了原始神话中关于人死后会到地狱里去的那些故事。电梯在他可笑的想象中停下来，门打开以后是被白色灯光照得亮如天堂的长廊。长廊上穿着边境守卫队制服的士兵来来往往，在看到拉格耶踏出电梯时，他们都停下了手里的活儿，自觉地挺直背部，甚至微微抬起下颌。

"长官，请走这边。"

艾拉领着拉格耶经过这些官兵，最后在长廊尽头一扇巨大的金属门前驻足。门开了，拉格耶看到巨大的全息光影和分布在周围的控制台。

原来这里是基地的中央控制室。

"暂代指挥工作的是依拉·杨特。"艾拉介绍道，并向他的新长官报告遗嘱执行人的到来。

杨特是一个年纪比较大的瑟利人，比艾拉高一个军阶。他黑色的头发已经夹杂着银丝，戴着一副护目镜，双眼的位置闪动着一种淡淡的红色光芒。

"欢迎，长官，我是杨特，一级星士。请原谅，我的微晶特长是远距离视力，对光线非常敏感，所以时刻都戴着滤光镜。"

"好的，星士。"拉格耶向他还礼，"我是来正式接受赫尔曼达的遗嘱。"

"想不到遗嘱执行人是一位天穹守护。"杨特上尉用敬畏的口气说道,"真是荣幸,相信她无论有什么样的遗愿您都会帮她实现。"

"我将竭尽所能,杨特星士。"

杨特点点头,请拉格耶来到指挥台的一侧,让他把手指放到微晶识别装置中验明了身份,然后才拿起指挥台上的一个小盒子,递给他。

那是一个很小的盒子,不超过半个手掌大小,看不出是什么质地,但表面是纯净的黑色。拉格耶知道这是一个微晶记忆储存器,只有特定的人才能打开,读取里面的信息。

他轻轻地将手指在盒子上按了一下,盒子表面的黑色迅速褪去,变成发光的蓝色晶体,接着它迅速分解,在空中组成一个女人脸。

这是海莉十年后的样子,拉格耶看着她,那些遥远的记忆立刻汹涌而来——她还是那个让他着迷的姑娘,艰苦的边境军旅生活并没有让她的美褪色,反而让她的眼神中更多了一种坚毅,还有一种从容。这使得她即便在记录遗嘱的时候,也显得温暖而轻松,如同跟友人闲聊。

"我,海莉·赫尔曼达,谨以此记录为凭,委托哈克·拉格耶为我的遗嘱执行人。"她又念出两人的微晶登记识别码,"在第三方证人的监督下,我将授权拉格耶少校全权继承我的所有遗产,特别是我的个人微晶,他有权'融合使用',包括但不限于吸收、读取、融合等等。完毕。"

蓝色晶体的女性面孔在说完这些话以后,立刻缩减、塌陷,重新凝聚成那个黑色的盒子。

拉格耶面无表情,指挥室里的其他人却用惊异的目光看着他,一动不动。杨特最先回过神来,他拿起桌上的储存器,将它放进拉格耶的手里:"没想到赫尔曼达准星卫对您如此信任!她给了您融合使用权。"

融合使用权!没错,海莉竟然给了他这个权力。拉格耶心中的震撼并不亚于在场的所有人。如果按照神话中的说法,人类有灵魂,那么海莉就是向他交出了自己的灵魂。

她竟然这样做?

拉格耶知道有的瑟利人会把自己的微晶赠与别人进行"融合",但这几乎只发生于一些有继承协议的"夫妻"或者血亲之间。作为独立的个体,其实极少有人会使用这个权力,因为那会将微晶中携带的记忆也全数转移给"融合者",那里面有太多的秘密。

为什么十年的间隔会让海莉做出这样的决定,拉格耶困惑极了,她真的对他信任到这个地步?

拉格耶知道现在他无论如何都得不到答案,周围的目光让他感觉不舒服,他动了动脖子。"那么,现在就不能执行这个遗嘱了吧?我是说,微晶的吸收转移一类的……我想这里没有渲晶师能实施这样的操作。我可以向上级申请用最快的速度调配一位过来。"

杨特星士却摇摇头。"事实上您不必如此,我建议您可以带着赫尔曼达准星卫的遗体回到天穹城再执行。"

拉格耶皱皱眉头。"我不太明白您的安排。我的飞船并没有遗体保存设备。"

对方低下头,表情有些为难。"我想您很快就会明白我的意思了。"

他转过身,从指挥台的恒温武器箱里捧出一个长方形的金属盒,将它放到拉格耶面前,打开。

作为天穹守护的拉格耶,竟然在瞬间感到眼前一阵眩晕:

在那个盒子里,只有一节残缺的手臂。

3.事故

拉格耶并没有得到详细的事故汇报。

在接到天穹城的消息,说海莉的遗嘱需要他执行的时候,他正驾驶着自己的飞船在钢铁经线之外执行一次训练任务。来海德格尔搭乘的是临补给舰,关于海莉的遭遇他所知道的仅仅是不到五行字的说明。

"海德格尔边境守卫队指挥官海莉·赫尔曼达准星卫在巡逻中因海底火山喷发事故牺牲,特通知你前往其驻地接受其遗嘱。望节哀。"

这里面的每一个字,都没有让拉格耶准备好见到这样一节手臂。

如果她彻底地消失在那些熔岩和高温中,或许拉格耶也不会这么难过。有很多事情,只要没有亲眼看见,总还会心存一丝侥幸——

她或许没有太痛苦。

她可能是在瞬间死去的。

她可能没有受到太大的伤害……

懦弱,拉格耶有些愤怒,他竟还是这么懦弱。但更多的愤怒却不知道冲着谁,是执意来到边境扎根的海莉,还是这无常而残酷的命运。

"长官……"杨特星士看到拉格耶的脸色,忍不住轻声说道,"如果您没有异议,请完成遗嘱交接的最后一道手续。"

拉格耶的左手飞快地握拳,又松开,那些汹涌而来的情绪同时退去。他很快又变回天穹守护应该有的样子。

"你们的交接记录吗?"他问,"请吧……"

杨特点头,调出系统中的文件,拉格耶在投屏的识别位置上点了一下,留下微晶记录。文件变成一个红色的方块,进入储存器里。

"完成了。"杨特的表情略微舒展，似乎为能够卸下这份责任而松了口气。他询问拉格耶"遗体"是否需要再加装保护设备带走，并且保证可以在十分钟内完成。

"如果接下来的旅途顺利的话，您可以在三十个标准时以后就找到渲晶师完成操作，"杨特说，"我们并没有对'遗体'进行完全防腐化处理，是担心这样会损失原本就已经残存不多的微晶。"

拉格耶还没有回答，一直在身后的二级星士艾拉突然开口道："抱歉，长官，估计您不能马上离开，外面的风暴级别已经提升，现在轻型飞船一律不能起降。"

杨特意外地皱了皱眉，迅速切换基地的安全监控。屏幕上呈现出几个实时画面——

黑色的海水已经远比他们刚降落的时候更暴虐，狂风把浪卷得如同山丘一样高，稀少的泡沫在顶上镶出一道白线，勉强割开与乌云的距离。不知是海水还是雨水，在风中乱舞，密密麻麻地几乎要把监控的镜头砸烂。

在这些实时画面旁边还有卫星云图和同步数据，更加清晰地证明了现在的状况。艾拉星士说的是实话，拉格耶只能等待这场风暴过去。

"会持续多久？"杨特问道。

"很难说，"艾拉用个人终端查了一会儿，"按照数据分析，明天早上减弱的可能性比较大。"

杨特没有说话，只是转向拉格耶，被护目镜遮挡的红光闪烁着。

拉格耶知道他在等待自己的决定。"如果可以的话，给我一个房间休息吧，"他说，"她应该还能等一个晚上。"

一级星士杨特在基地的士官休息区给拉格耶安排了临时的房间。

这应该是士兵们换班时的休息室，有简单的桌椅、一张折叠床，食品和饮料供应设备，在角落里还有一个狭窄的洗浴间。

"抱歉，"带他过来的艾拉尴尬地说，"咱们这里条件不太好，长官，希望您别介意。"

"我曾经依靠铠甲里的个人维生装置在无人星球撑了三十个标准日，"拉格耶冲他微笑，"相信我，我对这个环境非常满意。"

"是天穹守护的铠甲吗？"艾拉露出崇拜的神情。

拉格耶笑了笑。

艾拉挺直身子说："那么，等风暴减弱我立刻就来报告。"

"非常感谢。"拉格耶在艾拉敬完礼正要转身离去的时候，突然又涌出一个念头，"抱歉——"

"长官？"艾拉止步，诧异地回头。

"可以聊聊吗？"拉格耶指向椅子，"我想听你说说那次事故。虽然已经看过报告，但我还想听你这个当事人说说。"

艾拉星士明显感到意外，甚至有些惶恐。"当然，长官，我是说可以……不过，我已经把知道的都写在报告里了。"

"我并没有想过让你推翻报告，"拉格耶笑起来，"只是，我知道面对面地讲述和报告是不一样的。你是最后时刻跟她在一起的人，你敬重她，这一点对我来说很重要。"

艾拉显然被他最后这一句话说服了。他关上门，和拉格耶在桌前一起坐下，把头盔放在旁边。他用埃蕊人特有的细长手指慢慢爬过头发，似乎在思考到底从哪里开始。

拉格耶这才仔细地观察这个年轻的军官：事故过去不到一周，在他身上留下的影响显然还未散去，他没有眼白的黝黑眼睛，就跟基地外那漆黑的天空一般，被层层黑眼圈包裹着，脸颊上还有胶质的创口贴。

"你伤得重吗？"拉格耶起了个头，"那次海底火山喷发的能量不

· 217 ·

小。"

"是的，长官，"艾拉摩挲着脸上的伤口，"深潜器被抛出的时候我从座位上被甩了出来，刚好撞到减压舱门上，有轻微的骨裂，脸上主要是被碎片划伤的……这次火山喷发的能量其实不算特别大，但出现得很快，而且我们离得近，所以才会发生意外。"

"你们应该发现的。"拉格耶语气平静，算不上指责。艾拉褐色的脸上有些不自然的红。

"是的，原本是这样。"

他向拉格耶承认，原本是有这个可能的，因为他们这次的任务就是一次海底勘测。按照赫尔曼达少校的计划，他们是希望能在海德格尔再开辟一个基地，甚至可以考虑在水下深处，以减小风暴的影响，并且安全性更高。他们勘探小组的人并不多，一共就五个，深潜器两个，还有三个是在水面支撑。

"她原本是可以待在水面上的，"艾拉少尉说，"可她一定要下去。"

拉格耶可以想象海莉拒绝下级建议时的表情，她绝对不会板着脸，只会缓慢、温和，同时又无比清晰地说出自己的决定。

"你们应该监测到能量波动的。"

"没有异常，"艾拉说，"我敢保证，长官，在我们下潜之前，所有数据都是正常的，唯一的危险是可能会有新的风暴在海面生成，所以支撑小组是随时待命，等着我们回去。"

他有点着急，但拉格耶能分辨出他说的是真话。

艾拉星士回忆着他们下潜后发生的一切，当深度达到六千米左右的时候，能量波动就开始出现，屏幕上的数字增长得很快，就如同突然爬升的飞船，一下就呈现出接近90°的直角。但因为深潜器的保护作用，他们并没有感觉到什么，甚至认为是探测器出了问题。

随之而来的是数字突然又暴跌到几乎归零，这就更像是设备故障了。

"所以我们决定出去看看，应该说是修复探测器。"艾拉顿了一下，"赫尔曼达……长官说她去。深潜器里的潜水服在一万米以上都是可以使用的，她的微晶能力也便于同时对我和水面支撑小组进行信息的无损传递。我……我当时并没有意识到，后面会发生那种事……她刚刚出去的时候，一切都很正常，接着数字又开始上升，这次似乎要缓慢一些，但依然是致命的。她就给我们说了一句'不是故障'，然后……"

艾拉星士闭上眼睛。"我从来没有感受过那种力量，就好像一颗星球迎面撞来，我和深潜器都如同飞起来似的。我大概是昏迷了一阵，终端坏掉了，到现在我也不知道到底有几分钟。支撑小组的人一直在呼叫我们，我回复了，而准星卫她——"

他的喉头哽了一下，低下头。"就是这样，长官，我们启用机器艇在周围搜寻，大概花了三十个小时才在一片礁石下发现她的……'遗体'。很庆幸海德格尔上没有进化出多细胞生物，她的'遗体'未遭啃噬，让我们还有机会带她回来。"

室内安静了很久，拉格耶看着面前那个金属盒，点点头。"是啊，还算运气不错。"

4. 现场

海德格尔的风暴仿佛永远都不会停止，黑色天空和黑色的海水似乎在缓慢地下压，把狂风逼得无路可走，横冲直撞，发出绝望的嘶号。

但是当沉入海面，并且不断往下的时候，那些狂风和巨浪都被隔绝在了感官之外。深海下一片宁静,开始是漆黑的,渐渐地,从海底升起许多浮游生物,发出点点荧光,好似夜空中的星星。

真奇怪,拉格耶忍不住想,艾拉星士说这个星球上只有极少数的单细胞生物,这是它们的群落吗?

也许它们只是来给他照亮、引路,带他向海洋的更深处下沉。

拉格耶感觉到海水冰凉的触感,但随着深度的增加,水温却渐渐热起来。远处,隐约能看见一线光亮。那光芒是橙红色的,很微弱。

难道是海底火山?拉格耶心里突然冒出这样的念头。但那橙红色的光线并不像挤出的熔岩,它没有因冷却而迅速消失,也没有如同烟尘般翻滚的尘埃和泡沫。

那是一种冷静又纯粹的光芒,似乎在慢慢地增强,照亮周围。拉格耶看到在光芒照耀范围内,似乎有一些灰黑色的物体——就像某种建筑的遗迹。

但就在拉格耶想要继续沉下去,接近那光芒的时候,它忽然消失了——不,没有消失,它只是缩成了一个点儿,但原本皮肤上感觉到的温暖却消失不见。拉格耶还来不及反应,这个光点又突然极速膨胀,瞬间亮了好几倍。一股强大的力量向拉格耶冲来,犹如一块巨石猛地撞上他的身体!

当他睁开眼睛的时候,头顶带孔洞的金属板从黑色变成了灰白,他拍拍手,孔洞里投射出灯光。

拉格耶抹了把脸,发现自己出了一层薄汗。他翻身起来,走进他原本以为不会用到的淋浴间。

水雾喷洒到身上,拉格耶摊开双手,一层淡蓝色微光在掌心浮现——他让体内的微晶产生共鸣,感到全身有一种从来没有过的发热的感觉,伴随着淡淡的恶心。那个梦让他到现在都非常不舒服。

他擦干身体走出淋浴间,看了下终端,现在离他们预估的出发时间还有整整五个标准时，也就是说，他只睡了不到两个小时。

拉格耶又看了看放在桌上的金属盒，通过终端呼叫了拉里·艾拉星士。

对方显然是从睡梦中被唤醒的，语气有些迟缓。"长官？"

"我需要一艘深潜器，"拉格耶说，"你带我去赫尔曼达少校牺牲的地方。"

艾拉少尉顿时紧张起来。"长、长官，我不明白——"

"现在出发。报告上说距离基地有五十九公里，这个距离五小时内来回一趟是完全可以办到的。"拉格耶的口气不容置疑，"我希望三分钟后在门口看到你，然后立刻出发。"

艾拉星士停顿几秒，他显然无法拒绝一个天穹守护，但同时也没有办法爽快地服从命令。

拉格耶继续对他说："不需要给杨特星士报告，回来以后我亲自向他说明。"

一阵短暂的沉默后，艾拉对拉格耶说："是长官，我马上去准备。"

他们没有启用水面设备，而是直接乘坐深潜器入水，拉格耶用单人动力装置推动着这个坚固的椭圆形金属球往目的地前进。艾拉星士羡慕地说："天穹守护的装备的确比一般的军队好太多了。"

"天穹守护不光团队作战要求高，对单兵战斗力的要求同样很高，可以说是欧菲亚联盟里最高的标准。所以我们才会在装备上获得优越的配置，"拉格耶跟这个边境守备队员闲聊道，"艾拉，你知道天穹守护威力最大的装备是什么吗？"

"我很想知道，长官，"艾拉说，"我看过一些材料，据说你们的标准武器是激光枪，可以直接炸毁一艘单人飞艇。"

"不，少尉，那不是最强的。"拉格耶笑了笑，"我们身上威力最大的，是天穹守护的徽章。入队时，它一半镶在铠甲上，另外一半会嵌入我们的胸口，一经触发，便会生成我们的铠甲，既能防卫，也是兵器。极端情况下，比如当天穹城遭到突破时，铠甲会汲取我们的生命能量，确保我们作战到最后一刻。"

"长官……要攻破天穹城，那意味着只有赛忒获得了全面胜利才有可能。"

"我们不能说没有这个可能，对吧？只是我们在每时每刻都要保证这种情况出现的概率小到'没有可能'。"

这也不算泄密，拉格耶知道，虽然天穹守护都有牺牲的觉悟，但对外他们不怎么宣传这一点。拉格耶在海德格尔说出这些，自己也不太清楚是想让艾拉星士知道，还是对海莉解释。那些选择独身誓言的人，的确有部分原因是基于此，但在加入前，并没有人会知道。

"长官，我们接近了。"艾拉少尉说，"那次海底火山喷发的中心点离我们的垂直距离有五千六百米，现在可以下潜吗？"

"可以，距离一百米左右的时候我出舱。"拉格耶起身去穿深潜服。虽然召唤出天穹守护的铠甲可以让他直接适应任何水压，但他想更接近海莉，感受当初她所感受的。

艾拉少尉则控制着深潜器慢慢下降，同时紧张地盯着屏幕上的各种数据：压力值、能量勘测、距离读数……

"什么都没有，"艾拉少尉说，"现在没有任何能量波动，长官，毕竟喷发已经结束。"

拉格耶没有作答，在他换上潜水服的时候，打开了微晶力场，并调到最贴身的模式，就仿佛是在潜水服和他的身体之间增加了无形的隔离层。他从深潜器的下方滑了出去。

潜水服的抗压性很好，再加上微晶力场的作用，他几乎感觉不到压力。他调亮胸前的灯光。强穿透力的光线在漆黑的海水中开辟出一条路，直直地落在海底。

拉格耶调整着潜水服上的目镜，顺着光线下潜，在他眼前，海底的情形清晰得如同白昼下的陆地。拉格耶一直下潜到海底，轻轻地站在海床上。

他的双脚落在柔软的砂砾里，下面是坚硬的岩石——平整，但略有些倾斜。

艾拉星士在通信设备中询问他的情况，拉格耶没有回答，直到艾拉的口气有些着急了，他才轻轻地说："我很好……少尉，你们为什么没有修改报告？"

"什么，长官？"

"我会再往前走一段，你可以追踪到我的轨迹，等我决定返回的时候会给你信号。"

"可是，长官……"

"这里不会出现巨型海蛇的。"

拉格耶不等他回复，就慢慢地朝前走去。他转动着胸前的灯光，仔细地打量着周围，潜水服的目镜上不停地跳动着辐射值的读数。

这是一片死寂的空间，没有任何生命的痕迹，浓重的黑暗弥漫在周围，仿佛无边无际。除了呼吸器轻微的噪音，拉格耶听不到任何其他的响动。哪怕海面上的风暴有万钧之力，但在这幽深的海底，一切都如同亘古以来那么永恒，没有任何变化。

拉格耶沿着这片海床走了很长一段距离，直到深潜器上的信号开始变弱，发出嗡嗡的警示音。

"'不是故障'。"

拉格耶发出一声叹息，打开助力装置，向着深潜器的方向游去。

5. 隐瞒

深潜器回到基地的时候，风暴已经减弱，乌云碎裂开，能看到缝隙中的白光。巨浪和暴雨也偃旗息鼓，仿佛耗尽体力的舞者正拖着疲惫的步子离开。

拉格耶站在基地的码头上，看了一眼深色的大海，转头向基地里走去。艾拉星士紧紧地跟着他，同时担心地看着来来去去的士兵们。

"杨特星士应该已经知道我们出去了。"埃蕊人担心地对拉格耶说，"任何设备的使用都会有记录，而且现在已经过了每天的例行汇报时间，他知道我们离开了。"

拉格耶冲艾拉笑笑。"他会找你询问吗？"

"当然——"艾拉的话音刚落，他的个人终端就在手腕上鸣叫起来，他低头看了一眼。

"真巧，"拉格耶说，"我正好也想去找他。"

艾拉带着拉格耶穿过了半个基地，重新来到中央控制室。一级星士杨特依旧站在控制台前，不过在请拉格耶和艾拉少尉来到他跟前以后，他升起隔离屏障，把控制台周围变成了一个透明的隔音间。

"请坐，长官。"杨特点点头，地板升起一块正方形的柱体作为凳子。

艾拉敬了个礼，自觉地站在旁边。

因为眼部被挡得严严实实，杨特的表情总是看不真切，只能通过说话的语气来判断他现在的情绪。很显然，他对于一位天穹守护私自使用基地里的设备进行未经报备的活动并不怎么开心——哪怕他的军衔和地位远远低于拉格耶。

"长官，也许我忘记提醒您，虽然海德格尔是一个不起眼的边境守备站，但也是一个有军规约束的地方。"杨特星士说，"您如果想查看我们的工作，只需要提出要求，按照流程来就可以了。私下动用我们的设备，调派我们的官兵，这是不允许的。"

面对他的指责，拉格耶并没有表现出任何尴尬，他只是看着杨特，认真地问道："你为什么没有改过报告呢？"

两个边境守备队的军官显然都有一丝迷惑。

"请原谅，长官——"

"我是说，海莉·赫尔曼达少校的死亡报告，你们为什么没有修改过就上交了。"

杨特的下颌抽动了一下。

拉格耶打开自己的终端，调出报告投射出来。"在这里，"拉格耶圈出那一行文字，"你们说她是在勘探任务中因为海底火山喷发事故而牺牲。所以我特地去看了现场，那里并没有火山喷发后的痕迹。没有圆锥山，没有凝固的岩浆，什么都没有，甚至海水中的含硫量都没有上升。你们提供的图片上只有破损的服装碎片、受损的仪器。这应该怎么让人相信呢？"

杨特没有说话，艾拉紧紧抿着嘴唇。

拉格耶继续说道："你们在说谎，对吗？可这是为什么？隐瞒一个高级军官的死因是要上军事法庭的。你们认为我领走遗体，就可以高枕无忧？"

隔离的空间中安静得只能听到三个人的呼吸声，还有微弱的电流声。

一级星士杨特咳嗽了一声。"可能您没有意识到，长官，我们附上的还有当时的监控数据，那上面有清晰的峰值变化。"

"数据可以伪造，当然一切都可以伪造，但目前这些记录反而变得不可信。"

225

"您是要指控我们吗,长官。"

拉格耶看了看他,又看看艾拉,最后还是盯住了杨特。"告诉我实情,我会判断过后再决定。"

拉格耶知道他们没有别的选择,他们无法阻止一个天穹守护,无论是从正规流程上来看,还是从武力方法上来看。杨特揉了揉额头,又看了看艾拉。

"别责备他,"拉格耶说,"你知道我要求什么,他是没办法拒绝的。"拉格耶滑动报告,直到最后一页,"你当时在水面吧,应该是支撑小组的成员。"

杨特长长地叹口气。拉格耶知道他终于放弃了抵抗。

"的确没有海底火山爆发,"杨特说,"但那些读数没有造假。赫尔曼达准星卫的死是一场意外,我们无法说清原因,海底火山的数据是最接近的。"

"无法说清原因?"

"是的,无法……"

杨特所说的事故,跟艾拉及报告上的说法大致一致。他们是去勘探,海莉要求亲自下去也是真的。

但真正的原因则并不是要找到新的基地选址。

"我们一直在对海德格尔进行监测,"杨特说,"这个星球的天气虽然非常恶劣,但却是很重要的战略位置,赫尔曼达少校生前其实有一个非常大胆的想法——她想对这个星球进行行星改造,让它的环境更稳定。我们的勘探其实是以此为目的的。"

拉格耶有些吃惊,但并不意外,这的确是海莉的思维方式,这也解释了为什么一次简单的深潜任务她会亲自去做。

"就是在这些勘探中,我们监测到那个地方——就是少校出事的地方,有不同寻常的能量波动。开始我们以为是地壳活动,但很快就发现并没那么简单。"杨特调出几张数值曲线图,"我们监测到那里释放的能量时高时低,但是非常有规律,就像……"

"有人?"

杨特点点头。

这说得通,拉格耶明白了。"你们担心是赛忒。"

"是的,长官,如果是他们渗透了,那就是大事件,所以我们组成小队去实地察看。我们携带的设备是整个基地最好的,但人数并不多,因为严格来说只是一次侦察任务。一直到我们赶到那里,能量的波动都还像之前监测到的一样,但深潜器开始下潜的时候能量就消失了。"

"这让你们更怀疑是人工设施了?"

"是的。"

"那么到底发生了什么事?"

杨特转向旁边的埃蕊人。"让艾拉来说吧,他也算是亲历者。"

埃蕊人冲拉格耶不自然地咧咧嘴。"是的,我跟您说的也不算完全撒谎,长官。我当时的确是在深潜器内部,但准星卫出舱的原因不完全是因为监测设备的问题。我们在下潜的过程中,利用反射波成像,其实发现了下面似乎有大型的建筑。至少那种方正且错落的轮廓,绝对不会是自然形成的。准星卫认为她个人先出去,目标比较小,可以慢慢地接近那个地方。我一直在深潜器里监测着,看着她一直往前……那个时候的确是没有能量波动的,连之前的数值都没有。就是在那个时候她问我,是不是监测设备有故障。长官,她临终时候说那句话是真的。"

"接着有冲击波吗?"

"是的,非常强烈,几乎就在一瞬间产生。准星卫离得很近,受到正面冲击,然后是我。我在深潜器里受伤也是真的,深潜器被抛出近一公里，是杨特星士把我找到的。"

"我们在水面上也监测到了突然的能量爆发。"杨特说，"当时我们就派出了第二艘深潜器，但那时候水下的情况很复杂，引发的乱流非常危险。等稍微稳定一点，我就下去了，我的微晶能力起了很大的作用。"

"是的，长官，"艾拉补充道，"赫尔曼达准星卫的……'遗体'，就是杨特星士发现的。"

可惜，只是"遗体"的一部分。

拉格耶忽然感觉胸口有些难受，费了些力气才把想说的刻薄话压回去。

"那么，"他问道，"你们最后其实什么都没有搞清楚，对吗？"

6. 种子

这个问题有些尖锐，但杨特星士却不得不承认，这是一次无法解释的意外。

"我们在事后也多次去勘测，但那里再也没有任何痕迹，"他解释道，"请看看当时我们的成像图，这里——"他调出几张很模糊的图，但依稀能看到上面的一些东西，呈高低错落的样子，的确非常像建筑。但这只能说是"像"，并没有更多证据说明它真的就是。

"如果那里真有人工设施，自毁后也应该留下痕迹，但实际上我们什么东西也没有找到——没有建筑材料的碎片，没有可疑的微粒，元素勘测上也看不到任何异常，整件事非常诡异。长官，你可以想象，如果我们真的据实上报，那么怎么让人相信发生在这里的事，包括赫尔曼达准星卫的死，就是个谜。"

拉格耶看着面前的这位军官，他明白他的想法——在这个边境行星上，发生一个不大不小的事故，虽然有人死亡，但说得清和说不清是两回事。他虽然有着远视的微晶能力，却看不长远——

的确，这个事情虽然不上报就不会有人来认真调查。但是这么诡异的事故，不找出真相，弄清楚到底怎么回事，那就是埋着定时炸弹。如果真跟赛忒的渗透有关，那么这颗炸弹能把欧菲亚联盟的边防线炸出一个大窟窿。

现在已经没有什么可多说的了，拉格耶慢慢地站起来，按下胸口的按钮，打开微晶力场，接着，从力场的中心逐渐地有了实体——如同鳞片一样，迅速地生长出来，覆盖到他的全身。

不光是杨特，所有人都目瞪口呆地看着拉格耶穿上了一套完整的护甲。

"微晶铠甲，"艾拉少尉压低声音叫道，带着掩饰不住的兴奋和激动，"长官您是……是天挚者？"

"我的确是隶属中立军的天穹守护，所以我可以直接向联盟汇报我见到的一切不安全隐患。"拉格耶对杨特说，"我建议你重写报告，上尉，并在我离开之后，用最快的速度重新提交，我会叮嘱他们及早派人来。你们觉得诡异的事情，最终还是会有答案的。我希望你能看到。"他轻轻地转动手掌，手指不断地屈伸，"你也可以试着阻止我，当然，我觉得你最好不要那么做。现在你可以打开隔离罩了。"

杨特星士的脸在护目镜后面变得煞白，他犹豫了很久，还是在控制台上点击了一下，透明的屏障消失了，他们重新回到控制室。室内其他人都停下手里的工作，紧张地看着他们。

拉格耶知道，知道这次事故真相的不会只有两个人，蛛丝马迹都能在一个封闭的基地中引发一阵阵如同外面海浪般翻涌的流言。但无论是什么样的猜测，都可能酝酿着一场不祥的风暴，只有暴露出真相，才有可能平息。

而对于拉格耶来说，这不仅仅关系到赛忒渗透的问题，也跟海莉真正的死因相关。他想要知道真相，但首先要做的是带上"海莉"的遗体回天穹城，在那里或许他能够得到更多的信息。

拉格耶向虚弱的杨特点点头。"再见，杨特星士。"

当走过艾拉身边的时候，他停下来。"能再跟你说几句吗？我还有些问题要问你。"

埃蕊军官愣了一下。"好、好的，长官！"

他紧紧地跟着拉格耶走出房间，沿着长长的走廊一直来到临时休息室。拉格耶把留在房间里的东西都拿上，包括那个金属盒。

"等下请你带我去机库。"拉格耶说，"但在那之前，我想请问一下，你在那次事故中受的伤很重吗？"

埃蕊人摸了摸脸上的伤口，似乎有些意外。"不，长官……"

他话音未落，拉格耶的手腕处突然抛出一束蓝光，闪电般缠住他的右臂。艾拉少尉大吃一惊，伸手就要去抓，但拉格耶猛一用力，一下子拽得他往前打了个趔趄，右腿跪地。

"我很擅长抓捕，"拉格耶说，"还能让对手动弹不得，希望你不要让我那么做。一旦被这条微晶锁链缠住全身，便会有突触刺进皮肤，可能会非常疼。"

艾拉少尉抓住那条锁链，但随即发出一声低呼，松开了手。

"你要干什么？"他叫起来，甚至忘记了尊称。

拉格耶面无表情地看着他。"你告诉我你在深潜器里受了伤，每次提到伤口，你都会下意识地摸脸上那处。但从包裹的绷带来看，胳膊上的伤应该更重。你在胳膊上缠的东西，究竟是为了包扎伤口，还是要遮挡什么呢？"

艾拉上尉的额头上渗出细密的汗珠。"我不明白你的意思。"

"我在这里睡着的时候，做了一个梦。梦中我去了深海，甚至看到了那次冲击波。这才是我要你们带我去现场的原因。我一直在想，为什么我会做那个梦，它实在是真切得仿佛我亲身经历过。不过后来我明白了，那不是梦，那是海莉的记忆。有人暗中将她的微晶融入了我的身体，这里有人是渲晶师……一个没有注册在案的、秘密的渲晶师。艾拉少尉，让我看看你的胳膊。"

埃蕊人紧紧咬着牙，于是拉格耶轻轻地动了动手，微晶锁链随之迸发出光亮。艾拉少尉发出吃痛的叫声，接着他的军服和右臂上的绷带都裂成碎片。

在他浅棕色的右臂内侧，有一个繁复的花纹，正发出淡淡的白光。这花纹如此之浅，如果不是房间的光线昏暗，几乎是很难发现的。

拉格耶知道自己猜对了。他将微晶锁链收回手腕处。

"抱歉，"拉格耶对艾拉说，"可能我的方法激烈了一点，但我的确没有太多时间继续在海德格尔逗留。也许你愿意把你真正的想法告诉我。"

埃蕊人慢慢地站起来，用力揉着被微晶锁链缠过的手，显然刚才的疼痛还残留在皮肤上。他深深地吸了口气，在凳子上坐下，一脸无奈。

"您只说对了一半，长官，"他说，"我不完全算一名渲晶师，或者说，我本来应该是一名渲晶师。我学习了技术，但并没有通过注册。我在最后一刻放弃了，当然这是关于我个人的故事，我并不想多说。但您猜到的另外一半是正确的，当您来到海德格尔以后，我就想怎么来告诉您真相，当看到赫尔曼达少校指定您继承她的微晶以后，我才下定决心，在您熟睡的时候把她'遗体'里剩余的微晶融入您的身体，所以您在睡梦中接收到了她的记忆——很关键的那一部分。"

"你反对杨特隐瞒事实的决定，对吗？"

"我只是觉得那样做的话，太对不起为此牺牲的准星卫了，"艾拉顿了一下，"她是个了不起的人，长官，她的死亡不应该是结束。"

　　拉格耶看着这个年轻的面孔。"她是一个很好的上司吧？"

　　"赫尔曼达准星卫是一个了不起的人。"艾拉星士忽然提高声音，"她是一个真正的军人，长官，这个基地是她一手建立起来的，而且这些年来她强化了这里作为边境要塞的重要性。我们当初来的时候，没人想到过这个充满风暴的黑色星球有可能变成边境防御重镇。"

　　"一切的可能性都可以计算出来，只有放弃才会是零。"

　　艾拉星士睁大眼睛。

　　拉格耶忍不住笑起来。"没错，在军校的时候她就喜欢跟我说这句口头禅。"

　　所以她真的没变过，十年前与十年后，面对他还是面对别的人。她从不作伪，也从不害怕。

　　拉格耶忽然觉得欣慰，他把那个金属盒拿起来，抱在怀里，然后向艾拉星士伸出手。"谢谢，我很高兴她能带出你这样的士兵。"

　　艾拉星士的眼中闪着泪光，他重重地握了握拉格耶的手，然后向他敬礼。

　　"长官，我有个问题。"

　　"请说。"

　　"关于那个冲击波和海底消失的建筑，我们真的有机会弄清楚吗？而且……会让我们这些普通军人知道吗？"

　　拉格耶盯着他好一会儿，摇摇头。"我无法给你一个肯定的答案，但我可以向你保证，我一定会搞清楚海莉真正的死因，并且告诉你。她值得我们这么做，因为她是一个……"

　　拉格耶突然语塞，他忽然很难用一句准确的话来定义海莉，大概因为太了解，或者是词穷。

"她是一个可以飞到宇宙尽头的女性！"艾拉星士突然接口说，"我觉得她能做到。"

拉格耶笑起来。"没错，她可以做到。"

尾声

在带着海莉的"遗体"离开时，拉格耶特地调转飞船，注视着海德格尔。这颗灰色、黑色和白色混杂的星球孤零零地点缀在黑色的幕布上。在离它很远的地方，能看见这个星系古老的太阳，正释放出仿佛已是生命尽头般零落的光。

越过它就进入了欧菲亚联盟之外的领域，那是属于未知的空间，也是赛忒们流窜的地方。

拉格耶转头看了看旁边座位上固定着的金属盒子，他突然意识到为什么海莉当时会申请守边，来到这里。这里是欧菲亚光域的边界，是一个终点，但是对未知的世界而言，这是一个起点。

"飞到宇宙的尽头……"拉格耶笑起来，"海莉，你说还有跟你一样的女人吗？"

金属盒子安静地反射着来自古老恒星的微弱的光。

沙尘暴（《光渊：混乱之钥》番外）

一、飞入沙漠

如果说有一种景色无比瑰丽，但又让人无比疲倦，那一定是曼奴堤斯星上的沙海。

曼奴堤斯星虽然是一个表面龟裂到无法生活的、千疮百孔的干旱星球，但在破破烂烂的地表中间，却还夹杂了一些沙漠化的平原。含有各种矿物质的岩石被岁月碾成了粉末，但它们的颜色并未褪去，因此当它们因为不同的重量和磁力相互交缠又被风搬来搬去，最后形成了一片宛如艺术品一般的画面：

无边无际的沙漠上满是五颜六色的线条，仿佛是被人用粗细不同的画笔随意地在凹凸不平的画布上涂抹，形成的一幅色彩斑斓的创作。

当人驾驶着飞艇紧贴着这幅画飞过，下方的砂砾会被轻轻地搅动，形成一个又一个彩色的旋涡。

唯一的遗憾是，驾驶飞艇的人看不到这奇妙的景象——有时候他们也没这个心情。

现在有一艘碟形飞艇正急匆匆地从这片沙海上掠过，它飞得如此之快，以至于身下的旋涡一个个都只是浅浅的凹陷。

在透明的驾驶室窗边坐着一个粗壮的矮个子年轻人。他是个埃萨克，戴着深色的护目镜，嘴上叼着一截棕色的树枝，牙齿不时地咬出咔呲咔呲的声音。

"小声一点，克鲁比，那声音让我听着有点烦躁。"

坐在驾驶位上的一个男人对他说。这个男人的个头比他高很多，显然年纪也大很多，也是一个埃萨克。他身材魁梧，头发很短，五官轮廓分明，暴露在外面的胳膊上有许多纹身图案，古铜色的皮肤上还有一些旧伤痕。

"抱歉，德莱普先生，我只是有点担心时间，"年轻人咔呲咔呲地说，"补给站在'绿洲'只停留半天，如果不赶到，我就得在这花不溜秋的地狱里再待上半个月才能回我的洞里去了。"

是的，在曼奴堤斯星上，真正的生活都是在地表裂缝下的洞穴里。

钱德尔森·德莱普笑了笑，不打算再说话，反正在这空旷的地方，开得再快也不会发生什么事故，而他也的确需要尽快赶到绿洲。

在曼奴堤斯星，沙海中间会非常罕见地出现一些地下水的涌泉，这些涌泉喷发的量在短时间内很大，会聚集成一个小小的湖泊，几个标准周以内不会消失。

关于这古老星系里的古老星球为什么还能保有难以估量的地下水，答案众说纷纭。可以确定的是地下水中富含矿物质，而在这星球的人们会逮住机会聚集在这个湖泊周围痛饮，补充净化的存水。同时它也吸引着邻近星系的投机者到来。

这是曼奴堤斯星一个非常有特色的集会，充满偶然性，当然也就充满了不确定的机遇，为矿工们的生活提供了点新意。

德莱普收到的消息指出这星球没有常住人口，人们待在这儿的时长只和关键矿脉的寿命相应。沙海绿洲中的临时集市为平日里不太见光的交易提供了安全的场所，因此往往可在此买卖很多意想不到的东西。

"德莱普先生，你到露水集市是打算做什么呢？"年轻的克鲁比问道，丝毫没有因为刚才的粗鲁而感到抱歉。

"我听说这里可以做些难得的交易。"德莱普说。

"是吧？确实，这星球没有什么原住民，基本上都是矿厂的人聚在一起，还有一些宇宙游牧商队。几乎全是埃萨克人。碍于部落矿业的势力，联盟纠察也睁只眼闭只眼，所以做什么'难得的交易'都不会有人过问。"克鲁比笑道，"但既然你雇用了我这个向导，就让我多问几句吧，也能更好地服务嘛，对吗？"

德莱普微微叹口气。"有人委托我帮她带点商品过来，所以我只是过来送货，顺便也看看有没有什么可以带回去的。"

克鲁比朝他瞥了一眼，笑起来："德莱普先生，你是一个慷慨的客人，特别慷慨。知道吗？我在这里给那些新来的带路，只有你来没有跟我还价，并且还预付了三分之二的费用。我特别喜欢你，真的，所以希望你平安地离开曼奴堤斯星。我得给你两个忠告：第一，别接近矿区；第二，别把一些流言当真。"

德莱普神色淡定。"我本来就不打算去矿区。关于你的第二条忠告，哪些是流言，哪些又是真事呢？"

克鲁比吐掉那根树枝。"我怎么能知道呢？我只是向导。我在这里给运货和运人的飞船带路，我可能比你年轻，但在这里你最好相信我。"

"我相信你。"德莱普说得很干脆。

克鲁比忍不住看了他一眼。

"我们都打过仗，"德莱普说，"而打过仗的人对人的判断很少出错。"

克鲁比又看了看他，这次那孩子的眼神没有那么轻佻了——他打量着德莱普胳膊上的纹身，还有左腿上的仿生支架，最后把目光落在他脖子上戴着的陈旧记忆卡上。

"我会安全地把你带到你要去的地方，"克鲁比正儿八经地说，"而且，如果顺利，也能安全地带你离开。"

当这个星系两个巨大而古老的恒星在天际坠落的时候，克鲁比终于兑现了自己一半的承诺。他们接近了一片沙漠中的洼地，即便隔得很远，也能够看见那里的灯光。这绝非是为了实用而点亮的灯光，更多是在炫耀和招募同类。那里有小型机器人携带着五颜六色的灯光交替着在一个位置盘旋，还有一些笔直的光束投向天空，甚至会不时地弹射出一簇焰火弹，在半空中炸开形状各异的灿烂烟花。当飞艇越接近那片稀奇古怪的光带，就能越清晰地听见嘈杂的声音——跟汇集的光彩一样，那也是各种声响的集合，有不同风格的音乐，还有笑声和叫骂声，以及辽阔悦耳的歌声。

这些光和声音杂乱无章，但透着一种生命力，仿佛是一个狂欢的人，一边舞蹈，一边抛洒着汗水。

"到了！"克鲁比咧开嘴，"瞧啊，露水集市，在这个星球上同时存在的不超过三个。德莱普先生，今晚你可以玩个痛快！"

德莱普笑了笑，不想解释自己并没有打算消遣，他的时间很紧张。

露水集市的中心是一个湖泊，大得足够装下一架重型载货飞船。岸边架着几具陈旧的探照灯，光束洒出去，在波纹的间隙中闪烁暗淡

237

的光芒。一些形状各异的临时建筑簇拥在一起，有些是简易的拼装材料做的，有些是背靠着飞船搭起一个帐篷，还有的干脆直接将飞行器的货舱打开，变成一个临时的摊位。

所有人都用尽办法安装着漂亮的灯饰，把自己的那一块领地照得璀璨夺目。这好像是露水集市中一个特别显眼的习俗。

让德莱普惊讶的是，露水集市并非他以为的那样环绕湖水建立，临时建筑和飞船都集中在湖水的一侧，另外一侧什么人都没有，只有一些大大小小的黑影不时地出现。

德莱普按了几个钮，把操控杆往前推。飞艇在营地上方盘旋一圈，缓缓地降落到地上。

他开始以为会先缓慢地下陷，然后着陆器被沙固定住，但当飞艇落地的时候，却传来熟悉的震动——就仿佛落在了坚硬的物体上。

"别担心，"克鲁比仿佛看出德莱普的疑惑，"当地下涌泉出现以后，这些沙矿和水流发生反应会暂时停止流动，就好像水平面突然被冻住一样，这也是露水集市最开始出现的原因。在沙漠中找到这么一个地方可真不容易。"

"我并不担心。"德莱普把飞艇的动力关闭，打开了保护装置和安全灯，"实际上我改装的这艘飞艇可以适应任何形态的降落环境，我对它的传感器进行了调整。"

"哦，"克鲁比心不在焉地随口应了一声，"咱们大概只有今晚到明晚的时间，所以我建议你麻利些！"

"你呢？"德莱普把随身的包挎上，看见克鲁比从座位旁边拽出一件荧光闪闪的外套。

"跟着你！"年轻人说，"顺便逛逛。"

德莱普笑起来，他并不介意，但可能这年轻人会感到无聊的。

二、露水集市

德莱普并不是没有见识的人，虽然他的前半辈子几乎都待在军队里，但辗转在不同的星域时，他到过许多地方，有各星系的埃萨克部落，也去过瑟利人的浮空剧院，甚至跟埃蕊一起下潜到他们水下补给站去取过燃料箱。不过当他走在露水集市的临时巷道里时，还是感觉到一种强烈的冲击。

虽然他手中的资料说驻扎在这星球的只有两个主要的埃萨克部落，但仍有其他的零星过客来来往往，就像他这样的人。想必是这些聚集在曼奴堤斯的投机者把每个摊位布置得争奇斗艳，竭尽所能地把想买卖的商品特征夸大。在这个贫瘠的地方，仿佛有一包混合各种奇异植物的种子突然被撒到一小块地里，为了在短时间里获得观赏者的赞赏，它们争先恐后地钻出泥土，并且用尽全力开出妖艳的花朵。

这些"花朵"层层叠叠、挨挨挤挤地凑在一起，各种光芒和色彩几乎要把人的眼睛都撑爆。

有人说埃萨克人和瑟利、埃蕊最大的不同，不是生理机制，不是微晶，而是没有统一的审美。无论隶属于哪个部落，每一个埃萨克人都惯于搜集自己喜欢的布料和装饰品，必要时拿出来展示。德莱普深刻地感觉露水集市把这句话发挥得淋漓尽致。

他从来没有见过这么野蛮又生机勃勃的地方，难以想象这儿是个挖矿星球。大概是因为它存在的时间太短，而人们要做的事情又太多。

"怎么样？"克鲁比拍了拍德莱普的肩头，"露水集市名不虚传吧？这个星球很枯燥，大概太枯燥了，集市又难得出现，所以就异常热闹。反正很多人可能在这两天认识，后面就再也不会相见，如果要做点疯狂的事,那可是很好的机会。"

克鲁比肯定有这个打算,德莱普知道。他还年轻,年轻是有特权的。"你说这儿的人碰面后就不再见面?很多来光顾露水集市的矿工都隶属同一个部落吧?毕竟星球上也只有两三个部落驻扎。"德莱普说。

"是。但你想想,每个部落占据的矿道有数百条,人员相当分散;而且地底下的地形难测,很多人下去就再也没上来。"克鲁比发笑,仿佛这是件有趣的事。

"啊。"德莱普决定不过问细节,还是顾好这桩买卖就好,"我只想顺利地把东西给我要找的人。"

克鲁比耸耸肩。"OK,我明白。"他的眼睛又转了转,说,"你想找谁?"

"我要找的人叫米卡夫人,据说她在这个星球上从事补给物资的买卖。她应该会有自己的摊位。"

"哦,"克鲁比说,"我建议你朝这边走。"他朝一个方向抬了抬下巴。"虽说在露水集市上大家都混在一起,不过有相同目的的人往往喜欢扎堆儿。她有自己的买卖,应该会有个醒目的标记。"

德莱普拍拍他的肩头表示感谢。克鲁比朝着他的背影大叫一声:"我今天晚上可能不会回飞艇,你最好也别回去了!"

德莱普伸出手在头顶晃了晃,似乎是听到了。克鲁比哼了一声,也转身向另一个方向走去。

虽然是第一次踏足这地方,但德莱普的确是有备而来。他在手臂上滑动着个人终端,看了几条简短的资讯。

安吉纳普,他还在联系的老兵之一,也曾来过曼奴堤斯星。

虽然当时安吉纳普的确跟克鲁比一样年轻,但并没有放纵的心思。他跟德莱普一样对于机械有狂热的爱,原本只是来看看那些出现在露水集市上的各种飞船，但有人向他兜售一些"市面上看不见的东西"。安吉纳普只犹豫了片刻，那人就迅速地回到了黑暗中。

"我猜那是一些违规改造过的东西，"安吉纳普曾对德莱普说，"在不受拘束的地方，可能有些惊喜，但也有风险，就看为了自己想要达到的目的是不是愿意承担风险。"

德莱普当时没有说话，但他明白：铼矿开采之地，往往都是争端发生之处。这条铁则在联盟十二大星域的每个角落都一样。

"你可以去试试，朋友，我知道你一直想要在漫跃技术上有一些突破，露水集市上有很多人，各种各样的人，他们会利用铼矿做一些新型的发动机，也许会遇到给你启发的东西，也许不会。而且，就算遇到，也不一定是你想要的。我只想告诉你，老朋友，我不反对你钻研漫跃技术，但那次我们没有躲开'陨星'，不是你的问题……当时任谁在那儿，都躲不开。"

德莱普很明白安吉纳普说的是实话，然而他还是要求安吉纳普把更多的事情告诉自己。他有时候就是固执得让人没有办法理解。

"一个画着火山的帐篷。"德莱普重复着老朋友留下的关键信息之一，那也是他介绍的买家，也正是这笔买卖让德莱普有理由来到这个星球。

他抬头在那些装饰得花里胡哨的摊位中努力寻找。在这样一片聚集地上，飞船杂乱无章地停驻着，但都保持着安全距离。飞船间的空隙被那些支棱起来的摊位占据，人们把各种售卖的东西堆在那里。有些很简陋，只是铺开了一张布，有些则搭起了让人注目的华丽帐篷，镜面反射着彩虹一般的光。

德莱普不得不在这些摊位中间转来转去，不过遗憾的是并没有发现他要找的那个。就在他考虑折返回去，到露水集市另一头看看时，一阵低沉的轰鸣让他的耳朵仿佛被拽了一下，他立刻回过头。

德莱普喜欢发动机的轰鸣声，即便他的耳朵在战争期间被太多的爆炸声摧残过，他也能够很迅速地辨别出这种声音。

这是一种模型机，很小，还不到他的手掌大，但它被机械师们追捧。因为这是供给发动机改造做实验的一种拼装机。每一个对拆解飞船感兴趣的人都知道它，也玩过它。但发出这样的声音却并不常见，这声音低沉而有不易觉察的回响，显然是发动机具有极雄厚的能量来源——或许太雄厚了，甚至让震动频率变得有些异乎寻常。

德莱普猛地转过头去，在令人眼花缭乱的摊位上寻找着声音的来源。

这不太费力，因为他很快就看到一个用伸缩钢管支撑起来的帐篷，悬挂在外面的帘幕撩起了一半，那声音正是从里面传来。德莱普走过去，站在门边。

帐篷里并不太宽敞，一个亮黄色的光源悬挂在帐篷顶上，下面铺着花花绿绿的毛毯。德莱普仔细地打量，发现那亮黄色的光源做成了流体模型的样子——是一座正在缓缓喷发的火山。

一个身材矮小的埃萨克坐在上面，看起来是一位女性，而旁边蹲着一个人，他们中间一张生锈的操作台上，一台模型机正在剧烈地颤抖，发出那种德莱普能辨别出的低沉噪声。

觉察到他的存在，那两人同时抬头望向他，原来旁边蹲着的那人也是一位女性。她长着一张漂亮的脸蛋，肤色黝黑，画着浓妆，头上有一顶小巧的兜帽，银色的长发从帽子下面露出来。

德莱普愣了一下，他没想到会在这星球上看到一名埃蕊人。

三、突发

对方的全身都遮蔽在罩袍下，双肩处似乎有什么东西隆起。她将罩袍紧紧地裹在身体上，更凸显了埃蕊族的修长体形。

"你是谁，陌生人？我的帐篷禁止无名之人进入。"矮小的埃萨克女性问道，她的头发编成了细小的辫子，眼角眉梢都有很深的皱纹，最为骇人的是，当她看向德莱普的时候，暴露出被火灼烧过的满是瘢痕的下半张脸。在肢体修复技术如此发达的今天，她还保持着这个模样，似乎就是为了拒人于千里之外。

"晚上好，我叫德莱普。您就是米卡夫人吧？"

"是不是有什么关系吗？"她似乎不太愿意搭理他，只是专注于眼前的那个模型机。

德莱普耐着性子继续说道："您给安吉纳普说想要的东西，能全部做好的人，就是我。只不过我想要来这里看看，所以也担任了送货人的角色。"

米卡夫人用狰狞的脸看着他。"我不知道你是不是走错了，在露水集市做买卖的人很多。我这里只接待老客户，没时间跟外行啰唆。"

脾气真的太坏了！德莱普在心里叹了一口气，不过埃萨克女人脾气好的似乎也没几个。他也没继续多说，反而在米卡夫人面前半蹲下，指着她手里的机器："我既然能造出你预订的东西，肯定是懂一点机械的。这个模型机并不是拿来玩的，因为它非常接近于真正的发动机，所以有些人会利用它来测试一些东西。正因如此，有些时候它并不是真的商品，但可以成为验证商品的一个非常好的工具。"

"看起来你倒是真的懂呢。"旁边的埃蕊女人一边说一边笑了笑，"那么你觉得它会被用来验证什么呢？"

德莱普无法揣摩她真正的意思，也不打算绕弯子。"也许我的做法和其他人有点区别，但我只习惯按照一台机器的特性来使用它。这个模型机应该刚好能够验证一些燃料。它只需要一点点的燃料的成分——只要一点点，可以是指头那么大一点点——就能够恰如其分地呈现出这种燃料的反应效率。我想现在你们两位已经试验了,能否让我看一下这个模型机的燃料箱,证明我没说错。"

两个女人互看了一眼,米卡夫人没有说话,那个埃蕊却笑起来。"你想要证明的不是这模型机的用途,而是想要告诉我们你真的是个机械师。但一般做这种黑市商品的手艺人,可不愿意再承担送货的风险。"

德莱普拍拍额头。"啊,好吧,我只是觉得如果可以,不需要用这么极端的方法来验证身份。"他在兜里掏了两下,递给那位女士一枚硬币。米卡夫人接过来,放进自己手臂上佩戴的一个机器里,埋在她手臂里的线路发出淡淡的红光,她的眉头紧皱起来,显然用体感装置直接读取数据的反应滋味儿不太让人舒服。

她取出硬币,还给德莱普。"东西在哪儿?"

"我的飞艇上。"

"我需要看看你的样品。"

"我正巧带了一个。"德莱普笑了笑,他是一个老手,知道规矩。而且就算是从职业道德的角度来说,他也得让主顾放心。他瞥了一眼旁边的那个埃蕊女人——对方并没有回避的意思,反而好奇地看着他。当德莱普的视线和她对上,她甚至还报以微笑。

如果米卡夫人没有让她回避,那么她应该是她信赖的人。德莱普也没有多话,他从口袋里掏出一个包裹得严严实实的东西递了过去。

米卡夫人接过来,打开那随意得像买一块烧肉似的包装,里面是一个半红色半透明的长管形玩意儿,有一个指向器,中间有一个可以伸手进去的控制口。

"就是这个吗?"米卡夫人面无表情地说,"看不出来效果。"

"我们得走远一点去做实验,"德莱普说,"这里人多,影响会很大。"

244

德莱普发现米卡夫人除了用脸色来跟人拉开距离外,其他方面相当干脆,是直接而且很容易沟通的主顾。

"我们等一下可以去。"旁边那个埃蕊又问,"恕我冒昧,先生,我是个好奇心强的人,我还是想解决刚才的疑问:为什么你要亲自来送货?是对露水集市有什么期待吗?"

碰碰运气,德莱普想到了安吉纳普的话,他本来就是抱着这样的念头来到这里的。

"我想看看有没有什么东西可以启发我,更高效率的燃料、更古怪的设计、更短的指令通道……这些在常规技术之外的东西,我想看看,这将帮我改造我的飞船发动机。"

埃蕊女人突然笑了一声。"我对发动机倒很有兴趣。"

"女士,我研究发动机,特别是飞船发动机,我想要做的只是把它的速度提高万分之零点一。"德莱普说,"突破极限的万分之零点一。"

那个女人笑得更灿烂了。"我喜欢听这句话。也许我们有相似之处。大个子,也许你能看一看我的飞船。看看从一名埃萨克技师的手里,能把她做出怎样的改良。"

她用了一个阴性词。

而且让德莱普更吃惊的是她似乎是认真的。普遍而言,由于能够运用微晶技术,埃蕊文明的宇航科技比埃萨克文明高了好几个层级,但眼前这女人似乎没有那种根深蒂固的成见。德莱普开始对她的身份感到好奇。"你说有一艘飞船?在这星球上?"

"是的,她跟着我很多年了,我到这星球的目的只有一个:看一看她能不能改造得更完美。因为我也需要她的速度变得很快、很快。不过现在她似乎有点小毛病还没有解决,我正在为她找特效药。说不定你能提供有用的建议,大个子。"

德莱普也产生了兴趣。"说不定我真的可以给你一些想要的东西,小姐,如果您愿意让我看看飞船。"他向那个女人伸出手,"我叫德莱普,小姐。"

"很好记的名字。"那个女生说,俏皮地眨眼,"也许再熟一点儿我可以告诉你我的名字。"

真有趣,德莱普跟她握了手,感觉那只手有点僵硬,并不像普通女人的手那样柔软,让他有些意外。

就在他们要进一步谈下去的时候,门外突然传来一阵叫声,原本飘荡着的各种音乐声,还有鼎沸的人声,突然安静了下来,接着又爆发出更多的惊叫,还夹杂着东西翻倒的声音。

帐篷里的三个人脸色一变,都站了起来,冲出门去,只见一队埃萨克人横冲直撞地走过来。他们身上扛着武器,带着一股凶悍的气息,赤裸的粗壮胳膊上画着石嚎部落的标志。

他们一边走着,一边把挡路的摊子踢开,非常不耐烦的样子。那个女人的眉头皱了一下,但并没有说话。

德莱普看出来,他们是这一带的地头蛇,来露水集市很正常。但如此粗暴地对待摊贩却不知道是为什么,克鲁比似乎没有提到会发生这种事。

"我们换个地方吧。"埃蕊女人建议,"米卡夫人,如果你也愿意的话,倒是可以去我的船上。还有你,德莱普。"

"可以。"米卡夫人点点头,从旁边拿起一个沉重的金属箱子,把德莱普给她的东西放进去,然后按下了锁。此时那一队埃萨克人走得更快了,离帐篷越来越近。

"噢,糟糕……"埃蕊女人口气不善地咕噜了一句。

德莱普问道:"小姐,您认识那些人吗?"

"宁愿不认识。"她摆摆手,"曼奴堤斯星和所有有人的星球一样，总有人有绝对的权力来收拾任何人——但他们往往只爱找一些人的麻烦。比如他们觉得会违禁的人，他们会告诉你，先生，在这个星球上有些东西也不能自由买卖，即便是在露水集市。"

"我听说过。但我不明白的是他们怎么会找到这里来呢？"

"既然你都能找到我们，他们也能。他们并不傻，可能也是听到了什么声音，或者说探测到了什么。我们竟然会犯这样的错——应该在更秘密的地方……"

她住口了，意识到抱怨无济于事。他们站在帐篷里，来不及躲闪，也没法子离开。

就在这时，那些穿着制服的埃萨克停下脚步，对帐篷里的人说："出来。"

说话人的口音仿佛是在喉咙里敲击钢铁和钉子。

那女人看了德莱普一眼，转身对说话的人露出妩媚的笑容。"为您效劳，长官。"

"你认识我们吗？"

"石噭族的治安小队都有特殊的标记，这我当然能认出来。"

"那很好。"对方说，"女士，你应该不是第一次来露水集市，知道这里的规矩吧？"

"当然，长官。"

"那么如果我们认为你在进行一些非法的交易，你的麻烦就大了。"

"哎哟，长官，这个集市上真有什么东西是非法的吗？"

"有一些管制的商品，不是您能够做的生意。"

那个女人并没有慌张。"我想您在指控我们违反露水集市规则的时候，至少应该出示一下证据。"

"很快就会有证据的，小姐。我们监测到了不同寻常的辐射。"埃萨克巡逻队员有些不耐烦,他从口袋里掏出一个红色的金属盒子,向上抛去——那个盒子在半空盘旋,不是瑟利那种浮空的力量,而是依赖机械的翅膀。它发出嗡嗡声,听起来很不舒服。

"看,这里有'锬矿'的残留。"他又在盒子上点了一下,看着它变成了灰色,"不光是残留的辐射,还有反应过后的元素。你们是在这里交易锬矿石吗?"

"不!"那个女人高举双手,"当然不!"

另外一个埃萨克队员走上来,说:"你的入境登记,女士,你来曼奴堤斯星是靠获得分配的机会,我们要看看你的停留时间。"

这就开始查身份了。

德莱普僵直了身子,一头雾水。安吉纳普给的资料上不是说这星球还没有统一的执法人员吗?

他默默看着那几个埃萨克人掏出探测头,在这个女人的脸上扫了一下。出来的数据似乎平凡得不像话。

接着他们又走向德莱普和米卡夫人。德莱普庆幸自己只带了一台样品过来,他们最多只会发现一个到处采购的机械师,只对零件感兴趣。

事实上也的确如此,那些巡逻队员的脸上甚至有些掩饰不住的失望。其中一个朝埃蕊女人看了几眼,然后向领头的那个低声说了几句,对方的表情立刻变得难以捉摸。

他把探测器收起来。"很干净的信息,"他说,"但这残留痕迹无法解释,我需要你们跟我们回去一趟。把你们的东西也带上!"

这些人的停驻已经吸引了周围的目光,那些被撞翻了摊子的人想要来找点麻烦,但似乎又有些畏惧。气氛渐渐变得有些古怪,德莱普虽然是第一次来到这里,但也感觉到这次算本地少见的麻烦。

此刻那个女人依然笑吟吟的,但话里似乎透出了锋芒。"也许您的仪器有问题,长官,要知道在曼奴堤斯星上,经常都有锬矿的残留物,是吧?"

"行了,"又一个巡逻队员急躁地对他的同伴说,"我们干吗在这里跟一个埃蕊啰唆。头儿,把他们都带走吧,不说也没关系,把他们拆成一块块的总能找到。"

"把手举起来,东西都扔下!"他们威胁道。

德莱普手上没有东西,而那个埃蕊则往后退了一步。"我可以给你们看看我的证件,要知道,你们肯定会感兴趣的,我保证。"

她一边说,一边挪动身体,想要遮住米卡夫人——那个埃萨克女人手里抱着她的盒子,双肩收紧,德莱普看到她的一只手似乎想伸进衣服里。

她们两个的小动作并没有瞒过那些巡逻队员,领头的那个提高声音。"我说了把东西扔下!"

他的手一挥,有两个队员就要上前,就在这瞬间,米卡夫人的手一下子伸进衣服里,还没等她的手抽出来,巡逻队员就开枪了。

"不!"埃蕊女人发出惊呼,与此同时米卡夫人的鲜血溅在她身上。

米卡夫人一下子扑倒在地,盒子滚落出来。

德莱普只来得及将埃蕊往自己的方向拉了一把,让她脱离他们的武器准星。他看见米卡夫人的头部缺陷了一块,血从那里汩汩流出,触目惊心。

"你们杀了她!"埃蕊愤怒地说,"你们完全没有必要这么做!"

"她打算攻击,"领头的埃萨克耸耸肩,"去检查一下,把她的东西拿过来。"

一个巡逻队员走过去,捡起盒子,然后翻了翻米卡夫人的尸体,把她的手从衣服里拉出来。她的手里攥着一个圆形的金属,那是露水集市上的代币，一种黑市上贿赂的好东西。

但显然没用了。

巡逻队员把那枚代币也捡起来，全部交给了他们的头儿，那人挥了挥手，这几个队员就冲着德莱普和埃蕊走过来，但这个时候埃蕊女人突然做出一个"停"的手势。

德莱普在那一刹那，看到这女人的眼神突然变得锐利起来，但脸上还是维持着笑容。

"毫无预警的杀人，而且没有付出任何代价，"那女人说，"这是卡利纳姆最不齿的行为。"

那些埃萨克人的脸上显出困惑的神情。

"卡利纳姆的灰烬会让你们吃尽苦头的！"她轻轻地说。

那批埃萨克人依旧无动于衷，似乎不明白她在说什么。

只见埃蕊女人的手突然一挥，一股极强的振波从她双肩传到手腕处，扑向那几个埃萨克。他们就像被无形的拳头击中，纷纷仰面倒地。这时那个女人一下子拉住德莱普的手说："快走！"

德莱普还没来得及反应，就看见地面上坚固的土层发生了一些变化，它们变得柔软，同时腾起一股尘埃，向周围扩散。那些倒在地上的巡逻队员甚至还陷下去了一些，发出惊慌的叫喊。德莱普被那个女人拉着钻进帐篷，她对他吼道："快，带我去你的飞艇！"

四、阴谋

德莱普不明白自己在这一瞬间到底发生了什么，遭遇了什么，但他被那个女人紧紧抓着手腕，拽进骚动嘈杂的集市。

大概是因为这突如其来的变故，露水集市中原本就很热闹的气氛，像被加注了燃料一样，围观者的情绪一下亢奋起来。有些人并不害怕麻烦,反而似乎很期待。毕竟在这一向沉闷的采矿星上,所有意外都可以成为调剂。在这贫瘠的星球上,狂欢的时间短暂,人人也没有闲暇去想未来,所以一有机会,他们会满心期待地奔向发生事故的地方。

在拥挤的人潮中,德莱普跟着那个女人逆向而行,越是人多和拥挤的地方,他们越跑得快,钻进去,穿过人流,绕着篷子的阴影走。

他们没注意这些摊子,只是不时地回头,望着来时的路。也不知道这样转来转去走了多久,德莱普担心埃蕊是不是也故意想要把自己甩掉,突然她停下脚步,准确地抓着德莱普的手往斜前方一拽,两个人就侧身进入了两艘飞船中的缝隙。德莱普认出它们是一种叫地蝗艇的矿区专业机,可以垂直升降。这两艘船之间的缝隙是如此之小,仿佛它们在降落的时候就是一对连体婴,手拉手一起落地的。德莱普眼前一下子黑下来,他们两个靠在黑暗中微微地喘气。

"嘿,"德莱普说,"你刚才那一下是怎么回事?"

女人晃了下手腕,一个小巧的仪器在黑暗中迅速地闪过一点蓝光。"只是一个声波震荡器。紧急的时候可以弹开攻击,比如大型的动物,还有成群的小型动物什么的,取决于目标物的水分子的比例。当然了,对人也管用,这可是我第一回用在人身上。"

德莱普明白了,凝固的砂层地面被震荡波暂时破坏,所以那一块地肯定暂时是不能用了。

"对,这是另外一个作用,"那女人肯定了德莱普的猜测,"那些家伙的脚被陷住,追我们的速度也会慢一点。"

"他们到底想要做什么?"德莱普问道,"他们说带走我们是什么意思?他们有杀人和拘禁的权力吗?"

"你问题真多。要知道我们现在的处境并不太妙啊,还是早点躲起来比较好!"

"抱歉，我还真是一个好奇心重的人。"德莱普顿了一下，"比如我还想问问你的名字。"

"现在可真不是互相了解的好时机，"女人耸耸肩，"不过，好吧……你可以叫我法瑞安。"

"德莱普。如果你还记得我之前说过的名字，法瑞安小姐。"

"那么我来回答你前面的问题，告诉我你对曼奴堤斯星到底了解多少，除了这里有最丰富的锇矿外。"

"我知道这星球上的两个部落都在为这矿藏针锋相对，因此要搞到矿石很难。"

"没错，至少基本没错。绝大部分来这里的人都是为了那种矿石，但也几乎没有人能得偿所愿，因为无论是石噑族还是焰落族都紧紧地盯着对方——一旦有人私下将矿石卖给走私客们，就会引起轩然大波。"

"刚才这些人认为我们在私下交易锇矿？你说他们带着石噑族的标记。"

"这就是我让你跑的原因。他们中没有一个人是石噑族的。"

德莱普没吭声，法瑞安哼了一声。"我最后说的那句话你记得吗？"

"'卡利纳姆的灰烬会让你们吃尽苦头的'。噢，老实说我小时候挺崇拜他的，他是一个英雄，有各种传奇，说是被埃蕊带大的，后来还拯救过欧菲亚行星。"

"没错。传奇就会让一些人爱他，一些人恨他。至少我知道石噑族是敬爱他的，甚至把他当成英灵崇拜，有些甚至迷信到歇斯底里的地步。所以他们不会对这样的诅咒无动于衷。"

"那他们是谁？焰落族人假扮的？"

"概率挺高。像我们这种临时来这星球做买卖的，很难分出来。"

德莱普叹口气。

"但这还不是最糟的。"埃蕊女人的表情突然变得严肃。

"还有什么可以更糟?"德莱普说,"我花了近一个标准月的时间来到念仰星域,结果买货的人无缘无故被杀死了。"

法瑞安以黝黑的眼珠打量他。"这里是露水市集,是中立地带。我从它刚冒出来时就在这儿了,从没见过有人敢公然在这杀人。而且那人数是有备而来的。"

"说明什么?"

"那些决定曼奴堤斯星命运的人,开始有所行动了。可能很快会爆发大规模冲突。"埃蕊说,"现在米卡夫人死了,你的收货人已经没有了,说不定我还能帮帮你,可你得告诉我你到底带了什么来这星球。"

德莱普甩了甩头。"好吧,我可以告诉你,如果有这个可能,我也希望你能帮我止损。那些都是米卡夫人定做的东西,是一种改良过的热光仪,比平常使用的版本功率小了7%,但体积压缩了70%,非常适合携带。我猜它会受欢迎的。"

"哇哦!"法瑞安小声惊呼道,"当然了,先生,这种东西,你应该想不到它会多抢手。你带来了多少?"

"米卡夫人预订了1500个。"

法瑞安的脸色却沉了下来。"这么大的数量,听起来不太妙。"

"我不明白你的意思,小姐。"

"先生,看来你不太了解米卡夫人的生意。"

"或许是的,毕竟一直跟她交易的其实是我的朋友,一个非常可靠的中间人。"

"她是曼奴堤斯星上小有名气的军火商人,她要那么多热光仪,肯定是因为觉得能够'双边出手',这是一种很不祥的征兆啊。"

德莱普并不太在意顾客订购的东西会用来做什么，因为经历过战争，所以他认为即便是杀人的武器，在某些时候也是可以救人的。但法瑞安的说法让他也很快就有了猜测，只是这猜测是否正确对他来说也同样没有什么意义。

"走吧！"法瑞安说，"不管如何还是先将你的热光仪拿到手，然后我想想还有什么人愿意接手。哦，对了，不介意先打折卖些给我吧？"

德莱普笑了笑。"如果你能帮我这大忙，送给你几个也是应该的。"

法瑞安拍拍他的肩膀，朝缝隙那边偏偏头。"走吧。"

他们沿着这两艘飞船的缝隙往里走，两个人在黑暗中走了没多久，"巷子"就到了尽头，能看到三角形的出口，外面有一层橙红的灯光。依稀可以从出口看到一片空旷的沙地，还有几艘没有亮灯的小飞艇——看起来是一个僻静的停机坪，显然它们的主人并不想摆摊，只顾着自己去逛逛。

德莱普抬起手腕，在自己的终端上查看了一下，指着远处说："我的飞艇应该在那边，我挑了一个稍微偏一点的——"

他的话还没说完，终端上的联络信号就跳了出来，上头闪烁的符号让德莱普有一种不祥的预感——

他按下接收的符号，克鲁比的声音立刻清晰地传出来。"德莱普先生，告诉我现在你很安全。"他的向导似乎压低了声音，语气带着一丝焦急，"你应该不会忙着回到飞艇这里来吧？"

"出什么事了？"

"我在附近逛的时候，听到了骚动的消息，然后回到飞艇那儿，发现有人已经把它扣留了，他们正在往外面搬东西。"

德莱普的心沉了下去。

"德莱普先生，你有好好遵守露水集市的规矩吗？这短短的一会儿惹了什么麻烦？"

他很难在短短的时间里说清楚，但他还是很感激克鲁比能够及时给他这个消息。

"你的工作结束了，克鲁比，"他对向导说，"我会把酬劳转给你，你最好赶紧离开。"

对面沉默了一会儿。"德莱普先生，你还需要我帮忙吗？"

"如果你能赶紧脱身，不至于说出我的消息，我将感激不尽。"

"我对客户很好的。那么……祝你好运，先生。"克鲁比语气严肃，跟之前和德莱普说话的口气完全不同。这是一种尊重，德莱普觉得，他会信守承诺。

他结束了通话，法瑞安在旁边眼神复杂地看着他。"你的飞艇已经被发现了？"

她真聪明。

法瑞安耸耸肩。"好吧，我们的生意没法做了。但你还得跟我走。"

德莱普不懂她的意思，埃蕊变得有些急躁。"热光仪被他们抢走，你做出这么多改良的东西，对于他们来说可是个威胁。他们能杀死米卡夫人，难道不能杀掉你？这在曼奴堤斯星上也算不得什么不得了的事。"

德莱普觉得，如果顺利回去，他会告诉安吉纳普他很失望，因为这么一场危险的送货旅程中，并没有找到他真正关注的东西。

五、追踪者

他们从来时的缝隙中钻了出去，法瑞安在最近的一个摊位上顺了两条头巾，简单地做了一个遮风沙的面罩——就像大多数人那样——混入了人群。

那些巡逻者的行动显然让露水集市的氛围也产生了变化：原本到处闲逛的人忽然三三两两地聚集起来讨论着什么；有不少人还急匆匆地向德莱普飞艇停驻的方向走去；几个摊主在收拾自己的摊位，神色慌张。

他们能感觉到不同寻常的情况，以及可能带来的危险。

"我们得快点儿。"法瑞安说，"这个集市正在失控，这次它结束的时间会比泉水湖泊消失的时间更快。"

她带着德莱普熟练地穿梭在集市中，逆向走过密集的人流，在眼花缭乱的摊位中间穿行，通过了几条狭窄的缝隙，绕过一群正在跳舞的埃萨克女人，很快接近一片灯光稍显暗淡的地方。

这里的人很少，只有密密麻麻的小型飞船，安静地停泊在这儿。

"到了！"埃蕊女人发出欢呼，她指着不远处的一艘飞船，"那就是我的宝贝儿！"

德莱普见过的埃蕊飞船不太多，但这艘显然算得上漂亮，绿色的机身在夜色中仿佛带着微微的荧光，双翼和机身都呈现出顺滑的流线造型，机翼下是液泡状的发动球，整个看上去如同一条蝠鳐正安静地趴着，保护身下的卵。

"我的宝贝是不是很漂亮？"法瑞安口气里带着一种掩饰不住的得意，大步向飞船走去，"来吧，我们先上去，想摆脱那些家伙的话就得赶紧走。他们既然找到了你的飞艇，很快就会找到你。"

"这艘船的速度能多快？"

"如果是正常的时候，她可以在三分钟内脱离曼奴堤斯星引力井的影响，但现在不行。你一定还记得我说过想让你给我的飞船找点'特效药'。我刚来的时候发生了……一些状况，所以她现在在提速上遇到了一点瓶颈。我现在没法保证速度，只能靠从盲点处躲避监控的办法来摆脱追踪。"

德莱普打量着这艘飞船。"我对埃蕊人的飞船并不太熟悉，如果想要改装动力球可能不行，但我能看看有没有别的办法来加速。老实讲，现在帮你，也是帮我自己，也许你愿意让我试试。"

"我当然愿意，不过……"她顿了一下，"先上去吧。"

他们说着话，很快就来到飞船跟前，法瑞安对着肩头说了几句，飞船的入口就打开了，沉降下来。一个高个子埃蕊男人走出来，穿着宽松衣服，长发乱蓬蓬的，脸上很脏，带着一副不怎么开心的表情。

"嗨，骆瑞西！"法瑞安欢快地向他打招呼，"干得怎么样？"

那个埃蕊人看了看她，没有说话，只是轻微地摇摇头。

法瑞安对德莱普说："来认识一下我的帮手，他叫骆瑞西，也是我的大副和船员。他一直在照顾这艘船。嗨，骆瑞西，这是德莱普，他是个很厉害的机械师，带他看看咱们的宝贝儿好吗，我们可能得尽快起飞。"

骆瑞西冷漠地打量眼前的埃萨克人，仿佛不大相信法瑞安的话。

"我能检查下动力系统吗？"德莱普对他的态度不以为意，反而对埃蕊男人伸出手，"我想在不动动力球的基础上，看看辅助系统能否改进。"

骆瑞西满脸猜疑地看着德莱普，但还是跟他握握手。"哦。"

这就算是相互认识了吧，德莱普想。这家伙才是典型的埃蕊人，性格比埃萨克要安静得多。

"带他去，骆瑞西，他可以信赖。"法瑞安朝飞船里面抬了抬下巴，那个男人显然对他的船长十分信服，立刻侧身让路。

他们正要登上飞船，忽然听见一阵闹哄哄的声音传来。

三个人回头，看见一群埃萨克正朝这边跑过来。他们身穿统一的

· 257 ·

制服，但并不是之前那些黑色的样式。

"进去吧，"法瑞安的眉头皱起来，对德莱普和骆瑞西说，"我来打发他们。"

她指了指手臂，于是骆瑞西和她一起打开了即时通信的通道。

"来吧，"埃蕊男人对德莱普说，让飞船沉下入口的阶梯，又转过头来，"不用担心。"

德莱普看了看法瑞安，她已经转身向那群人走去，银色的头发在背后轻轻地摇曳。飘逸的罩袍底下，贴身的埃蕊铠甲发出水波般的光纹。

要打架吗？

在冒出这个念头的瞬间，德莱普和骆瑞西已经进入了飞船内部，舱门在身后关上，一下子隔绝了所有的声音。

骆瑞西打开手臂上的终端，蓝色的影像和声音传输通道建立起来，在昏暗的走廊上投射出淡淡的微光。

德莱普只能大致看清楚法瑞安所面临的情况：那些新赶到的穿着灰色制服的埃萨克统一剃光了鬓边的头发，以便佩戴随身的仪器，也许是为了方便联系，也许是控制武器的终端设备。他们跟之前穿黑制服的那一拨人有些区别，至少在神色上显得更加严肃，也更谨慎。但他们制服上没有标志，很难判断来自哪个部落。他们的手腕上绑着一些小巧的方形盒子，看起来很像是武器。他有些拿不准法瑞安是不是真的能对付他们——如果那些埃萨克真是冲着她和自己来的。

走在最前面的是一个矮胖的埃萨克人——穿得乱糟糟的，头上的围巾披散着——他领着那些人过来，同时指着这边似乎在说什么。

"嘿，亚克！你干什么呢？带这么多好朋友进来？我说过我的宝贝喜欢在一个比较安静的地方停着。"法瑞安的声音很清晰，但那个埃萨克人的回答有些模糊。

"当然了，我知道。但这几位先生想找你打听点事儿，他们在寻访每一艘船。"

法瑞安客客气气地问那些人有什么可以帮忙的。

在她提问的当口，亚克已经从旁边的一个埃萨克手上接过什么东西，转身溜了。

那些穿制服的埃萨克中有人问她，是不是看到两个人跑进来，并且向她晃了一下手上的东西——大概是模糊不清的图片或者录像。"我们监测到波动，一种声波武器造成的，"那个人说的话大概因为有干扰，图像和声音都断断续续的，"这是埃蕊的技术……在这里，埃蕊很好找……只有你一个。"

"绝对同意您的说法，我可是守规矩的船长！"法瑞安摊开双手，"这里非常安全，绝对没有不法之徒。"

但那个人并没有停下脚步，他似乎盯住了这边——"这就是你的船？"

"是的，长官。"

"你来曼奴堤斯星做什么？来露水集市做什么？"

"长官，我是个送货的，来这星球的目的只有一个：有一批掘进机的零件要送，我有正式的入关信息。只不过在返程前我听说这个星球上有不错的夜市，想来放松一下。"

她的声音并没有那么娇柔，但听起来很舒服，让人觉得很真诚。

可惜这似乎没有打动那个人。

"可以打开门吗？"他要求道，"我们上去看看。"

法瑞安没有动。

"快打开。"另外一个人粗鲁地挥着手里的东西——看起来是武器。

"你们想找那声波武器？可就算不是埃蕊也可以使用，针对我的种族没什么意义。"

"这么说你有那东西?"

"有,但怎么说就是我在用呢?"

"让我们检查检查,如果证明不是你,一切都好办。"

"看在卡利纳姆灰烬的分儿上,你们做事可得考虑下后果!"

这句话一出口,几个埃萨克的脸上很明显地浮现出愤怒,其中一个人甚至走上来,挥了挥拳头:

"让我们上去,娘们儿,我不想动粗。"

原本走在德莱普前面的骆瑞西突然停住,他轻轻地说了句:"糟糕。"

六、麻烦

德莱普并不知道骆瑞西为什么忽然间有这个反应。埃蕊男人的注意力大都集中在他手上终端传回的影像上。

"怎么了?"德莱普问,"出什么问题了?"

"他真不该说那个词儿……"骆瑞西没有多加解释。

德莱普心想,原来法瑞安不喜欢被人称为娘们儿?一个意外的可能性从他脑子里冒出来:难道她……不是女人?

据说埃蕊族有第三性,但德莱普从没见过。或者应该说,很可能"直到今天",他从来没见过。

这时候德莱普听到通信里传来法瑞安的声音,就像海面下正聚集着能量的火山。

"离我的飞船远一点。我不管你们和焰落族各自有什么算计,都别想利用我和我的飞船。"

"你这个——"

那怒吼的男声还没说完，德莱普就看到蓝色的全息影像突然剧烈地抖动起来。

"他们在干吗？"话音刚落，德莱普就发现自己问了一个非常愚蠢的问题——因为那剧烈的抖动来自法瑞安手臂上的传感器，它如实地把她的动作传到了骆瑞西这里。很明显她正在攻击那男人，而且动作如此之快，只见传感器的图像一阵乱抖，跟着是各种杂音，中间还能够辨认出男人被摔在地上，发出了怒吼。有人似乎开了枪，武器尖锐而短促的响声夹杂在杂音中传来。

这种武器德莱普不太熟，但他能从声音判断出来是小型近战手枪。

他万万没想到会有这种正面交锋，不由得有点担心法瑞安，毕竟对方的数量看起来不少。但骆瑞西一副毫不在意的样子，似乎一点也不关心外面的战斗。

德莱普有些沉不住气。"我们要不要出去帮忙呢？"

"这个等级的问题，她自己可以解决。"骆瑞西回头说，"你说要看动力系统。"

他加快步子，很快就把德莱普引到发动机舱面前。他打开加压门，一种柔和的莹绿色光芒顿时充满德莱普的眼眶。

德莱普是第一次如此近距离地接触埃蕊的飞船动力系统，尽管他以前在各种资料上了解过，但亲眼看到还是觉得很神奇。埃蕊飞船的动力球中是他们独有的反应技术，里面充满液态燃料。能量从动力球中推向机体的各个部分，供应整艘飞船的工作。

跟许多使用反应剂来达成脉冲动力的埃萨克式飞船发动机不同，埃蕊飞船中的动力系统没有那种灼热的气息，只是温度略微升高，空气中弥漫着一种特有的气味，来自于埃蕊动力球中的反应。

德莱普回忆着看过的资料，试着在发动机舱壁上调出微控界面，

261

开始仔细查看这艘飞船的各种动力参数。

旁边那个寡言少语的埃蕊男人似乎对他的举动有些意外，轻轻地哼了一声。

"我想找到最大的能源折损点。"德莱普对他说，"这大概需要……几分钟。"

其实他也不太敢肯定，但现在的情况是，或许留给他们的时间，真的就这几分钟。

大概是因为隔热层和防辐射层的关系，传导到骆瑞西终端上的全息影像更加模糊了，并且在抖动中还夹杂着扭曲的图案。

德莱普一边检查着线路数据，却感到在背后盯着他的男人才是难惹的货色。军人的直觉让他后颈上的汗毛直竖。"你就这么放着你的船长去面对外面的威胁？"

骆瑞西双手抱胸，依然没有任何表情。"那得看谁是真正的威胁。"

是我吗？德莱普在心里冷笑。法瑞安八成从来没有对他说过实话。他不确定这两个人到底在这星球做什么勾当，但他们的防卫心真是一丝不苟。

埃蕊在体格上跟埃萨克相比就处于劣势，而且曼奴堤斯星的表面上几近干旱，完全占不到便宜的埃蕊人会出现在这儿，本身就有蹊跷。

传感器中的干扰信号更强了，但没有完全断绝，依然听得到声音。那声音很小，断断续续的，似乎有男人的惨叫，但没有再听到开火的声音，很快这些零星的声音都消失了。德莱普仔细辨认，听到一个微微有些喘气的女声突然增大——她应该是把终端靠近了嘴巴。

"啊……骆瑞西……没事……我想把他们都扔远一点。"法瑞安的声音在失真后听起来很嘶哑，"可我现在没那个力气，你们大概有十五分钟的时间,最多可以撑到二十分钟,我们就得马上离开。"

"好!"

德莱普吃惊地问道:"你把他们全干掉了吗?那些人,还活着吗?"

法瑞安的语气很轻松:"都昏过去了,我用了个方法突然增加他们的脑压。他们都是些很嫩的打手,没想到石嚎族会抓么年轻的人来这儿……拔枪的速度太慢了,在战场上活不下来的。大个子,现在我要请你集中精神,看看我的小宝贝有没有办法赶紧起飞。我们的时间真的不多。我虽然干掉了最后一个人,但他们的信息肯定发送出去了,迟早会有一堆人向这边集结,天哪……真不想一天之内打三场架,我在露水集市可从没这么暴力过。"

她突然开始絮絮叨叨地抱怨起来。

她真是个奇妙的埃蕊人。德莱普突然想笑,强迫自己把注意力集中在动力参数上。骆瑞西在他旁边,抬着手臂,让蓝色、模糊、扭曲、缩小的法瑞安跟他们共处一室。她在外面似乎坐了下来,发出厌恶的声音拍打着身上的土。

"噢,对了,忘了说,我的飞船在狭窄的空间垂直起降也没问题,所以咱们随时能走,只是起飞后脱离追踪会比较难。啊,我的铠甲上有条裂缝,真该死,刚才是谁偷袭了我一下来着……这个要修补得耗上多少能量……"

在法瑞安的抱怨中,德莱普紧张地浏览着眼前的动力参数——

埃蕊的微晶技术跟瑟利有很明显的区别,大约因为是亲水的种族,他们在设计方面总是不自觉地带着许多液化的元素。在这个动力系统的显示中,飞船的能量输送如同人体血管一样,流遍整个机身,提供给各个部分。当然最大的部分在推进器,这里的能源利用率最高。

从目前的读数能够看出来，飞船无法提速的原因是在能源分配上的损耗有些疑点，比如——

"这是什么？"德莱普指着其中一个动力参数问，"它占据了百分之十七的能源，但又不计算进整体循环中。"

骆瑞西看了看："是'暗房'。"

"那是什么？"

"是……"埃蕊男人拖着声音正要回答，通信频道中的法瑞安却接了话。

"这是我们救命的东西！"她说，"我们可是埃蕊，先生，别忘记这一点。"

"也许你愿意给我这个埃萨克好好讲解一下。"

"一个交换池，"法瑞安说，"里面是调配好比例的营养液，我们需要沉浸在里面保持体液的平衡——如果在太干燥的地方待得太久。"

"它需要一直供能吗？"

法瑞安没说话，反而是她的"助手"慢吞吞地说："如果……中断供能三小时，就没什么用了，但少于这个时间，应该……还行。"

"我们大概只需要半个小时，不，二十分钟就够了。"德莱普说，"小姐，你可以进来了吗？我来调整你的飞船参数，你需要给我船长的权限。"

"来了，来了！"通信频道那头的人说着，背景中传来了气压门关闭时嘟嘟的报警声。

骆瑞西带着德莱普来到驾驶舱，正和法瑞安撞上。不知何时法瑞安已经把微晶铠甲解下，正拍打着发丝上的灰尘。

"抱歉，我手脚慢了点，所以刚才耗费了些时间！他们叫了援兵，我们最好都向啼欧拉祈祷露水集市这个地方的格局继续随时变动，让他们没办法一下子找到。按照今天晚上的热闹程度，他们穿过人群恐怕也是有难度的。"

"大概还有多少时间？"

"最多十五分钟吧。"法瑞安漫不经心地笑起来，又叹了口气，"我现在只担心我的飞船。德莱普，真的必须要关掉'暗室'吗？"

"如果你真的想要让这艘飞船快起来，就得暂时关掉'暗室'，调动这17%的能源去中央线路。"

"可仅仅17%的能量也没法让飞船达到星球逃逸速度。"

"我还需要做一个改动，就是让你的动力球在瞬时的能源供给突然达到95%，维持十分钟的推力，同时把最外部的三条能源输送线路并线为一条，全部折向推进器。"

法瑞安瞪大了眼睛。"你知道你在说什么吗？"

"如果并线失败，能量就会失控，我们要么被蒸发，要么被摔死。"骆瑞西在旁边解释。

"谢谢。"法瑞安瞪着他，又转向德莱普，"你这主意哪儿冒出来的？你试过？"

"在我的工作室里。"

"啊哈！"

"它的参数跟实际情况相差无几，我的成功率可以达到80%以上。"

"那么如果今天我们运气不好，就变成了那20%。"

就在他们争论的时候，骆瑞西突然开口："有人过来了，不止一个⋯⋯"

法瑞安立刻坐上驾驶位，点开透明质地的微晶控制球。果然有两拨人从不同的方向赶过来。她调整了下图像，能隐约看到是穿着灰色和黑色制服的人。

"是⋯⋯石嚎族？"德莱普问，"哦，不，你说过黑衣人是假冒的石嚎族。"

"但灰衣服的家伙可是真的。"法瑞安看德莱普望着她,耸耸肩,"没错,我刚才又试了一次,这次他们反应可大了!要我说,现在就变成了双倍的麻烦。石嚎族和焰落族在这里有着微妙的平衡,有假的石嚎族,又有真的石嚎族,这到底是怎么回事,我可真不敢深入去想,反正我们早点离开就好。"

"那么你是否愿意让我试试?"

"在跟他们打架和可能死掉之间选择吗?"法瑞安皱起眉头,"我想前者可能还是简单点。"

她话音未落,飞船上突然传来一阵剧烈的震动。

"怎么回事?"她大叫着。骆瑞西快步坐上副驾驶位,迅速调出一个界面。"他们在攻击我们。"

德莱普也看到了,一些红色的光点正从一个方向传来,不是很密集,但接连不断,其中有一枚刚好击中飞船。不过因为飞船已打开抵抗宇宙尘埃的防护罩,所以光点并没有直接击中船身。

但他的脸色还是变了——

"是我的热光仪。"德莱普说,"他们接到兵器里了。"

还好他做了功率的调整,否则现在他们已经成一团火球了。

法瑞安咬咬牙。"好极了,现在变成了我们的选择是被你提供的能量仪杀死还是坠机死。"

"或者让我试试,找出第三个选项。"

法瑞安还在犹豫,但从黑衣人那个方向射出的光点密集起来,他们冲出了前面的集市边缘,向着这边赶来,身影渐渐清晰。与此同时,灰衣人也赶到了,他们的武器是压缩实弹,打在防护罩上只发出了爆裂的轻响。可法瑞安知道,这只是暂时性的抵抗,一旦被热光仪供能的激光兵器扯开一条缝,压缩实弹每一枚都可以将飞船打出一个洞。

"行吧!"她终于一锤操作台,"我来驾驶,骆里,你帮帮大个子!接下来就看你们的了!"

埃蕊男人向她重重地一点头,转身向飞船动力舱的方向走去,德莱普紧跟在他身后,不再关注法瑞安——反正现在他们真的没法给她任何帮助了!

七、逃离

"骆瑞西"——如果这是他真正的名字——虽然不大爱说话,但动作却十分敏捷。当面临危机的时候,他的动作更仿佛是快了一倍。

再次进入动力舱,他就已经将中控面板和数据参数调了出来,同时将终端的通信信息直接投射在半空中。"这是线路操控的部分,我已经开放了介入权限,你可以直接操作,如果需要驾驶室配合,也能够直接在这里跟她说。"他指着中控面板上呈现的部分,往后退了一步。

德莱普上前,向他微一点头表示感谢。

飞船的动力球已经逐渐发亮,地板上传来微微的震动——这艘船已经处于启动状态,仿佛只要主人一声令下,就要腾空而起。

德莱普聚精会神地看着参数的变化,要求法瑞安在驾驶室内一步步地配合他。"飞船的原理都是相通的,但界面和触发机制只有你们埃蕊懂,你得帮我。我会逐渐将动力全部集中到推进器上,在我们起飞的那一刻你需要抓住时机撤掉防护罩,然后防护罩的能源也要全部集中到并线线路中去。这个时间点很重要,迟一点我们可能就不能用最短的时间提速,如果太早,我们说不定会被击毁。"

"你得庆幸,"法瑞安在通信设备的那头高声说,"我的手很稳。"

她看起来是那种说到做到的人,但德莱普已经不能再将注意力放在她那边了,他的耳朵里再也听不到别的声音,眼里只有埃蕊飞船的动力系统,手轻轻放在中控球上。那里的触感是一种凝胶的感觉,跟埃萨克人喜欢的金属质感完全不一样。但德莱普只是微微地一皱眉头,就慢慢地滑动手指了。

"我把自己的信息微晶从内动力系统革除了,"法瑞安的声音传来,"现在控制权限成为手动,你那儿应该可以直接操作——啊,该死!"

通信器里传来法瑞安的怒骂,与此同时飞船又传来剧烈的震动。骆瑞西一边看着德莱普缓慢而坚定地将两条动力输送线逐渐并合,一边点开驾驶室内的同步画面。

现在身着黑衣和灰衣的两方埃萨克人已经来到飞船附近,他们不光向飞船开火,甚至也向对方开火。这交叉的火力让飞船受到的攻击越来越多,虽然有防护罩,但是震动的频次越来越高,骆瑞西的心都揪紧了。

不过法瑞安倒是显得更加镇定,她沉着脸,缓缓移动着飞船,尽量不让防护罩的同一位置受攻击。

骆瑞西又看了看德莱普面前的控制面板和跳跃的参数,原本浅蓝色的示意线条正慢慢地汇集起来,加粗、变深,形成一条指向发动机的线条,在一堆勾勒出飞船轮廓的能量线中特别显眼。

而随着德莱普的操作,一些细细的线条也开始退缩着,慢慢向深蓝色的线条汇集。蓝色的线条在不断地加深,变粗。

"你的手挺巧,和埃蕊技师的 EI 助手浮空球一样精准。"骆瑞西对德莱普说。

仓壁上的灯光渐渐变暗。而不断跳跃的参数显示,现在整个飞船除了维生系统、防卫系统还在运行之外,所有的能量都聚向了动力系统。"

但就在这时，飞船又传来一连串的震动，似乎比之前显得更加激烈。

"防护罩很快就会破裂，"法瑞安在通信频道中说，"你们那边还需要多久？"

德莱普没有回话，骆瑞西看了看。"百分之七十的能源都已经导向动力系统。"

"给我个时间，快点！"法瑞安叫道。

骆瑞西转向德莱普。"我们需要准确的时间。"

德莱普终于抬起头来，额头上已经有了细密的汗珠，他看了看参数，同时对骆瑞西和法瑞安说："我可以马上将并线完成，一分钟内飞船会达到最大速度，在接下来的两分半钟有足够的功率可以脱离曼奴堤斯星引力场，但是……"

"快点儿！"

他的一点点犹豫都让法瑞安不耐烦。

德莱普看着骆瑞西："现在法瑞安只能操作飞船，不能控制能量系统的平衡，所以我需要你守在动力球舱的尾部。如果我们并线之后飞船的动力系统承压到极限，需要你在尾部打开泄能的窗口。"

"也就是说我们三个人得配合得非常精确，对吗？"法瑞安在通信里问道。

"差半秒钟都不行！"

骆瑞西没有说话，法瑞安也在通信里沉默了几秒钟，最后她只说了一句："还有多久？"

"欧菲亚标准时，一分三十七秒。"

骆瑞西伸手在自己的终端上调试了一下。"我现在重新对齐了飞船几个系统的时间控制，准备开始计时。"

他看着德莱普，仿佛在等着他发出命令，甚至连法瑞安都没说话。

德莱普能感觉到脚下的地板不断地传来震动，轻微的和剧烈的交替出现——那是飞船发动时的状态，同时正接二连三地被击中。

他们确实没法再拖了。

德莱普双手一拍。"开始！"

时间仿佛突然因为专注而变慢，他回到控制台前，盯着跳动的数字和显示屏中的参数，开始一点点地将最后几道能量线往动力系统拉……

"倒数开始了，小伙子们！"在计时数字开始跳跃着进入个位时，通信中传来了法瑞安的叫声！

德莱普同时听到法瑞安和骆瑞西的计数声，也不禁念出声……

这艘如同蝠鳐一样的埃蕊飞船发出了更大的轰鸣声，地面也随之颤动。这种震动似乎形成一种无形的声波力量，坚固的沙尘开始瓦解——以飞船正对的点为中心，沙土如同水波般泛出涟漪。

飞船底部开始上升，沙被吹起来，如同被旋风裹挟一样越飙越高。突然，一阵巨大的能量向周围喷涌过去，把沙吹向四面八方，邻近的摊位和更多的飞船瞬时被笼罩在沙尘中。

这只绿色金属蝠鳐张开双翼，像鸟一样浮上半空，两波埃萨克人不约而同地朝它开枪，防护罩不断发出被击中的闪光，机身也因为反作用力而频繁震动。

突然，它的震动停止了一秒，接着动力球发出耀眼的白光，一下子将周围的黑暗照得亮如白昼！黑衣人和灰衣人同时挡住眼睛。一股强大的力量从飞船下方喷射而出，推动着飞船向夜空中冲去。

而与此同时，淡绿色的防护罩如同被狂风吹过的纸灰一样，飞速地消失了。

首先反应过来的黑衣人向着腾起的飞船开火,但早已来不及了。

现在飞船已经升到高空,从上面看去整个露水集市已变成地面上一个小小的亮点,那些绚丽的灯光和热闹的音乐,还有五彩的沙漠,都被远远地抛下。飞船里的三个人此刻在天空中,如同离开了尘世的神明。

飞船一直往上冲,只花了十几秒的时间,云层就变得浓厚起来。飞船钻出云层,像跃出水面的蝠鲼,终于来到曼奴堤斯星的轨道上。

"我们脱离险境了!"

德莱普缓缓地放开控制板,感觉双臂的肌肉因为过分紧张而酸痛。一旁的能量读数很平稳,正在持续给动力系统供能。

法瑞安在通信器里兴奋地大喊。"他们现在无法击中我们,也无法追击了!"

"是的,我们安全了。"连骆瑞西都主动在通信频道中说话了。

这真刺激,德莱普想。他的后背已经全被汗水浸湿。

尾声

德莱普坐在法瑞安的身边,手里拿着一杯萨乌酒——埃蕊人喜欢的这种饮品,虽然被叫做酒,但对于埃萨克来说,只是带点儿酒精的饮料而已。不过看起来法瑞安很喜欢,她又喝完一杯,把杯子重重地放在扶手边。这让德莱普想起自己的一个老朋友,她喝酒的架势也是这样,不过她可是什么烈酒都不在话下。

窗外龟裂的星球表面,正以肉眼无法辨识的速度远离。

"我们成功了,"法瑞安笑着说,"真有你的,大个子,不愧是优秀的机械师。你怎么会想出这样的点子?"

"只是思路上的一个推导,"德莱普说,"我说过,我研究发动机。我到曼奴堤斯星本指望能看到一些技术上有新意的东西。我只想提高飞船的速度，我关注的是这个。"他忽然意味深长地盯着法瑞安。"但这其实不是你真正的关注点，对吧？你来这星球的目的不是为了寻找改造飞船的方法。"

法瑞安愣了一下，又立刻发出轻快旋律般的笑声。"如果撒点小谎可以交个优秀的朋友，何乐不为呢？但是坦诚说，我很想知道你执着速度的原因。如果你觉得可以告诉我的话……"

德莱普也笑了。"当然，小姐，今天你也救了我。怎么说呢，作为埃萨克士兵，我在战场上呆了很多年，我的小队非常完美，经历了大大小小的战斗，但我们都活着，也约好一起退役。在我离开前，我们去执行一个简单的任务，很简单，我们心情轻松，一切都跟计划中一样，全程都很顺利——如果没有遇上防御飞弹。"他沉默一阵后说，"当时，如果我们的飞船能稍微快一点，再快一点，说不定大家都可以离开……但我们被追上，所有的人都死了，除了我……"

法瑞安发出一声长长的叹息。

"速度，小姐，速度在这个世界上就代表着生命。那些离不开飞船的人，能做的就是让它更快一些，快到能够带我们逃离危险。飞船的速度就是一切。"德莱普直视埃蕊人，"但我想你不会明白。因为你其实根本不在意飞船。"

法瑞安黝黑的瞳孔中反射着控制器的尖锐荧光。

"你在意的只有生存，对飞船的死活不痛不痒。"德莱普知道他在冒险，他还在对方的船上，这两个埃蕊人想把他变成宇宙尘埃是轻而易举的事。但他没有住口。"假如符合你的目的，要抛弃这艘船是分分钟的事。我说对了吗？"

法瑞安沉默的时间比他料想的久。最后她以明快的声音说："你说对了。而且我现在就要抛下这艘船。"

她突来的起身让德莱普不自觉地握紧酒杯。假如这时她抽出武器对他开枪,他也不会惊讶。

但法瑞安只是开始调整自己的铠甲,并在操作界面上迅速输入什么。"你是个难得的人才,德莱普。你如果在这里死去对欧菲亚联盟会是个损失。"

飞艇后方传来某种舱门打开的声音,德莱普不确定那是什么。

"我把操作系统和原设定断开了。现在全面手控,你想去哪儿都行。"法瑞安的语气和之前完全不同。

"等等……你要去哪儿?"德莱普赶忙问。

"我们在曼奴堤斯的任务还没完成。整件事的失控出乎我的意料,没想到焰落族会不分青红皂白地狠下杀手,看来得再找别的方法潜入他们的矿区底下。"

德莱普眨了眨眼,在露水市集发生的事件像旋风一般扫过他脑海。"原来你的目的是地下矿区。我的向导警告过,那儿是戒备最森严的地方。原来——"他盯着驾驶舱的地板,"那时候你根本不是在跟米卡夫人谈锬矿的买卖……"

法瑞安没有理会他,手脚利落地把驾驶舱里一些明显是微晶制成的片状物放到铠甲的插口里。

"你只是在测试米卡夫人。测试她是否真的握有非法的锬矿,有门路让你去到地下。"德莱普抬头面向她,"那底下有什么?"

法瑞安挥开闸门,往飞艇后方走去。骆瑞西已在那儿等待。德莱普吃惊地发现那埃蕊男人也穿上了流线铠甲,双手套着某种片甲似的拳套,他突然有种军人的气质,根本不是法瑞安说的什么大副。

埃蕊男人打开后备机舱,里头是一个子弹状的空降舱,刚好可容纳两人。

德莱普追上他们,手掌扫了周围一圈。"你们打算就这么抛下这

273

台飞艇，回去曼奴堤斯星？"

法瑞安站定脚步，回过头来。"你先帮我保管吧。她叫艾尔芙号，真名。看到你对飞艇的热忱连我都受影响了，希望有一天，你也能帮我改装我的宝贝儿。真心的。"

"你……"德莱普把嘴边的话吞了回去。他明白自己不能再多问，命没丢已经是万幸。法瑞安把飞艇交给他，这是第二次她救了他的命。"好吧，那么，我会替你好好保管她，你们随时可以来我的工作坊领取。"

"你的工作坊在哪儿？"

"谷地，一颗古央星域的边境行星。"

"我还没去过呢。"法瑞安轻叹一声后，露出淡淡的笑容，"我们会去光顾的，但可能需要一段时间。曼奴堤斯星现在阴云密布，希望我的不祥预感别成真。"她的表情有些厌恶，又像是漠不关心——德莱普知道这种表情，那是经历过战争，无论怎么想躲避，似乎都必须在它周围徘徊的表情。

两个埃蕊人进入空降舱，做好准备。

德莱普伸手触碰机身，目光却没有从法瑞安身上挪开。"别忘了艾尔芙号。"

法瑞安刚刚勾起嘴角，面孔就被合上的舱门所遮盖。下一秒空降舱便消失了。

德莱普赶过去，从机身后方的窗口看见它像一粒沙尘，飞向曼奴堤斯星表面的辽阔沙海。

（全篇完）

作者介绍：

E伯爵，重庆市作协成员，著有单行本《天鹅奏鸣曲》《七重纱舞》《紫星花之诗》三部曲和《猩红帆》《异乡人》；中短篇小说《迷失森林》《七宗罪之嫉妒》《铜镜记》，莎士比亚系列等，陆续发表于《今古传奇·奇幻》《飞·奇幻世界》《九州幻想》《科幻世界》和《推理》等杂志。获得第二届华文推理三等奖，作品收入《2010中国奇幻作品年选》《2012年中国奇幻作品年选》和《2014年中国悬疑小说年选》《2015年中国悬疑小说年选》。作品《异乡人》入围第三届京东文学奖科幻图书前五强，第30届银河奖最佳原创图书奖。

光渊制作团队

封面图案：黄凡
视觉设计：梁雷，尹川旸
插图：李彦，黄凡，张亚平，尹川旸，代剑斌，梁雷，琳莉，郑雪辰
故事监制：余卓轩
美术监制：李彦
世界观设定：光渊创意团队

联

尘埃边境